Début d'une série de documents
en couleur

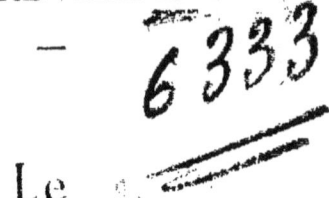

COLLECTION D'AUTEURS ÉTRANGERS

RUDYARD KIPLING

Le

Retour d'Imray

Traduction de

LOUIS FABULET et ARTHUR AUSTIN-JACKSON

PARIS

SOCIÉTÉ DV MERCVRE DE FRANCE

XXVI, RVE DE CONDÉ, XXVI

MCMVII

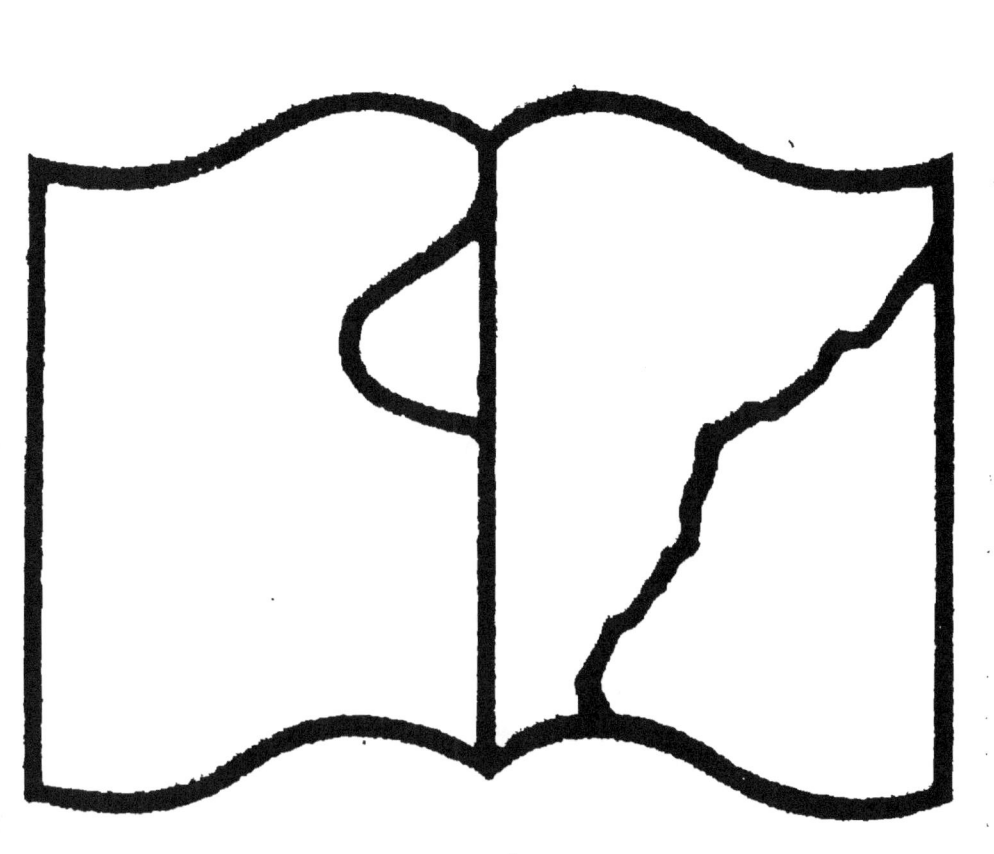

Texte détérioré
Marge(s) coupée(s)

MERCVRE DE FRANC

XXVI, RVE·DE·CONDÉ — PARIS-VIᵉ

Paraît le 1ᵉʳ et le 15 de chaque mois, et forme dans l'année six volu

**Littérature, Poésie, Théâtre, Musique, Peinture, Sculpt
Philosophie, Histoire, Sociologie Sciences, Voyages
Bibliophilie, Sciences occultes
Critique, Littératures étrangères, Revue de la Quinzair**

La **Revue de la Quinzaine** s'alimente à l'étranger autant qu'en Fr
elle offre un nombre considérable de documents, et constitue une sorte d'
cyclopédie au jour le jour » du mouvement universel des idées. Elle se con
des rubriques suivantes :

Épilogues (actualité): Remy de Gour-
mont.
Les Poèmes : Pierre Quillard.
Les Romans : Rachilde.
Littérature : Jean de Gourmont.
Littérature dramatique : Georges
Polti.
Histoire : Edmond Barthélemy.
Philosophie : Jules de Gaultier.
Psychologie : Gaston Danville.
Le Mouvement scientifique : Georges
Bohn.
Psychiatrie et Sciences médicales :
Docteur Albert Prieur.
Science sociale : Henri Mazel.
Ethnographie, Folklore : A. van
Gennep.
Archéologie, Voyages : Charles Merki.
Questions juridiques : José Théry.
Questions militaires et maritimes :
Jean Norel.
Questions coloniales : Carl Siger.
Questions morales et religieuses :
Louis Le Cardonnel.
Ésotérisme et Spiritisme : Jacques
Brieu.
Les Bibliothèques : Gabriel Remondé.
Les Revues : Charles-Henry Hirsch.
Les Journaux : R. de Bury.
Les Théâtres : Maurice Boissard.

Musique : Jean Marnold.
Art moderne : Charles Morice.
Art ancien : Tristan Leclère.
Musées et Collections : Auguste
gaillier.
Chronique du Midi : Paul Souc
Chronique de Bruxelles : E. Eekh
Lettres allemandes : Henri Alber
Lettres anglaises : Henry D. Dav
Lettres italiennes : Riccioto Can
Lettres espagnoles : Gomez Carr.
Lettres portugaises : Philéa Lebes
Lettres hispano-américaines : E
mio Diaz Romero.
Lettres néo-grecques : Demetrius
teriotis.
Lettres roumaines : Marcel Mon
don.
Lettres russes : E. Séménof.
Lettres polonaises : Michel Muterm
Lettres néerlandaises : H. Messet
Lettres scandinaves : P. G. La C
nie.
Lettres hongroises : Félix de Gera
Lettres suisses : William Ritter
La Revue de la Quinzaine à l'étranger : L
Dphin
La Curiosité : Jacques Daurelle.
Publications récentes : Mercure.

Les abonnements partent en principe des mois de janvier, av
juillet et octobre

France		Étranger	
Un numéro	**1.25**	**Un numéro**	**1.**
Un an	**25** fr.	**Un an**	**30**
Six mois	**14** »	**Six mois**	**17**
Trois mois	**8** »	**Trois mois**	**10**

Poitiers. — Imprimerie du Mercure de France. BLAIS et ROY, 7, rue Victor-Hugo.

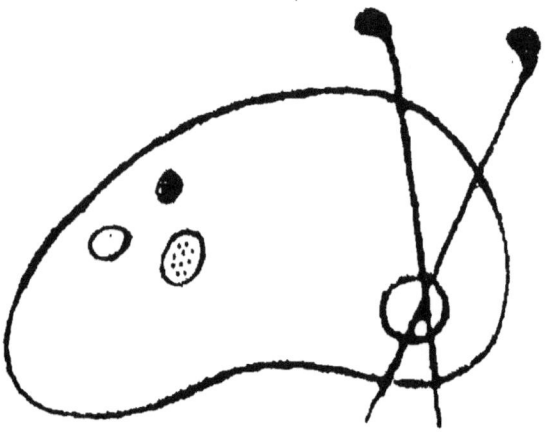

Fin d'une série de documents
en couleur

LE RETOUR D'IMRAY

ŒUVRES DE RUDYARD KIPLING

A LA MÊME LIBRAIRIE

—

LE LIVRE DE LA JUNGLE, traduit par Louis Fabulet et Robert d'Humières. Vol. in-18............................ 3.5o

LE SECOND LIVRE DE LA JUNGLE, traduit par Louis Fabulet et Robert d'Humières. Vol. in-18.................... 3.5o

LA PLUS BELLE HISTOIRE DU MONDE (*La plus Belle Histoire du Monde. Le Perturbateur du Trafic. La Légion perdue. Par-dessus bord. Dans le Rukh. Un Congrès des Puissances. Un Fait. Amour des Femmes,* traduit par Louis Fabulet et Robert d'Humières. Vol. in-18............. 3.5o

L'HOMME QUI VOULUT ÊTRE ROI (*L'Homme qui voulut être Roi. La Porte des Cent mille Peines. L'Etrange chevauchée. L'Amendement de Tods. La Marque de la Bête. Bisesa. Bertran et Bimi. L'Homme qui fut. Les Tambours du « Fore and Aft »*), traduit par Louis Fabulet et Robert d'Humières. Vol. in-18..................... 3.5o

KIM, roman, traduit par Louis Fabulet et Charles Fountaine-Walker. Vol. in-18.............................. 3.5o

LES BATISSEURS DE PONTS (*Les Bâtisseurs de Ponts. Petit Tobrah. Namgay Doola. En Famine. Au fond de l'Impasse. Les Finances des Dieux. La Cité des Songes,* traduit par Louis Fabulet et Robert d'Humières. Vol. in-18..................................... 3.5o

STALKY ET Cᵗᵉ, roman, traduit par Paul Bettelheim et Rodolphe Thomas. Vol. in-18.......................... 3.5o

SUR LE MUR DE LA VILLE (*Sur le Mur de la Ville. Trois et un...de plus. L'Histoire de Muhammad Din. Lispeth. L'Autre. Moti-Guj-Mutin. Une Fraude. La Libération de Pluffles. L'Arrestation du Lieutenant Golightly. Une affaire de chance. Dans l'erreur. Le Cas de divorce Bronckhort. Wee Willie Winkie. En plein orgueil de jeunesse. Sans bénéfice de clergé*), traduit par Louis Fabulet, précédé d'une Etude sur Rudyard Kipling par André Chevrillon. Vol. in-18..................... 3.5o

LETTRES DU JAPON, traduit par Louis Fabulet et Arthur Austin-Jackson. Vol. in-18........................ 3.5o

L'HISTOIRE DES GADSBY, roman, traduit par Louis Fabulet et Arthur Austin-Jackson. Vol. 18................. 3.5o

RUDYARD KIPLING

—

Le

Retour d'Imray

Traduction de

LOUIS FABULET et ARTHUR AUSTIN-JACKSON

PARIS

SOCIÉTÉ DV MERCVRE DE FRANCE

XXVI, RVE DE CONDÉ, XXVI

—

MCMVII

IL A ÉTÉ TIRÉ DE CET OUVRAGE :

Sept exemplaires sur Hollande, numérotés de 1 à 7.

JUSTIFICATION DU TIRAGE :

LE RETOUR D'IMRAY

m
sa
___

ha

ta
de
pa
n'
et
so
a
p
p
s
o
l

LE RETOUR D'IMRAY

Imray acheva l'impossible. Sans avertir, sans motif concevable, en pleine jeunesse, au seuil de sa carrière, il trouva bon de disparaître du monde — je veux dire de la petite station hindoue qu'il habitait.

Un jour, c'était un homme plein de vie, bien portant, heureux, et fort en vue autour des billards de son cercle. Un matin, il n'était plus, et il échappait à toute investigation. Il avait quitté le rang, n'avait pas, à l'heure usuelle, paru à son bureau, et son dog-cart n'était plus sur les routes. En raison de choses semblables, et attendu que son absence embarrassait dans une mesure microscopique l'administration de l'Empire de l'Inde, l'Empire de l'Inde s'arrêta un instant microscopique à s'enquérir du sort d'Imray. On dragua les mares, on sonda les puits, on dépêcha des télégrammes le long des lignes de chemin de fer et jusqu'au port de mer le plus proche — à douze cents milles de là ; mais Imray ne se trouva au bout ni des dragues ni des fils télégraphiques. Il s'en était allé, et *le lieu où il habita ne le revit plus.* Sur quoi le grand Empire de l'Inde, qui ne pouvait retarder sa marche, se remit en route, et Imray passa de l'état d'homme à l'état de mystère — une de ces choses qui font le sujet des conversations autour des tables du cercle durant un mois, et qu'ensuite on oublie totalement. Ses fusils, ses chevaux, ses voitures furent vendus à l'encan ; son chef écrivit à sa mère une lettre on ne peut plus absurde, déclarant qu'Imray avait disparu d'une façon inexplicable et que son bungalow se trouvait vide.

Après trois ou quatre mois d'une chaleur à griller, mon ami Strickland, de la police, trouva bon de prendre en location le bungalow, qui appartenait à un propriétaire du cru. C'était avant ses fiançailles avec Miss Youghal — autre affaire racontée en autre lieu — et alors qu'il poursuivait ses fouilles au sein de la vie indigène. Pour ce qui est de la sienne, de vie, elle était assez singulière, et il ne manquait pas de gens pour déplorer ses us et coutumes. Il y avait toujours chez lui de quoi manger, mais d'heures réglées pour les repas, aucune. Il mangeait, debout et en se promenant, ce qu'il trouvait sur le buffet, et telle coutume n'a rien de bon pour les humains. Son équipement privé se

limitait à six carabines, trois fusils de chasse, cinq
selles, et toute une collection de solides gaules à
pêcher le « masheer », plus grosses et plus fortes
que les plus grandes gaules à saumon. Tout cela
occupait la moitié de son bungalow, dont l'autre
moitié était abandonnée à Strickland et à sa
chienne Tietjens — une énorme bête de Rampour,
qui dévorait quotidiennement la ration de deux
hommes. Elle parlait à Strickland un langage à
elle, et toutes les fois qu'en ses tournées elle voyait
des choses propres à troubler la paix de Sa Majesté
la Reine-Impératrice, elle revenait à son maître lui
faire son rapport ; sur quoi Strickland se livrait immédiatement à des démarches, qui se terminaient
par des ennuis, des amendes et de la prison pour
autrui. Les indigènes prenaient Tietjens pour un
démon familier, et la traitaient avec ce grand respect
qu'ont enfanté la haine et la crainte. L'une des pièces du bungalow était spécialement affectée à son
usage. Elle possédait en propre une couchette,
une couverture, et une jatte pour boire ; et quelqu'un entrait-il la nuit dans la chambre de Strickland, qu'elle avait pour coutume de terrasser
l'intrus et de donner de la voix jusqu'à ce qu'on
arrivât avec de la lumière. Strickland lui avait dû
la vie alors qu'il se trouvait sur la frontière à la
recherche d'un assassin du pays, lequel vint au
point du jour avec l'intention d'envoyer Strickland

beaucoup plus loin que les îles Andaman. Tietjens surprit l'homme au moment où il se glissait dans la tente de Strickland un poignard entre les dents ; et une fois établi aux yeux de la loi le bilan de son passé, cet homme fut pendu. A dater de ce moment, Tietjens porta un collier d'argent brut et fit usage d'un monogramme sur sa couverture de nuit ; cette couverture, en outre, fut d'une étoffe de kashmir double, car Tietjens était une chienne délicate.

En aucune circonstance ne se séparait-elle de Strickland ; et, une fois qu'il était malade de la fièvre, elle fut cause d'un grand ennui pour les médecins, attendu qu'elle ne savait comment venir en aide à son maître, et ne permettait à âme qui vive de tout au moins essayer. Macarnaght, du service médical de l'Inde, dut la frapper d'un coup de crosse sur la tête avant d'arriver à lui faire comprendre qu'elle devait céder la place à ceux qui pouvaient administrer de la quinine.

Peu de temps après que Strickland eut pris le bungalow d'Imray, je fus amené par mes affaires à traverser cette station, et, naturellement, les logements du cercle se trouvant au complet, je pris mes quartiers chez Strickland. Il s'agissait d'un désirable bungalow de huit pièces, recouvert d'un chaume épais qui le garantissait de toute infiltration de pluie. Sous le comble courait un vélum qu'à sa propreté l'on pouvait prendre pour un plafond blanchi à la chaux. Le propriétaire l'avait repeint lorsque Strickland loua le bungalow ; et, à moins de savoir comment les bungalows de l'Inde sont cons-truits, on n'eût jamais soupçonné qu'au-dessus du vélum c'était les profondeurs caverneuses du toit triangulaire, où les poutres et le dessous du chaume servaient d'habitacle à toutes sortes de rats, chau-ves-souris, fourmis et autres saletés.

A mon arrivée dans la verandah, Tietjens vint me saluer d'un aboiement qu'on eût pris pour le « boum » du gros bourdon de Saint-Paul, et me mit ses pattes sur l'épaule afin de me montrer qu'elle était contente de me voir. Strickland était arrivé à gratter de droite et de gauche une sorte de repas qu'il appelait déjeuner, et, à peine ce repas ter-miné, sortit à ses affaires. Je restai seul avec Tiet-jens et les miennes, d'affaires. L'ardeur de l'été s'était calmée pour faire place à l'humidité chaude des pluies. Rien ne bougeait dans l'air tiède, mais la pluie tombait en baguettes de fusil sur la terre, et répandait, en rejaillissant, un léger brouillard bleu. Les bambous, les canneliers, les poinsettias et les manguiers du jardin se tenaient immobiles sous l'eau chaude qui les traversait de coups de fouet, et les grenouilles commençaient à chanter dans les haies d'aloès. Un peu avant la tombée de la nuit, et quand la pluie était au plus fort, j'allai m'asseoir dans la verandah de derrière, entendis l'eau

gronder au sortir des larmiers, et, comme j'étais
couvert de cette chose qu'on appelle éruption de
chaleur, je me mis à me gratter. Tietjens, sortie
de la maison en même temps que moi, posa sa
tête sur mes genoux, et accusa une extrême mélan-
colie; aussi lui donnai-je des biscuits lorsque le
thé fut prêt, lequel thé je pris dans la verandah de
derrière à cause de la légère fraîcheur que j'y trouvai. Les pièces de la maison, par-dessus mon épaule,
étaient plongées dans l'obscurité. L'odeur de la
sellerie de Strickland et de la graisse de ses fusils
parvenait à mon odorat, et je n'éprouvais nul désir
de demeurer au milieu de ce fourbi. Mon serviteur
vint à moi dans la pénombre, la mousseline de ses
vêtements adhérant étroitement à son corps trempé,
et m'annonça qu'un monsieur était là, qui demandait à voir quelqu'un. Bien à contre-cœur, mais
seulement à cause, je veux le croire, de l'obscurité
des pièces, je me rendis dans le salon nu, en disant
à mon homme d'apporter les lumières. Il se pouvait,
oui ou non, qu'un visiteur eût attendu — il me
semblait avoir vu une silhouette par l'une des fenêtres — mais, quand arrivèrent les lumières, il n'y
avait rien qu'au dehors les hallebardes de la pluie,
et dans mes narines l'odeur de la terre en train de
boire. Je fis comprendre à mon serviteur qu'il
manquait peut-être un peu de sagacité, et retournai dans la verandah causer avec Tietjens. Elle

était sortie sous la pluie, et j'eus de la peine à l'amadouer suffisamment, même à renfort de petits fours glacés, pour la ramener à moi. Strickland rentra, tout dégouttant de pluie, juste au moment du dîner, et son premier mot fut :

— Il n'est venu personne ?

J'expliquai, avec force détails, qu'à la suite d'une fausse alerte mon serviteur m'avait mandé au salon ; ou que quelque drôle avait tenté de faire visite à Strickland, et que se ravisant il s'était sauvé après avoir fait passer son nom. Strickland commanda le dîner, sans plus, et, vu que c'était un vrai dîner, compliqué d'une nappe blanche, nous nous assîmes à table.

A neuf heures, Strickland éprouva le besoin de se coucher, et de mon côté je me sentis également fatigué. Dès qu'elle vit son maître gagner sa propre chambre, laquelle était voisine de la chambre d'honneur à elle réservée, Tietjens, qui était restée tout le temps couchée sous la table, se leva pour aller se jeter sur le flanc dans la vérandah la plus abritée. Qu'une simple femme eût été prise du caprice de coucher même dehors sous cette pluie battante, la chose n'eût guère prêté à conséquence ; mais Tietjens était une chienne, et par conséquent l'animal au-dessus. Je regardai Strickland, m'attendant à le voir prendre un fouet pour l'écorcher vive. Il sourit de façon bizarre, comme sourirait

2

celui qui viendrait de vous raconter quelque fâcheuse tragédie domestique.

— Elle a toujours fait cela depuis que j'ai emménagé ici, dit-il. Laissez-la aller.

La chienne était le bien de Strickland, en sorte que je me tus ; mais j'appréciai tout ce qui se passait en Strickland traité de cette cavalière façon. Tietjens campa de l'autre côté de la fenêtre de ma chambre, et l'un après l'autre les orages montèrent, fulminèrent sur le chaume, et s'éteignirent au loin. Les éclairs éclaboussaient le ciel comme fait l'œuf qu'on jette sur une porte de grange, sauf qu'au lieu d'être jaune la clarté était bleu pâle ; et, regardant à travers mes stores de bambou fendu, je pus voir que la grande chienne était debout, et non point endormie, dans la verandah, le poil hérissé sur l'échine, et les pattes ancrées au sol avec la rigidité du câble métallique qui soutient un pont suspendu. Dans les très courts instants de répit que laissait le tonnerre j'essayai de dormir, mais il me semblait que quelqu'un avait de moi le plus urgent besoin. Quel qu'il fût, ce quelqu'un essayait de m'appeler par mon nom, mais sa voix n'était guère plus qu'un rauque murmure. Le tonnerre cessa, et Tietjens s'en alla dans le jardin hurler à la lune bas à l'horizon. On essaya d'ouvrir ma porte, on arpenta la maison dans tous les sens, on stationna, le souffle oppressé, dans les verandahs ; et, juste au moment où j'allais m'endormir, je crus entendre des coups et des cris désordonnés au-dessus de ma tête ou contre la porte.

Je me précipitai dans la chambre de Strickland, et lui demandai s'il était malade et s'il m'avait appelé. Il était couché à moitié habillé sur son lit, une pipe à la bouche.

— Je savais bien que je vous verrais, dit-il. Je viens de me promener dans la maison, n'est-ce pas?

J'expliquai comme quoi il avait arpenté la salle à manger, le fumoir et quelques autres pièces. Là-dessus il se prit à rire et me dit de retourner me coucher. Je retournai me coucher, et dormis jusqu'au matin; mais, dans le trouble de mes nombreux et différents rêves, j'avais conscience de commettre une injustice vis-à-vis de quelqu'un aux désirs de qui je n'obtempérais pas. De quels besoins s'agissait-il, je ne saurais le dire; mais voletant, chuchotant, tripotant les serrures, aux aguets, le pas indécis, Quelqu'un me reprochait mon insouciance; et, à demi éveillé, je ne cessai de percevoir le hurlement de Tietjens dans le jardin et le fléau régulier de la pluie.

Je passai deux jours en cette maison. Strickland se rendit chaque matin à son bureau, me laissant seul des huit ou dix heures avec Tietjens pour toute société. Tant qu'il faisait clair, tout allait bien pour moi, et ainsi de Tietjens; mais au crépuscule nous déménagions l'un et l'autre dans la verandah de derrière, et nous nous recherchions réciproquement, en quête de compagnie. Nous étions seuls dans la maison ; mais celle-ci n'en était pas moins beaucoup trop occupée par un hôte dans les affaires duquel je ne tenais nullement à m'immiscer. Jamais je ne le vis, mais il me fut loisible de voir les portières qui séparaient les pièces s'agiter sur son récent passage, d'entendre les chaises craquer comme s'en redressaient les bambous qu'un poids venait de quitter, et, lorsque j'allais chercher un livre dans la salle à manger, de sentir que quelqu'un attendait, dans les ombres de la verandah de devant, que je m'en fusse allé. Tietjens ajoutait encore aux charmes du crépuscule en plongeant un regard enflammé dans les pièces assombries, tout le poil hérissé, et en suivant les mouvements de quelque chose que je ne pouvais voir. Elle n'entrait jamais dans les pièces, mais ses yeux allaient et venaient, intéressés : c'était on ne peut plus suffisant. Elle attendait que mon serviteur vînt arranger les lampes et rendre tout clair et habitable, pour rentrer avec moi et passer son temps assise sur les hanches, à surveiller par-dessus mon épaule les gestes d'un tiers invisible. Les chiens sont de gais compagnons.

Je tâchai de faire comprendre à Strickland, aussi aimablement qu'il se pouvait, que j'allais me trans-

porter au cercle afin de chercher à m'y caser. Je
louais son hospitalité, trouvais charmants ses fusils et ses gaules, mais ne me souciais guère de sa
maison ni de l'atmosphère d'icelle. Il m'écouta jusqu'au bout, et puis sourit d'un air très las, mais
sans mépris, attendu que c'est un homme qui comprend les choses.

— Restez, dit-il, pour voir ce que cela signifie.
Tout ce dont vous m'avez parlé, je le sais depuis
que j'ai pris le bungalow. Restez et attendez. Tietjens m'a lâché. Allez-vous faire comme elle?

Je l'avais aidé à se tirer de certaine petite affaire
au sujet d'une idole païenne, laquelle affaire m'a-
vait conduit au seuil d'un asile d'aliénés, et je
n'éprouvais nul désir de l'aider à se tirer de nouvelles expériences. C'était un homme sur qui pleu-
vaient les désagréments, comme sur d'autres pleu-
vent les invitations à dîner.

Je tâchai, en conséquence, de lui faire comprendre plus clairement que jamais que je professais
pour lui la plus vive affection, et m'estimerais heureux de le voir dans la journée; mais que je ne me
souciais point de dormir sous son toit. C'était après
dîner, alors que Tietjens était allée s'étendre dans
la verandah.

— Ma foi, je vous comprends, dit Strickland, les
yeux fixés sur le vélum. Regardez-moi cela!

Les queues de deux serpents marron pendaient

2.

entre l'étoffe et la corniche du mur. Sous la lumière de la lampe elles projetaient de longues ombres.

— Si vous avez peur des serpents, il va de soi... reprit Strickland.

J'ai à la fois la haine et la peur des serpents, attendu que si vous regardez au fond des yeux n'importe lequel d'entre eux, vous verrez qu'il en sait encore plus que nous sur le mystère de la chute de l'homme, et ressent à l'égard de celui-ci tout le mépris que ressentit le Démon lorsqu'Adam fut mis à la porte de l'Eden. Outre que sa morsure est généralement fatale, et qu'il s'insinue dans les jambes de pantalon.

— Vous devriez faire opérer la visite de votre chaume, dis-je. Passez-moi une gaule, que nous les fassions dégringoler.

— Ils vont aller se cacher parmi les poutres du toit, repartit Strickland. Je ne peux pas supporter les serpents au-dessus de la tête ! Je vais monter dans le toit. Si je les fais tomber, tenez-vous par là avec une baguette de fusil pour leur casser les reins.

Je n'étais guère pressé d'assister Strickland en son opération, mais je pris la baguette, et attendis dans la salle à manger, tandis qu'il apportait de la verandah une échelle de jardinier et l'appliquait contre le mur de la pièce. Les queues de serpent remontèrent et disparurent. Nous entendîmes l'é-

lan sec et précipité de lourds corps en train de courir à l'intérieur du bombé que formait le vélum.
Strickland prit une lampe avec lui, pendant que
j'essayais de lui faire comprendre le danger qu'il
y avait à faire la chasse aux serpents de toit entre
un vélum et le chaume, sans parler des frais loca-
tifs qu'on occasionne en fendant les vélums.

— Allons donc! fit Strickland. Ils vont sûrement se cacher le plus près possible du vélum.
Les briques sont trop froides pour eux, et c'est la
chaleur de la pièce qu'ils recherchent.

Il saisit le coin de l'étoffe, et l'arracha de la corniche. Elle céda avec un grand bruit de déchire-
ment, après quoi Strickland passa la tête par l'ouverture pour se trouver plongé dans les ténèbres
de l'angle que formaient les poutres. Je serrai les
dents et levai la baguette, car je n'avais pas la
moindre idée de ce qui pouvait descendre.

— Hum ! fit Strickland, dont la voix roula et
gronda dans le toit. Il y a assez de place, là-haut,
pour tout un autre étage, et, ma parole ! quelqu'un
l'occupe.

— Les serpents? répliquai-je d'au-dessous.

— Non. C'est un buffle. Tendez-moi le gros
bout d'une gaule de pêche, et je vais tâcher de
l'atteindre. C'est sur la grosse poutre du toit.

Je tendis la gaule.

— En voilà, un nid à hiboux et à reptiles. Pas

étonnant que les serpents y habitent, dit Strickland, en grimpant plus haut dans la toiture.

Je voyais son coude aller et venir avec la gaule.

— Sors de là, qui que tu sois! Gare le dessous! Voilà que cela tombe!

Je vis le vélum faire sac presque au centre de la pièce sous un fardeau qui le faisait de plus en plus descendre vers la lampe allumée sur la table. Je saisis la lampe pour la mettre à l'abri, et me reculai. Alors le vélum s'arracha des murs, se déchira, se fendit, se balança, et vomit sur la table quelque chose que je n'osai regarder, jusqu'à ce que Strickland eût glissé en bas de l'échelle et se tînt à côté de moi.

En sa qualité d'homme sobre de paroles, il ne parla guère; il se contenta de ramasser le bout pendant de la nappe et de le jeter par-dessus les restes qui étaient sur la table.

— On dirait, fit-il, en déposant la lampe, que notre ami Imray est revenu. Tiens! et toi, qu'est-ce que tu veux?

La nappe bougea, et un petit serpent sortit en frétillant, pour se voir casser les reins avec le manche de la gaule. Quant à moi, je me sentais le cœur trop malade pour dire rien qui vaille la peine de quelque mention.

Strickland médita, et se versa à boire. La chose qui était sous la nappe ne donna plus signe de vie.

— Est-ce Imray? demandai-je.

Strickland retourna la nappe un instant, et regarda.

— C'est Imray, répondit-il, et il a la gorge coupée d'une oreille à l'autre.

Là-dessus nous articulâmes, tous deux ensemble et nous parlant à nous-mêmes :

— Voilà pourquoi il chuchotait par toute la maison.

Dans le jardin, Tietjens se mit à aboyer furieusement. Un peu plus tard, son gros museau poussa la porte de la salle à manger.

Elle renifla et ne bougea plus. Le vélum en loques pendait presque au niveau de la table, et c'est à peine s'il restait assez de place pour se tenir à l'écart de la trouvaille.

Tietjens entra et s'assit, les dents à nu sous la lèvre, et les pattes de devant calées. Elle regarda Strickland.

— C'est une sale affaire, ma vieille, fit-il. Les gens, en général, ne grimpent guère dans les toits de leurs bungalows pour mourir, et en tout cas ils ne réassujettiraient pas le vélum derrière eux. Voyons, réfléchissons.

— Allons réfléchir ailleurs, dis-je.

— Excellente idée ! Eteignez les lampes. Nous allons aller dans ma chambre.

Je n'éteignis pas les lampes. Je commençai par

aller dans la chambre de Strickland, lui laissant le soin de faire l'obscurité. Puis il me suivit, après quoi nous bourrâmes nos pipes, et réfléchîmes. Strickland, du moins, réfléchit. Car, pour moi, je me mis à fumer avec rage, attendu que j'avais peur.

— Imray est de retour, dit Strickland. La question est : Qui a tué Imray? Ne dites rien, j'ai une idée à moi. Lorsque j'ai pris ce bungalow, j'ai pris aussi la plupart des serviteurs d'Imray. Imray était un garçon sans détours et bien inoffensif, qu'est-ce que vous en dites?

J'en tombai d'accord; malgré que le paquet qui était sous la nappe ne parût ni l'un ni l'autre.

— Si je fais venir les domestiques, ils vont se soutenir mordicus et mentir comme des Aryens. Que pensez-vous?

— Faites-les venir un à un, dis-je.

— Ils courront tout raconter à leurs camarades, reprit Strickland. Il nous faut les isoler. Croyez vous que votre serviteur sache quelque chose?

— Cela se peut, je n'en sais rien; mais je ne le crois pas probable. Il n'est ici que depuis deux ou trois jours, répondis-je. Qu'avez-vous dans l'idée?

— Je ne peux rien dire. Comment diantre l'homme a-t-il passé à l'envers du vélum?

On entendit une grosse voix tousser derrière la porte de la chambre à coucher de Strickland. Ce qui signifiait que Bahadour Khan, son valet de chambre, venait de s'éveiller et voulait mettre Strickland au lit.

— Entre, dit Strickland. La nuit est très chaude, n'est-ce pas?

Bahadour Khan, un grand Mahométan de six pieds, turbanné de vert, déclara qu'en effet c'était une nuit très chaude; mais qu'il y avait encore de la pluie dans l'air, ce qui, s'il plaisait à Son Honneur, apporterait du soulagement au pays.

— Il en sera tel, s'il plaît à Dieu, repartit Strickland en arrachant ses bottes. Je crains, Bahadour Khan, de t'avoir accablé de travail depuis pas mal de temps — ma foi, depuis que tu es entré à mon service. Cela remonte à quand?

— Le Fils du Ciel a-t-il oublié? C'était quand Imray Sahib est parti secrètement pour l'Europe sans avertir; et je suis entré — oui, moi — à l'honoré service du protecteur du pauvre.

— Ainsi, Imray Sahib est allé en Europe?

— C'est ce qu'on dit parmi ses anciens serviteurs.

— Et tu reprendras du service auprès de lui lorsqu'il reviendra?

— Assurément, Sahib. C'était un bon maître, et il traitait ses gens avec bienveillance.

— C'est certain. Ecoute, je suis très fatigué, mais demain je vais chasser l'antilope. Donne-moi la petite carabine dont je me sers pour l'antilope noire ; elle est dans l'étui, là-bas.

L'homme se pencha sur l'étui, tendit les canons, la crosse et le devant à Strickland, lequel adapta le tout ensemble, puis, avec un bâillement plaintif, allongea le bras jusqu'à l'étui, y prit une cartouche à balle, et la glissa dans la culasse du ·360 Express.

— Et comme cela, Imray Sahib est allé secrètement en Europe ! Voilà qui semble bien étrange, Bahadour Khan, ne trouves-tu pas ?

— Que sais-je des façons de l'homme blanc, Fils du Ciel ?

— Pas grand'chose, je l'avoue. Mais tout à l'heure tu en sauras davantage. Il m'est arrivé d'apprendre qu'Imray Sahib est revenu de ses si longs voyages, et qu'en ce moment il se trouve dans la pièce à côté, où il attend son serviteur.

— Sahib !

La lumière de la lampe glissa le long des canons de la carabine comme ils se mettaient au niveau de la large poitrine de Bahadour Khan.

— Va voir ! dit Strickland. Prends une lampe. Ton maître est fatigué, et il t'attend. Va !

L'homme prit une lampe, et s'en alla dans la salle à manger, suivi de Strickland, qui presque le poussait du bout de la carabine. Il resta un moment à regarder les sombres retraites que cachait le vélum, le serpent qui se tordait sur le sol, et, en dernier lieu, tandis que son visage se couvrait d'une sorte d'enduit grisâtre, cette chose qui était sous la nappe.

— Tu as vu ? demanda Strickland, après un moment de silence.

— J'ai vu. Je suis d'argile dans les mains de l'homme blanc. Que va faire Son Honneur ?

— Te pendre avant que ce mois soit écoulé. Quoi d'autre ?

— Pour l'avoir tué ? Mais, Sahib, réfléchis. En allant parmi nous, ses serviteurs, il laissa tomber les yeux sur mon enfant, qui avait quatre ans. Il lui jeta un sort, et en dix jours mon enfant — oui, mon enfant ! — mourut de la fièvre.

— Qu'avait dit Imray Sahib ?

— Il avait dit que c'était un bel enfant, et l'avait caressé sur la tête ; donc, mon enfant mourut. Donc, je tuai Imray Sahib au crépuscule, lorsqu'il venait de rentrer du bureau et qu'il dormait. Donc, je le traînai là-haut dans les poutres du toit et remis tout en place derrière lui. Je suis le serviteur du Fils du Ciel.

Strickland me regarda par-dessus la carabine, et dit en langage indigène :

— Tu es témoin de cet aveu ? Il a tué.

Bahadour Khan se tenait là, le visage gris cendre sous la lumière de l'unique lampe. Le besoin de se justifier ne tarda pas à s'emparer de lui.

— Je suis pris, dit-il, mais l'offense vient de cet homme. Il avait jeté le mauvais œil sur mon enfant, et je l'ai tué et caché. Ceux-là seulement que servent les démons (et son regard lança un éclair sur Tietjens couchée immobile devant lui), ceux-là seulement pouvaient savoir ce que j'avais fait.

— C'était fort habile. Mais tu aurais dû l'amarrer à la poutre avec une corde. Maintenant, c'est toi qu'on va amarrer à une corde. Planton !

Un policeman assoupi répondit à l'appel de Strickland. Un autre le suivait, et Tietjens conserva une tranquillité merveilleuse.

— Emmenez-le au poste de police, dit Strickland. Il s'agit d'un cas urgent.

— On me pend, alors ? demanda Bahadour Khan, sans faire la moindre tentative de fuite, et en gardant les yeux attachés au sol.

— Si le soleil brille et si l'eau coule (1) — oui, répliqua Strickland.

Bahadour Khan recula d'une longue enjambée, frissonna, et ne bougea plus. Les deux policemen attendirent de nouveaux ordres.

— Allez ! fit Strickland.

— Pardon ; mais je m'en vais très vite, dit Bahadour Khan. Regarde ! Je suis dès maintenant un homme mort.

(1) Proverbe indigène.

Il leva le pied, et au petit doigt crochait la tête
du serpent à demi tué, solidement fixée dans l'agonie de la mort.

— Je sors d'une famille de propriétaires, dit
Bahadour Khan, en chancelant sur place. C'eût été
une honte pour moi que de marcher à la potence ;
aussi, je prends ce chemin. Qu'on se rappelle que
les chemises du sahib sont toutes bien comptées,
et qu'il y a dans sa cuvette un morceau de savon
d'extra. Mon enfant fut ensorcelé, et j'ai fait périr
le sorcier. Pourquoi chercheriez-vous à me faire
périr par la corde ? Mon honneur est sauf, et...
et... je meurs.

Il mourut, au bout d'une heure, comme meurent
ceux que pique le petit *karait* brun. Et les policemen le portèrent, lui et cette chose qui était sous la
nappe, en leurs places respectives.

— Et c'est, dit Strickland d'un ton très calme,
en grimpant dans son lit, ce qu'on appelle le
vingtième siècle. Avez-vous entendu ce qu'a dit cet
homme ?

— J'ai entendu, répliquai-je. Imray s'est trompé.

— Tout simplement pour avoir ignoré la nature
de l'Oriental, et la coïncidence d'une petite fièvre
périodique. Il y avait quatre ans que Bahadour Khan
était avec lui.

Je frémis. Il y avait exactement ce laps de temps

que mon propre serviteur était avec moi. Lorsque
je passai dans ma chambre, je trouvai mon homme
qui m'attendait, aussi impassible que l'effigie de
cuivre d'un penny, pour m'enlever mes bottes.

— Qu'est-ce donc qui est arrivé à Bahadour
Khan? dis-je.

— Il a été piqué par un serpent, et il est mort.
Le reste, le sahib le sait.

Telle fut la réponse.

— Et que sais-tu toi-même de cette affaire?

— Tout ce qu'on pouvait recueillir de quelqu'un
qui s'en vient au crépuscule demander satisfaction.
Doucement, sahib. Que j'enlève ces bottes.

Je venais de céder au sommeil d'un homme qui
n'en peut plus, lorsque j'entendis Strickland crier
de son côté de la maison :

— Tietjens est revenue à sa place !

Elle y était revenue, en effet. Le grand lévrier
était majestueusement étendu sur son propre lit,
sur sa propre couverture, tandis qu'en la chambre
voisine allait et venait, balayant la table, le vélum
indolent et veuf.

DRAY WARA YOW DEE

3.

DRAY WARA YOW DEE

Des amandes et des raisins, sahib? Du raisin de Caboul? Ou peut-être un poney des plus beaux si seulement le sahib veut bien venir avec moi? Il a un mètre quarante au garrot, joue le polo, s'attelle à la charrette, porte une dame, et — par le Saint Kurshed et les Bienheureux Imams, c'est le sahib en personne! Mon cœur est gonflé et mon œil satisfait. Puissiez-vous ne jamais ressentir de fatigue! Telle l'eau fraîche au lit du Tirah, telle la vue d'un ami en un lieu éloigné. Et que faites-vous, vous, dans ce maudit pays? Au sud du Delhi, sahib, vous savez le proverbe — « Rats les hommes, catins les femmes. » Comment, c'est sur un ordre? Oh, alors! Un ordre est un ordre jusqu'à ce qu'on soit assez fort pour désobéir. O mon frère, ô mon ami, nous nous sommes rencontrés en une heure propice! Tout va-t-il bien dans le cœur, le corps et la maison? Jour heureux que celui où tous deux nous nous retrouvons!

Je vais avec vous? Grande est votre faveur. Y

aura-t-il place pour les piquets dans le compound ?
J'ai trois chevaux, les charges et le palefrenier. De
plus, souvenez-vous que la police d'ici me tient
pour un voleur de chevaux. Qu'est-ce qu'ils y connaissent, aux voleurs de chevaux, ces bâtards des
Lowlands ? Vous rappelez-vous le temps où Kamal
— le vagabond qu'il était — menait tapage aux
portes de Jumrud, et où il souleva les chevaux du
colonel tous dans une nuit ? Kamal est mort maintenant, mais son neveu a repris l'affaire en main,
et ce n'en est pas fini, qu'il se trouve encore des
manquants parmi les chevaux, si les recrues de
l'autre côté de la passe de Khaiber n'y veillent.

La paix de Dieu et la faveur de son Prophète
soient sur cette maison-ci et tout ce qu'il y a dedans!
Shafiz-ullah, attache la jument pommelée sous
l'arbre et tire de l'eau. Les chevaux peuvent rester au soleil, mais replie-leur les feutres sur les
reins. Non, mon ami, inutile de les regarder. Ils
sont destinés à être vendus à ces idiots d'officiers
qui connaissent si bien le cheval. La jument est
pleine à mettre bas; le gris est un informe démon;
et l'isabelle... mais vous connaissez le truc de la
cheville dans le sabot. Dès qu'ils seront vendus je
retourne à Pubbi, ou, peut-être bien, dans la vallée de Peshawer.

O ami de mon cœur, que c'est bon de vous revoir!
J'ai passé ma journée à faire des courbettes et à

mentir aux sahibs officiers par rapport à ces chevaux, et j'ai soif de franc-parler. *Auggrh!* C'est
une excellente chose que le tabac avant le repas.
Allez de votre côté, car nous ne sommes pas dans
notre pays. Asseyez-vous dans la verandah, et moi
je vais étendre ici mon tapis. Mais il faut auparavant que je boive. *Au nom de Dieu et pour le
remercier, trois fois merci!* Voici, certes, une eau
parfaite — aussi parfaite que l'eau de Sheoran lorsqu'elle arrive des neiges.

Ils sont tous heureux et bien portants dans le
nord — Khoda Bash et les autres. Yar Khan est
descendu du Kourdistan avec les chevaux — trois
douzaines seulement, dont une bonne moitié en
poneys de bât — et il a déclaré en plein sérail de
Kashmir que vous devriez, vous autres Anglais,
envoyer des canons faire sauter l'amir en enfer.
Il y a, en ce moment, *quinze* péages sur la route de
Kaboul; et à Dakka, lorsqu'il se croyait hors d'affaire, Yar Khan s'est vu dépouillé de tous ses étalons du Balkh par le gouverneur! C'est criant d'injustice, et Yar Khan est fou de rage. Pour ce qui
est des autres, Mahbub Ali est encore à Pubbi, en
train d'écrire Dieu sait quoi. Tuglaq Khan est en
prison pour l'affaire du poste de police de Kohat.
Faiz Beg est descendu d'Ismail-ki-Dhera avec une
ceinture bokhariote pour toi, mon frère, à la fin de
l'année, mais personne ne savait où tu étais allé;

il n'était pas resté la moindre nouvelle. Les cousins ont pris un nouvel herbage près de Pakpattan pour élever des mules destinées aux charrettes du gouvernement, et il y a au bazar une histoire de prêtre. Oh, oh! Un conte d'un salé! Ecoute...

Sahib, pourquoi me demander cela? Si mes vêtements sont souillés, c'est à cause de la poussière de la route. Si j'ai les yeux cernés, c'est à cause de l'éclat du soleil. Si j'ai les pieds gonflés, c'est de les avoir lavés dans des eaux amères; et si j'ai les joues creuses, c'est parce que la nourriture, ici, est mauvaise. Au feu, votre argent! Je n'en ai que faire. Je suis riche, et je vous prenais pour un ami; mais vous êtes comme les autres — un sahib. Un homme est-il triste? Donnez-lui de l'argent, disent les sahibs. Est-il déshonoré? Donnez-lui de l'argent, disent les sahibs. A-t-il un affront à venger? Donnez-lui de l'argent, disent les sahibs. Tels sont les sahibs, et tel es-tu, toi — oui, toi.

Non, ne regardez pas les pieds de l'isabelle. Dommage que je ne vous aie jamais appris à connaître les jambes d'un cheval? Boiteux? Soit. Eh bien, quoi? Les routes sont dures. Et la jument aussi, est boiteuse? Elle porte double fardeau, sahib.

Et maintenant, je vous en prie, laissez-moi partir. Grands sont la faveur et l'honneur dont j'ai été l'objet de la part du sahib, et gracieusement a-t-il montré sa croyance que les chevaux sont

volés. Lui plaira-t-il de m'envoyer à la thana (1) ?
D'appeler un balayeur pour me faire emmener par
un de ces lézards-là ? Je suis l'ami du sahib. J'ai
bu de l'eau à l'ombre de sa maison et il m'a noirci
la face. Reste-t-il quelque chose à faire? Le sahib
me donnera-t-il huit annas pour adoucir l'injure et
... compléter l'insulte ?...

Pardonnez-moi, mon frère. Je ne savais — je ne
sais pas en ce moment — ce que je dis. Oui, je
vous ai menti ! Je me couvrirai la tête de poussière
— je ne suis qu'un Afridi ! Les chevaux ont dû
marcher, tout boiteux qu'ils sont, depuis la vallée
jusqu'ici, et j'ai les yeux brouillés, et le corps me
fait mal, à cause du manque de sommeil, et j'ai le
cœur desséché de chagrin et de honte. Mais, de
même que ce fut ma honte, de même, par le Dieu
Dispensateur de la Justice — par Allah-al-Mumit,
ma vengeance sera mienne !

Ce n'est pas la première fois que nous causons
le cœur à nu, et nos doigts ont trempé dans le
même plat, et tu as été pour moi comme un frère.
C'est pourquoi je te paie de mensonges et d'ingra-
titude... comme un Pathan. Ecoute, maintenant !
Quand la douleur de l'âme passe de son poids les
forces de l'endurance, on arrive par la parole à
l'alléger un peu ; en outre, l'esprit de l'homme sin-

(1) Poste de police.

cère est comme un puits, et le caillou de confession qu'on y laisse tomber, s'y enfonce et plus ne se revoit. De la vallée je suis venu à pied, lieue par lieue, dans la poitrine un feu pareil au feu de l'enfer. Et pourquoi ? As-tu, alors, si vite oublié nos coutumes, parmi ces gens d'ici qui vendent leurs femmes et leurs filles pour de l'argent ? Reviens avec moi dans le nord et sois parmi des hommes une fois encore. Reviens, lorsque cette affaire sera consommée et que je t'appellerai ! La fleur des vergers de pêchers est sur toute la vallée, et il n'est, ici, que poussière et grande puanteur. Un vent plaisant souffle dans les mûriers, et les torrents sont éclatants d'eau de neige, et les caravanes montent et les caravanes descendent, et cent feux étincellent dans le boyau de la Passe, et le piquet de tente répond au maillet, et le poney de charge hennit au poney de charge à travers la fumée flottante du soir. Il fait bon maintenant dans le nord. Reviens avec moi. Retournons aux nôtres ! Viens !

. . . .

D'où mon chagrin ? Lorsque l'homme s'arrache le cœur et morceau par morceau le fait cuire à feu lent, est-ce pour rien autre qu'une femme ? Ne ris pas, ami à moi, car ton temps aussi viendra. C'était une femme des Abazai, et je la pris en mariage pour arrêter la discorde entre notre village et les gens de Ghor. Je ne suis plus jeune ? La chaux a

touché ma barbe? C'est vrai. Je n'avais aucun
besoin de me marier? Non, mais je l'aimais. Que
dit Rahman : — « En celui dont le cœur ouvre la
porte à l'Amour, il n'est que Folie *et rien autre.*
D'un éclair de l'œil elle t'a aveuglé, et des paupières
et de la frange des paupières pris en captivité sans
rançon, *et rien autre.* » Te rappelles-tu cette chanson durant que le mouton rôtissait au camp de
Pindi, parmi les Uzbegs de l'amir?

Les gens des Abazai sont des chiens, et leurs femmes, les servantes du péché. Il y avait bien parmi
les siens, à elle, un amoureux; mais, de cela, son
père ne me dit mot. Mon ami, maudissez pour moi
dans vos prières, comme je maudis chaque fois que
je prie depuis le Fakr jusqu'à l'Isha, le nom de
Daoud Shah, des Abazai, dont la tête repose encore
sur le col, dont les mains sont encore aux poignets,
qui a causé mon déshonneur, qui a fait de mon
nom un objet de risée parmi les femmes du Petit
Malikand.

Au bout de deux mois je me rendis en Hindoustan — à Chérat. Je ne restai parti que douze jours;
mais j'avais déclaré que je resterais quinze jours
absent. Ainsi fis-je pour l'éprouver, car il est écrit:
« Ne te fie pas à l'incapable. » En remontant seul
la gorge à la chute du jour, j'entendis une voix
d'homme chanter à la porte de ma maison ; et
c'était la voix de Daoud Shah, et la chanson qu'il

chantait, c'était *Dray wara yow dee* — les trois ne
font qu'un. Ce fut comme si l'on m'eût glissé une
entrave autour du cœur et que tous les démons
eussent tiré dessus pour la serrer passé toute endurance. Je me coulai silencieusement jusqu'en haut
du chemin, mais la pluie avait mouillé la mèche de
mon flingot, et je ne pouvais tuer Daoud Shah de
loin. De plus, j'avais dans l'idée de tuer la femme
aussi. De sorte qu'il continuait de chanter, assis à
l'extérieur de ma maison; et voilà que la femme
ouvrit la porte, et j'approchai, rampant sur le ventre parmi les rochers. Je n'avais sous la main que
mon couteau. Or, mon pied fit glisser une pierre,
et tous deux regardèrent en bas de la montagne,
et lui, laissant là son flingot, fuit ma colère, à
cause qu'il avait peur pour la vie qui était en lui.
Quant à la femme, elle ne bougea que je ne fusse
en face d'elle, lui criant : « O femme, qu'est-ce donc
que tu as fait ? » Et elle, le cœur exempt de crainte,
bien qu'elle connût ma pensée, se prit à rire et dit :
« C'est peu de chose. Je l'aimais, et toi tu n'es
qu'un chien et un voleur de bétail qui profites de
la nuit. Frappe ! » Et moi, encore aveuglé par sa
beauté... car, ô mon ami ! les femmes des Abazaï
sont fort belles, je dis : « N'as-tu donc point de
crainte ? » Et elle, de répondre : « Aucune — sauf
la crainte de ne point mourir. » Alors, je dis :
« N'aie point cette crainte. » Et elle baissa la tête,

et je la lui abattis à la nuque d'un coup si fort que cette tête me sauta entre les pieds. Après quoi la fureur des nôtres s'empara de moi, et je lui ébréchai les seins, afin que les hommes du Petit Malikand pussent avoir connaissance du crime, et je jetai le corps dans le cours d'eau qui aboutit à la rivière de Caboul. *Dray wara yow dee! Dray wara yow dee!* Le corps sans tête, l'âme sans lueur, et mon propre cœur enténébré... les trois ne font qu'un... les trois ne font qu'un!

Cette nuit-là, sans faire halte, j'allai à Ghor, demander après Daoud Shah. On me dit : « Il est allé à Pubbi pour des chevaux. Que lui veux-tu? La paix règne entre les villages. » Je répondis : « Oui-da! La paix de trahison et l'amour qu'à Gurel porta le démon Atala. » Sur quoi je fis feu trois fois dans la barrière, me mis à rire et poursuivis mon chemin.

Au cours de ces heures-là, frère et ami du cœur de mon cœur, la lune et les étoiles étaient comme du sang au-dessus de moi, et j'avais dans la bouche le goût de la terre sèche. Aussi ne rompis-je le jeûne, et n'eus-je pour boisson que la pluie de la vallée de Ghor sur la face.

A Pubbi je trouvai Mahbub Ali, l'écrivain, assis sur son lit de sangle, et lui livrai mes armes conformément à votre Loi. Mais je ne m'attristais pas, car il était dans mon cœur que je tuerais Daoud

Shah de mes mains que voici, de la sorte — comme on dépouille une grappe de raisin. Muhbub Ali dit : « Daoud Shah vient à l'instant de partir en toute hâte pour Peshawer, et il va choisir ses chevaux le long de la route, en allant à Delhi, car on prétend que la compagnie de tramways de Bombay est en train d'acheter dans cette dernière ville des chevaux par wagonnées... huit chevaux au wagon. » Et ce qu'il disait était vrai parler.

Alors je m'aperçus que la randonnée ne serait pas peu de chose, car l'homme avait passé vos frontières pour échapper à ma colère. Est-ce ainsi qu'il échappera ? Ne suis-je pas en vie ? Quand il irait courir au nord jusqu'au Dora et jusqu'aux neiges, ou bien au sud jusqu'à l'Eau Noire, je le suivrai, comme un amant, pas à pas, suit sa maîtresse, et m'avançant sur lui je le prendrai tendrement... oh ! si tendrement, dans mes bras, et lui dirai : « C'est bien travaillé, et bien récompensé seras-tu. » Et Daoud Shah ne sortira pas de mon étreinte le souffle aux narines. *Augrrh !* Où est la cruche ? J'ai soif autant qu'une jument grosse d'un mois.

Votre Loi ! Que me fait votre Loi ? Quand les chevaux se battent dans les herbages, prêtent-ils attention aux barrières ; ou les vautours d'Ali Musjid s'abstiennent-ils si la charogne gît à l'ombre du Ghor Kuttri (1) ? L'affaire a pris naissance de l'autre

(1) Caravansérail, à Peshawer.

côté de la frontière. Elle prendra fin où Dieu voudra. Ici, dans mon propre pays, ou en enfer. Les trois ne font qu'un.

Ecoute, maintenant, toi qui partages le chagrin de mon cœur, et je vais te raconter la randonnée. Je suivis la piste de Pubbi à Peshawer, et je courus les rues de Peshawer comme un chien errant, en quête de mon ennemi. Une fois, je crus le voir se laver la bouche à la borne-fontaine du grand square; mais, comme j'allais l'atteindre, il était parti. Il se peut que ce fût lui, et qu'en voyant qui j'étais il ait fui.

Une fille du bazar m'apprit qu'il irait à Nowshera. Je dis : — « O cœur de mon cœur, Daoud Shah te visite-t-il? » Elle répondit : — « Parfaitement. » Je repris : — « Je souhaiterais de le voir, car nous sommes amis, et voilà deux ans que nous ne nous sommes vus. Cache-moi, je te prie, ici dans l'ombre de la persienne, et j'attendrai sa venue. » Et la fille, de dire : — « O Pathan, regarde-moi dans les yeux! » Et couché sur son sein je tournai la tête et la regardai dans les yeux, en jurant que je disais la vraie vérité de Dieu. Mais elle, de répondre : — « Jamais ami n'attendit ami avec de pareils yeux. Mentez à Dieu et au Prophète, mais à une femme vous ne sauriez mentir. Hors d'ici! Nul mal, à cause de moi, n'arrivera à Daoud Shah. »

Sans la peur de votre police j'eusse étranglé cette

fille; et de la sorte la randonnée eût été réduite à
néant. Je me contentai donc de rire et de m'en
aller, tandis que, penchée sur l'appui de la fenêtre,
dans la nuit, elle m'insultait jusqu'à ce que j'eusse
passé le tournant de la rue. Elle a pour nom
Jamun (1). Dès que j'aurai réglé mon compte avec
l'homme, je retournerai à Peshawer et... ses amants
ne la désireront plus pour sa beauté. Ce ne sera
plus *Jamun*, mais *Ak*, le cul-de-jatte des arbres.
Oh, oh, *Ak* elle sera !

A Peshawer j'achetai des chevaux et des raisins,
des amandes et des fruits secs, afin de donner au
gouvernement un mobile à mes vagabondages, et
de ne pas trouver d'obstacle sur la route. Mais
lorsque j'arrivai à Nowshera, il était parti, et je
ne sus où aller. Je restai un jour à Nowshera, et
dans la nuit, comme je dormais au milieu des chevaux, une voix me parla à l'oreille. Toute la nuit
elle voleta autour de ma tête sans vouloir cesser
de chuchoter. J'étais couché sur le ventre, dormant
comme dorment les démons, et il se peut que la Voix
fût celle d'un Démon. Elle dit : « Va au sud, et tu
rencontreras Daoud Shah. » Ecoute, mon frère et
le meilleur de mes amis — écoute ! L'histoire te
semble longue ? Juge de sa longueur pour moi. Il
n'est pas une lieue de la route, que je n'aie faite à

(1) Nom d'arbre. On sait que les prostituées, dans l'Inde, sont
toutes mariées à des arbres. Voir *Sur le Mur de la Ville*.

pied, de Pubbi jusqu'ici ; et à partir de Nowshera la Voix et la soif de la vengeance ont été mes seuls guides.

J'allai même jusqu'à l'Uttock, mais ce ne me fut pas un obstacle. Oh, oh! On peut donner au mot double sens, même en pleine affliction. L'Uttock ne me fut pas *uttock* (obstacle); et j'entendis la Voix, au-dessus du bruit des eaux qui battaient le grand rocher, dire : — « Va à droite. » Sur quoi j'allai à Pindigheb, et en ces jours-là le sommeil me fut totalement ravi, et la tête de la femme des Abazaï fut devant moi nuit et jour, absolument comme elle était tombée entre mes pieds. *Dray wara yow dee! Dray wara yow dee!* Feu, cendres, et ma couche... les trois ne font qu'un...les trois ne font qu'un!

Or, j'étais loin de la route d'hiver des marchands qui étaient allés à Sialkot, et, de la sorte, au sud, le long de la voie de chemin de fer et de la Grand'-Route qui mène à la ligne des cantonnements; mais, à Pindigheb, il y avait dans le camp un sahib qui m'acheta une jument blanche un bon prix, et me déclara qu'un nommé Daoud Shah était passé, en route pour Shahpour, avec des chevaux. Alors, je m'aperçus que l'avertissement de la Voix était vrai, et je fus prompt à m'en venir aux Montagnes Salées. Le Jhelum était débordé, mais je ne pouvais attendre, et, dans la traversée, j'eus un étalon bai

emporté et noyé. Ici Dieu me fut sévère — non au
regard de la bête, de quoi je n'avais cure — mais
pour ce qui est de ce ravissement : tandis que j'é-
tais sur la rive droite à pousser les chevaux dans
l'eau, Daoud Shah était sur la rive gauche; car...
Alghias! Alghias!... les sabots de ma jument dis-
persèrent les cendres chaudes de ses feux quand
nous montâmes sur la berge de par ici, au lever du
jour. Mais il avait fui. La terreur de la Mort avait
rendu ses pieds rapides. Et de Shahpour je m'en
allai au sud, droit devant moi. Je n'osai me détourner,
de peur de manquer ma vengeance — laquelle est
mon droit. De Shahpour je longeai le Jhelum, car je
pensais que le fuyard éviterait le Désert du Rechna.
Mais, bientôt, à Sahiwal, je m'éloignai dans la
direction de Jhang, Samundri et Gugera, jusqu'à
ce que, une nuit, la jument pommelée se trouvât le
poitrail sur la clôture du chemin de fer qui va à
Montgomery. Et l'endroit était Okara, et la tête de
la femme des Abazai reposait sur le sable entre
mes pieds.

De là j'allai à Fazilka, et l'on me demanda si j'é-
tais fou d'y amener des chevaux mourants de faim.
La Voix était avec moi, et je n'étais nullement fou,
mais seulement las, à cause que je ne pouvais trouver Daoud Shah. Il était écrit que je ne le trouve-
rais ni à Rania ni à Bahadourgah, et je m'en vins
de l'ouest à Delhi, et là non plus je ne le trou-

vai pas. Mon ami, j'ai vu maintes choses étranges
en mes vagabondages. J'ai vu les démons gambader à travers le Rechna comme au printemps les
étalons gambadent. J'ai entendu les *Djinns* s'entr'
appeler du fond de leurs trous dans le sable, et je
les ai vus me passer devant les yeux. Il n'y a pas
de démons, disent les sahibs? Les sahibs sont
gens fort avisés, mais ils ne savent pas tout au
sujets des démons ni... des chevaux. Oh, oh! Je
vous déclare, à vous qui riez de ma misère, que j'ai
vu les démons en plein midi huer et sauter sur les
hauts-fonds du Chenab. Et avais-je peur? Mon frère,
lorsque son désir ne tend qu'à une chose, l'homme
ne craint ni Dieu, ni Homme, ni Démon. Si ma vengeance échouait, je fracasserais de la crosse de mon
fusil les Portes du Paradis, ou de mon couteau me
taillerais mon chemin jusqu'à l'Enfer, pour récla-
mer à ceux qui gouvernent là le corps de Daoud
Shah. Quel amour aussi profond que la haine?

Ne parlez pas. Je connais la pensée de votre
cœur. Voyez-vous un nuage au blanc de l'œil que
voici? Comment au poignet le sang se comporte-t-
il ? Nulle folie n'habite ma chair, mais rien que la
véhémence du désir qui m'a consumé. Écoutez!

Au sud de Delhi je ne connaissais pas du tout
le pays. Je ne pourrais donc dire où j'allai, mais
je traversai maintes cités. Je ne savais qu'une
chose, c'est qu'il m'était ordonné d'aller au sud.

4.

Quand les chevaux ne pouvaient plus marcher, je me jetais sur la terre et attendais le jour. Il n'y eut pas de sommeil pour moi durant ces étapes; et ce fut lourd à porter. Connais-tu, ô frère mien, le mal qui consiste à ne pouvoir briser l'insommie — quand le manque de sommeil fait que vous avez mal aux os, et que la lassitude vous tire la peau des tempes, et que cependant... il n'y a pas de sommeil... pas de sommeil? *Dray wara yow dee!* *Dray wara yow dee!* L'œil du soleil, l'œil de la lune, et mes yeux... à moi, mes yeux sans repos... les trois ne font qu'un... les trois ne font qu'un!

Il y avait une ville dont j'ai oublié le nom, et là toute la nuit la Voix se fit entendre. C'était il y a dix jours. Elle m'a trompé de nouveau.

Je suis venu ici d'un endroit appelé Hamirpour, et, vois, c'est mon Destin que pour mon bonheur, et le resserrement de notre amitié, je te rencontre. C'est d'un bon augure. Grâce à la joie de contempler ton visage, la lassitude s'en est allée de mes pieds, et l'affliction de mon si long voyage est oubliée. En outre, mon cœur est en paix, car je sais que la fin est proche.

Il se peut que je trouve Daoud Shah dans cette ville-ci, en route vers le nord, puisque toujours un montagnard retourne à ses montagnes quand le printemps se fait sentir. Et les verra-t-il, ces monts de notre pays? Sûrement, je l'atteindrai! Sûrement,

ma vengeance est sauve! Sûrement, Dieu le tient à
ma disposition dans le creux de sa main. Nul mal
n'arrivera jusqu'à ma venue à Daoud Shah; car je
souhaite de le tuer en pleine vie, l'âme chevillée
dans le corps. La grenade est en pleine saveur
quand les pépins se séparent avec difficulté de l'é-
corce. Que ce soit dans la journée, afin que je puisse
voir son visage et que ma joie soit à son comble.

Et quand j'aurai terminé l'affaire et que mon honneur sera lavé, je rendrai grâces à Dieu, Celui qui
tient les Balances de la Justice, et je dormirai. Dès
cette nuit-là, tout le jour, et au cours de la nuit
encore, je dormirai; et nul rêve ne viendra me
troubler.

Et maintenant, ô mon frère, l'histoire est contée
toute. *Ahi! Ahi! Alghias! Ahi!*

LE RICKSHAW-FANTOME

l'A
de
in
ou
le
q
n
c
il
n
o
s

c
l
i

LE RICKSHAW-FANTOME (1)

Un des rares avantages que l'Inde possède sur l'Angleterre, c'est sa grande sociabilité. Au bout de cinq ans de service, on s'y trouve directement ou indirectement en relations familières avec les deux ou trois cents « civilians » (2) de sa province, tous les mess de dix ou douze régiments et batteries, et quelque quinze cents autres personnes du monde non officiel. En dix ans, le nombre des connaissances peut se trouver doublé, et, au bout de vingt ans, il n'est pas un Anglais de l'Empire que l'on ne connaisse ou dont on n'ait entendu parler, après quoi on peut voyager du nord au sud et de l'est à l'ouest sans bourse délier.

Les globe-trotters, qui comptent sur l'hospitalité comme un droit, ont porté quelque atteinte à cette largesse de cœur, mais il n'en persiste pas moins, aujourd'hui, que si vous appartenez au cercle des initiés, et n'êtes ni un ours ni une brebis galeuse,

(1) Le *rickshaw* est une sorte de pousse-pousse à quatre *coolies*.
(2) « Civilian », agent du service civil des Indes.

toutes les maisons vous sont ouvertes, et que notre
petit monde est très, très bienveillant, très, très
secourable.

Rickett, de Kamartha, fut, il y a quelque quinze
ans, l'hôte de Polder, de Kumaon. Son intention
était de ne séjourner chez lui que quarante-huit
heures, mais il se trouva terrassé par une crise de
rhumatisme articulaire, et durant six semaines
désorganisa la maison de Polder, l'empêcha de
travailler, et faillit mourir dans sa chambre à coucher. Polder se conduit comme si Rickett avait fait
de lui son éternel obligé, et, chaque année, envoie
aux petits Rickett une caisse de bonbons et de jouets.
Il en va de même dans tout le pays. Des hommes
qui ne se donnent pas la peine de vous cacher
qu'ils vous tiennent pour un âne bâté, ou des femmes qui noircissent votre réputation et interprè-
tent de travers les distractions de votre femme,
se mettront en quatre si vous tombez malade ou
si vous vous trouvez sous le coup de sérieux
ennuis.

Heatherlegh, le médecin, en plus de sa clientèle
ordinaire, tenait un hôpital pour son compte privé
— toute une collection de box pour incurables,
disaient ses amis — en tout cas, une sorte de cale
sèche pour l'embarcation que la dureté du temps
avait endommagée. Le temps, dans l'Inde, est souvent accablant, et comme la quantité de briques est

toujours la même (1), et que la seule liberté qu'on
vous y accorde, est celle de travailler plus que de
raison sans avoir à compter sur des remerciements,
il arrive que les gens s'abattent sur la route et finis-
sent par avoir la tête aussi brouillée que les méta-
phores en ce paragraphe.

Heatherlegh est le plus charmant docteur que la
terre ait porté, et l'ordonnance dont, en général, il
gratifie ses malades, est : « Ne vous dépensez pas,
ne vous pressez pas, ne vous emballez pas. » Il prétend que le surmenage tue plus de gens que ne jus-
tifie l'importance de ce bas monde. Il soutient que
c'est le surmenage qui tua Pansay, lequel mourut
dans ses mains, il y a environ trois ans. Il a, cela
va sans dire, le droit de parler avec autorité, et se
moque de ma théorie lorsque je prétends que Pansay
avait le cerveau fêlé et que c'est par la fêlure que
pénétra le petit coin du monde des Ténèbres qui le
hâta vers la mort. « Pansay perdit la boule », déclare
Heatherlegh, « après l'excitation d'un long congé
en Angleterre. Il se peut, oui ou non, qu'il se soit
conduit comme un malotru vis-à-vis de Mrs. Keith-
Wessington. Mon opinion, c'est que le travail de
colonisation de Katabundi lui cassa les jambes, et
qu'il se mit à broyer du noir et prit trop à cœur
un flirt ordinaire de paquebot. En tout cas, il fut

(1) *Exode* (ch. v, versets 8 et 18).

certainement fiancé à Miss Mannering, et non moins
certainement rompit-elle avec lui. Après quoi il
contracta une fièvre légère, et toute cette histoire de
fantômes ne fit que croître et embellir. Mais c'est
bien le surmenage qui fut cause de la maladie, l'en-
tretint, et tua le pauvre diable. Inscrivez-le au nombre des victimes du système qui consiste à faire
faire à un seul homme le travail de deux hommes
et demi. »

Telle n'est pas ma croyance. Lorsque Heatherlegh était appelé chez ses malades et qu'il m'arrivait de me trouver à portée, je veillais quelquefois
Pansay. Le pauvre garçon me rendait vraiment
malheureux par la description qu'il me faisait à
voix basse, égale, du cortège qui toujours passait
au pied de son lit. Ajoutez à cela qu'il avait la
richesse d'expression des malades. Lorsque pour
un temps il fut guéri, je le poussai à écrire toute
l'affaire depuis le commencement jusqu'à la fin, me
disant que le travail de la plume pourrait aider au
soulagement de l'esprit. Tout le temps qu'il écrivit,
il resta sous l'empire d'une forte fièvre, et le style
de mélodrame qu'il adopta ne fut pas pour le calmer. Deux mois plus tard, il fut déclaré de nouveau
bon pour le service, mais bien qu'on eût de lui un
besoin urgent pour aider à combler un déficit une
commission des finances qui manquait d'hommes,
il préféra mourir, jurant jusqu'à la fin qu'il était

ensorcelé. J'obtins, avant sa mort, qu'il me mît en possession de son manuscrit, et voici, telle qu'il l'écrivit, sa version de l'affaire :

Mon médecin me dit qu'il me faut du repos et un changement d'air. Il n'est pas impossible que d'ici à peu de temps j'aie l'un et l'autre — repos que ni l'ordonnance à dolman rouge ni le canon de midi ne sauraient rompre, et changement d'air bien au delà de ce que peut m'offrir nul steamer en route pour le pays. En attendant, je suis décidé à rester où je suis, et, au parfait mépris des ordres de mon médecin, à mettre le monde entier dans ma confidence. Vous apprécierez par vous-même la nature véritable de ma maladie, et jugerez non moins par vous-mêmes si nul homme né de femme sur cette terre enfin lasse passa jamais par les mêmes tourments que moi.

Pour parler maintenant comme le pourrait faire un condamné avant qu'on ait tiré sous lui les verrous de la trappe (1), mon histoire, quelque étrange et horriblement invraisemblable qu'elle puisse paraître, réclame tout au moins de l'attention. Que jamais elle ne doive recevoir créance, j'en suis on ne peut plus sûr. Il y a deux mois, j'aurais traité de dément ou d'ivrogne celui qui eût osé me racon-

(1) On sait qu'en Angleterre les condamnés à mort sont pendus, et qu'une fois la corde au cou une trappe s'ouvre subitement sous leurs pieds, précipitant leur corps dans le vide.

ter la semblable. Il y a deux mois, j'étais le plus heureux homme de l'Inde. Aujourd'hui, de Peshawer à la mer, nul n'est plus torturé. Mon médecin et moi sommes les seuls à connaître tout ceci. L'explication qu'il en fournit, c'est que j'ai le cerveau, la digestion et la vue, tous légèrement atteints, ce qui donne lieu à ces fréquentes et persistantes « hallucinations ». Hallucinations, vraiment! Je le traite d'idiot; mais il continue à me soigner avec le même inlassable sourire, le même suave tour de main professionnel, les mêmes favoris rouges bien soignés, jusqu'à ce que je m'accuse de n'être qu'un ingrat et un mauvais malade. Mais vous jugerez par vous-mêmes.

Il y a trois ans j'eus la bonne... l'on ne peut plus mauvaise fortune... de faire route de Gravesend à Bombay, au retour d'un long congé, avec certaine Agnès Keith-Wessington, femme d'un officier côté Bombay. De quel genre de femme il s'agissait, là n'est point pour vous la question. Contentez-vous de savoir qu'avant la fin du voyage elle et moi étions éperdûment et sans raisonnement possible amoureux l'un de l'autre. Dieu sait que je peux en faire aujourd'hui l'aveu sans ombre de vanité. En ce genre d'affaire, il en est toujours un qui donne et l'autre qui accepte. Dès le premier jour de notre fatal attachement, j'eus conscience que la passion d'Agnès était plus forte, plus dominante, et, s'il m'est permis d'employer l'expression, plus pure que la mienne. Reconnut-elle alors le fait, je n'en sais rien. Toujours est-il que, par la suite, il ne fut que trop clair pour tous deux.

Arrivés à Bombay au printemps, nous nous en allâmes chacun de notre côté, pour ne nous rencontrer plus de trois ou quatre mois, lorsque mon congé et son amour nous conduisirent de part et d'autre à Simla. Nous y passâmes la saison ensemble, et mon feu de paille s'y consuma en une fin pitoyable avec les derniers jours de l'année. Je ne cherche pas à m'excuser. Je n'adresse aucune excuse. Mrs. Wessington avait fait pour moi l'abandon de beaucoup de choses et était prête à tout abandonner. De mes propres lèvres, en août 1882, elle apprit que j'avais soupé d'elle, de sa vue, de sa société, du son de sa voix. Quatre-vingt-dix-neuf femmes sur cent eussent eu assez de moi dans le temps que j'avais assez d'elles. Soixante-quinze de celles-ci se fussent promptement vengées grâce à quelque flirt actif et importun avec d'autres hommes. Mrs. Wessington était la centième. Sur elle ni mon aversion franchement énoncée, ni les brutalités cinglantes dont j'agrémentais nos entrevues n'eurent le moindre effet.

— Jack, mon chéri! telle était son éternelle antienne. Je suis sûre qu'il ne s'agit en tout cela que d'une méprise — d'une horrible méprise, et

qu'un de ces jours nous redeviendrons bons amis.
Je vous en prie, Jack, pardonnez-moi, mon ami.

C'était moi le coupable, et je le savais. Cette
connaissance transforma ma pitié en passive endurance, et, dans la suite, en haine aveugle — ce
même instinct, je suppose, qui vous pousse à mettre
le pied avec férocité sur l'araignée que vous n'avez
tuée qu'à moitié. Et c'est avec cette haine au cœur
que je vis se terminer la saison de 1882.

L'année suivante, nous nous rencontrâmes de
nouveau à Simla — elle avec le même sempiternel
visage et de timides essais de réconciliation, moi
avec l'horreur d'elle dans toutes les fibres de mon
être. Il arriva plusieurs fois que je ne pus éviter
de la rencontrer seule ; et en chaque occasion ses
paroles furent identiquement les mêmes. Toujours
cette plainte irraisonnée, que tout cela n'était qu'une
« méprise » ; et toujours l'espoir d'une prochaine
« réconciliation ». J'eusse pu m'apercevoir, en y
prenant garde, que c'était cet espoir seul qui la
tenait en vie. Elle devenait de mois en mois plus
pâle et plus diaphane. Vous voudrez bien convenir
avec moi qu'une telle conduite eût mené n'importe
qui à la folie, qu'elle était inutile, enfantine, peu
d'une femme. Je maintiens qu'il y avait beaucoup
de la faute de Mrs. Wessington. Et, d'autre part,
dans le trouble et la fièvre de mes insomnies, je
me suis mis parfois à penser que j'aurais pu me

montrer un peu meilleur vis-à-vis d'elle. Mais voilà qui pour le coup est une « hallucination ». Je ne pouvais continuer de prétendre l'aimer, alors que je ne l'aimais plus; qu'en dites-vous? C'eût été peu loyal pour tous deux.

L'an dernier, nous nous rencontrâmes encore — dans les mêmes conditions qu'auparavant. Toujours ces fastidieux appels, et de mes lèvres toujours ces cinglantes réponses. Je finirais bien par lui montrer à quel point ses tentatives pour reprendre les anciennes relations, étaient vaines et illusoires. Lorsque la saison s'avança, nous fîmes bande à part — c'est-à-dire qu'il lui fut assez difficile de me rencontrer, attendu qu'il me fallut m'occuper d'intérêts autres et plus absorbants. Quand j'y pense tranquillement dans ma chambre de malade, la saison de 1884 m'apparaît comme un cauchemar embrouillé où la lumière et l'ombre s'entremêlèrent dans une danse fantastique : ma cour à la petite Mannering ; mes espérances, mes doutes et mes craintes ; nos longues chevauchées ensemble ; mon tremblant aveu ; sa réponse ; et de temps à autre la vision d'un visage pâle fuyant au passage dans le rickshaw aux livrées noir et blanc que jadis j'épiais d'un regard si intense ; le signe que de sa main gantée faisait Mrs. Wessington ; et, lorsqu'elle me rencontrait seul, ce qui arrivait rarement, la fastidieuse monotonie de son interrogation. J'aimais Kitty Mannering ; je l'aimais honnêtement, de tout mon cœur, et, à mesure que grandissait mon amour pour elle, grandissait ma haine contre Agnès. En août, Kitty et moi fûmes fiancés. Le lendemain, je rencontrai ces maudits *jhampanies* (1) couleur de pie derrière le Jakko, et, mû par quelque sentiment de pitié, m'arrêtai pour tout raconter à Mrs. Wessington. Elle le savait déjà.

— Ainsi, Jack, j'apprends que vous voilà fiancé, mon ami. (Puis, sans une seconde de répit : Je suis sûre qu'il ne s'agit en tout cela que d'une méprise, d'une horrible méprise. Un de ces jours, nous redeviendrons bons amis, Jack, comme par le passé.)

Ma réponse fut de celles dont un homme lui-même eût tressailli. Elle cingla, à l'instar d'un coup de fouet, la femme mourante que j'avais devant moi.

— Je vous en prie, Jack, pardonnez-moi ; mon intention n'était pas de vous fâcher. Mais c'est vrai, c'est vrai ; vous avez raison !

Et Mrs. Wessington, cette fois-ci, se tut, anéantie. La laissant finir sa promenade en paix, je m'éloignai avec le sentiment, — mais cela ne dura qu'un instant, — que je m'étais conduit comme le dernier des goujats. Je regardai en arrière, et vis qu'elle avait fait tourner son rickshaw, dans la pensée, je suppose, de me rattraper.

(1) *Coolies* employés au roulage des rickshaws.

La scène et ses entours se photographièrent dans ma mémoire. Le ciel balayé par les dernières pluies (la saison des pluies touchait à sa fin), les pins alourdis, ternes, la route boueuse, et les rochers noirs et fendus à la mine, formaient un arrière-plan mélancolique sur lequel les livrées noir et blanc des *jhampanies*, le rickshaw aux panneaux jaunes et la tête dorée que tenait baissée très bas Mrs. Wessington, s'enlevaient en clair. Elle avait son mouchoir dans la main gauche, et s'appuyait en arrière, épuisée, contre les coussins du rickshaw. Je fis tourner mon cheval dans un sentier de traverse, près du réservoir de Sanjowlie, et littéralement pris la fuite. Je crus entendre encore un faible « Jack ! ». Ce peut avoir été imagination de ma part. Je ne m'arrêtai pas pour le vérifier. Au bout de dix minutes, je tombai sur Kitty à cheval, et, dans les délices d'une longue chevauchée avec elle, oubliai toute l'entrevue.

Une semaine plus tard, Mrs. Wessington mourut, et ma vie fut délivrée de l'indicible fardeau de son existence. Je gagnai la plaine, parfaitement heureux. Trois mois ne s'étaient pas écoulés, que j'avais oublié tout ce qui la concernait, sauf que parfois la découverte de quelques-unes de ses anciennes lettres me rappelait fâcheusement nos relations d'antan. Vers janvier j'avais exhumé du fouillis de mes affaires tout ce qui restait de notre corres-

5

pondance, et l'avais brûlé. Au commencement d'a-
vril de cette année 1885, je me trouvais une fois
de plus à Simla — Simla à demi déserté — je m'y
trouvais livré tout entier aux conversations et promenades amoureuses avec Kitty. Il était décidé
que nous nous marierions à la fin de juin. On
comprendra par là qu'aimant Kitty comme je faisais je n'exagère pas en déclarant que j'étais,
à cette époque, l'homme le plus heureux de l'Inde.

Une quinzaine de jours délicieux passèrent sans
que je m'aperçusse de leur fuite. Alors, mû par
le sentiment de ce qui devait convenir à des mor-
tels placés dans nos circonstances, je fis remarquer à Kitty qu'une bague de fiançailles était l'in-
signe extérieur et visible de sa dignité en tant que
fiancée, et qu'il lui fallait incontinent venir chez
Hamilton afin d'y faire prendre mesure de son
doigt. Jusqu'à ce moment-là, je vous en donne ma
parole, nous avions totalement oublié ce vulgaire
détail. Chez Hamilton, en conséquence, nous rendî-
mes-nous le 15 avril 1885. Rappelez-vous que —
quoique mon médecin puisse dire le contraire —
j'étais alors en parfaite santé, jouissais d'un non
moins parfait équilibre d'esprit et d'une *absolue*
tranquillité d'âme. Kitty et moi entrâmes ensemble dans la boutique de Hamilton, et là, sans souci
du décorum, je pris moi-même la mesure du doigt
de ma fiancée sous le regard amusé du commis. La

bague était un saphir flanqué de deux diamants.
Puis nous descendîmes à cheval la route qui mène
au pont Combermere et à la boutique de Peliti.

Tandis que mon *waler*(1) avançait avec précaution
sur le schiste incertain, et que Kitty riait et bavardait à mes côtés, — tandis que tout Simla, c'est-
à-dire tout ce qui en était alors venu des plaines,
se trouvait groupé autour de la Salle de Lecture et
de la verandah de Peliti, — j'eus conscience que
quelqu'un, apparemment à une grande distance,
m'appelait par mon nom de baptême. Il me sembla bien avoir déjà entendu cette voix, mais où et
quand, sur le moment je n'aurais su le dire. Dans
le court laps de temps qu'il fallait pour couvrir la
route entre le chemin qui va du magasin de Hamilton à la première planche du pont Combermere,
j'avais repassé dans ma tête une demi-douzaine de
gens capables d'avoir commis ce solécisme, et avais
fini par décider que ce devait avoir été quelque
bourdonnement d'oreilles. Juste en face la boutique
de Peliti mon regard se trouva arrêté par le spectacle de quatre *jhampanies* en livrée couleur de pie,
qui poussaient un rickshaw de louage, d'apparence
médiocre, et dont les panneaux étaient jaunes. En
un moment mon esprit se reporta sur la saison
précédente et sur Mrs. Wessington avec un senti-

(1) *Waler*, cheval d'origine australienne.

ment d'irritation et de déplaisir. N'était-ce pas assez que la femme fût morte et enterrée, et fallait-il encore que ses serviteurs noir et blanc réapparussent pour gâter une journée de bonheur ? Quels que fussent ceux qui les employaient, j'irais les voir pour leur demander, à titre de faveur personnelle, de changer la livrée de ses *jhampanies*. Je louerais moi-même les hommes, et, s'il était nécessaire, leur achèterais leurs habits sur le dos. Il est impossible de dire ici le flot de peu désirables souvenirs que leur présence évoquait.

— Kitty, criai-je, voici revenus les *jhampanies* de la pauvre Mrs. Wessington ! Je me demande à qui maintenant ils appartiennent.

Kitty avait connu quelque peu Mrs. Wessington à la saison dernière, et s'était toujours intéressée à cette femme maladive.

— Quoi ? Où ? demanda-t-elle. Je ne les vois nulle part.

Au moment où elle parlait, son cheval, afin d'éviter une mule chargée, se jeta droit devant le rickshaw qui s'avançait. J'eus à peine le temps de crier gare, que cheval et amazone, à mon indicible horreur, passèrent *à travers* les hommes et la voiture comme si c'eût été l'air impalpable.

— Qu'est-ce qu'il y a ? interpella Kitty ; qu'est-ce qui vous a fait crier sottement comme cela, Jack ? Si je suis fiancée, est-ce une raison pour que

tout l'univers le sache? Ce n'est pas la place qui
manquait entre la mule et la verandah; et si vous
croyez que je ne sais pas ce que c'est que de gouverner un cheval... Tenez !

Sur quoi la rétive Kitty, son exquise petite tête
en l'air, s'élança au galop de chasse dans la
direction du kiosque à musique, s'attendant bien,
comme elle me le dit ensuite, à ce que je la suivisse.
Que se passait-il? Rien, je dois le dire. J'étais fou,
ivre, ou tout Simla n'était hanté que de démons. Je
retins mon cob impatient, et tournai bride. Le rickshaw s'était également retourné, et se tenait maintenant juste en face de moi, près du parapet de
gauche du pont Combermere.

— Jack ! Jack, mon chéri ! (Il n'y avait pas,
cette fois-ci, d'erreur en ce qui concernait les paroles ; elles retentissaient à travers mon cerveau
comme si on me les eût criées dans l'oreille.)
C'est quelque horrible méprise, j'en suis sûre. *Je
vous en prie*, Jack, pardonnez-moi et redevenons
bons amis.

La capote du rickshaw était retombée en arrière,
et, à l'intérieur, aussi vrai que j'implore chaque
jour la mort que je redoute la nuit, était assise
Mrs. Keith-Wessington, un mouchoir à la main,
et sa tête d'or baissée sur le sein.

Combien de temps restai-je là, les yeux grands
ouverts, sans bouger, je n'en sais rien. Finalement,

5.

je fus réveillé par mon *syce* (1), qui prenait la bride du waler et me demandait si j'étais malade. De l'horrible au banal il n'est qu'un pas. Je dégringolai do cheval et me précipitai, à demi défaillant, dans la boutique de Peliti pour demander un verre de cherry-brandy. Il y avait là deux ou trois couples assemblés autour des tables de café, en train de discuter les potins du jour. Leurs petits bavardages me réconfortèrent plus, en ce moment-là, que n'eussent pu faire les consolations de la religion. Je plongeai tête baissée dans la conversation, m'entretins, ris et plaisantai, les traits, quand j'en saisis un reflet dans une glace, aussi pâles et aussi tirés que ceux d'un cadavre. Trois ou quatre hommes s'aperçurent de mon état ; le mettant évidemment sur le compte d'un trop grand nombre de verres, ils s'efforcèrent charitablement de me tirer à part du reste des flâneurs. Mais je refusai de me laisser emmener. J'avais besoin de la compagnie de mes semblables — comme l'enfant qui fond au milieu d'un dîner après avoir été pris de peur dans l'obscurité. Je devais causer depuis dix minutes environ, bien qu'il me semblât depuis une éternité, quand j'entendis dehors la voix claire de Kitty demander après moi. L'instant suivant, elle était dans la boutique, prête à me faire honte pour un

(1) *Syce*, groom, dans l'Inde.

pareil manquement à mes devoirs. Quelque chose dans ma physionomie l'arrêta.

— Mais, Jack, s'écria-t-elle, qu'est-ce que vous êtes devenu ? Qu'est-il arrivé ? Êtes-vous malade ?

Poussé de la sorte à mentir carrément, je déclarai que le soleil m'avait un peu tapé sur la tête. C'était tout près de cinq heures, en avril, par un après-midi couvert, et le soleil était resté caché toute la journée. A peine les mots étaient-ils prononcés que je m'aperçus de l'erreur, essayai de la réparer, m'embrouillai désespérément, et, fou de rage, suivis Kitty dehors, au milieu des sourires de mes connaissances. Je fis quelque excuse, j'ai oublié quoi, au sujet d'un subit malaise, et gagnai au petit galop mon hôtel, laissant Kitty finir toute seule sa promenade à cheval.

Une fois dans ma chambre, je m'assis et tâchai de raisonner toute l'affaire à tête reposée. C'était bien moi qui étais là, moi, Théobald Jack Pansay, agent instruit du service du Bengale, en l'an de grâce 1885, d'aspect sain, certainement bien portant, arraché des côtés de ma fiancée, sous l'empire de la terreur, par l'apparition d'une femme morte et mise au tombeau il y avait huit mois. C'étaient là des faits que je ne pouvais prétendre ignorer. Rien n'était plus loin de ma pensée que tout souvenir de Mrs. Wessington, lorsque Kitty et moi nous sortîmes de chez le joaillier. Rien n'offrait une plus complète banalité que la surface de mur opposée à la boutique de Peliti. Il faisait grand jour. La route était pleine de monde ; et cependant, voici que, remarquez bien, au défi de toutes les lois de la probabilité, en outrage direct aux lois de la nature, voici que m'était apparu un visage d'outre-tombe.

L'arabe de Kitty était passé *à travers* le rickshaw : voilà qui réduisait à néant l'espoir dont je m'étais bercé, que quelque femme ressemblant d'une façon frappante à Mrs. Wessington eût loué la voiture et les coolies avec leur ancienne livrée. Sans cesse je revenais à ce cercle de pensée, et sans cesse renonçais à comprendre, dérouté et désespéré. La voix était tout aussi inexplicable que l'apparition. J'eus tout d'abord quelque peu la folle idée de confier le tout à Kitty, de la prier de m'épouser sur l'heure, et dans ses bras de défier le possesseur-fantôme du rickshaw. « Après tout », arguai-je, « la présence du rickshaw suffit en elle-même à prouver l'existence d'une illusion-spectrale. On peut voir des fantômes d'hommes et de femmes, mais sûrement jamais de coolies et de voitures. Toute cette histoire-là est absurde. S'imagine-t-on le fantôme d'un homme de la montagne ! »

Le lendemain matin j'envoyai à Kitty un mot de repentir, l'implorant de ne pas faire attention à mon étrange conduite de la veille. Ma belle était

encore fort courroucée, et il fallut porter des
excuses en personne. J'expliquai, avec la facilité de
quelqu'un qui a passé toute la nuit à ruminer son
mensonge, que j'avais été pris de soudaines palpi-
tations de cœur — résultat d'une indigestion. Cette
solution éminemment pratique eut son effet ; et
cet après-midi-là, nous fîmes ensemble une promenade à cheval, l'ombre de mon premier mensonge
entre nous. Rien ne pouvait lui plaire qu'un
temps de galop autour du Jakko. Les nerfs encore
tendus, après une nuit comme la précédente, je
protestai faiblement contre cette idée, en proposant
Observatory Hill, Jutogh, la route de Boileau-
gunge — tout plutôt que le tour du Jakko. Kitty
se montra comme fâchée, sinon même comme un
peu blessée ; aussi lui cédai-je, dans la crainte de
voir se prolonger notre mésintelligence ; et nous
nous mîmes en route vers Chota Simla. Nous
allâmes longtemps au pas ; puis, suivant notre coutume, fîmes du canter à partir d'un mille ou à peu
près au-dessus du couvent, jusqu'à l'étendue de
route plate près des réservoirs de Sanjowlie. Les
sacrés chevaux semblaient voler, et mon cœur bat-
tait de plus en plus vite au fur et à mesure que
nous approchions du sommet de l'ascension. J'a-
vais eu l'esprit plein de Mrs. Wessington tout l'a-
près-midi ; et il n'était pas un pouce de la route
du Jakko qui ne témoignât des promenades et des

conversations de jadis. Les rochers en renvoyaient l'écho, les pins les chantaient tout haut au-dessus de ma tête, les torrents grossis par les pluies ricanaient et pouffaient en cachette de la honteuse histoire, et le vent me chantait tout haut aux oreilles mon iniquité.

Pour comble à la situation, au milieu de la route plate qu'on appelle le Mille des Dames, l'Horreur m'attendait. Il n'y avait pas d'autre rickshaw en vue — rien que les quatre *jhampanies* noir et blanc, l'équipage aux panneaux jaunes, et la tête dorée de la femme à l'intérieur — tous, en apparence, absolument comme je les avais laissés huit mois et quinze jours plus tôt ! Un instant je m'imaginai que Kitty devait de toute nécessité voir ce que je voyais — nous sympathisions de façon si merveilleuse en toutes choses. Ses premiers mots furent pour me désabuser.

— Pas une âme en vue ! Venez, Jack, je vais faire la course avec vous jusqu'aux bâtiments du Réservoir !

Son petit arabe nerveux s'envola comme un oiseau, suivi de tout près par mon waler, et c'est dans cet ordre que nous galopâmes de l'avant le long des rochers. En une demi-minute nous étions à moins de cinquante mètres du rickshaw. Je retins mon waler et restai un peu en arrière. Le rickshaw était au beau milieu de la route ; et une fois de plus

l'arabe passa au travers, suivi de mon cheval. « Jack !
Jack, mon ami ! Je vous en prie, pardonnez-moi »,
me retentissait dans les oreilles avec un gémissement ; et, après un silence : « Ce n'est rien qu'une
méprise, une horrible méprise ! »

J'éperonnai mon cheval comme un possédé. Lorsque je tournai la tête du côté des travaux du Réservoir, les livrées noir et blanc attendaient toujours
— attendaient patiemment — sur le gris versant, et
le vent m'apporta l'écho moqueur des paroles que
je venais d'entendre. Kitty ne se fit pas faute de
me plaisanter sur mon silence durant tout le reste
de la promenade. Jusqu'alors j'avais causé gaiement et au hasard des mots. Pour rien au monde
je n'eusse pu, ensuite, parler avec naturel, et de
Sanjowlie à l'église j'observai un silence prudent.

Je devais, ce soir-là, dîner avec les Mannering, et
n'avais que tout juste le temps de galoper chez moi
pour m'habiller. Sur la route du Mont Elysium,
j'entendis par hasard deux hommes qui causaient
ensemble dans la nuit tombante.

— C'est une chose curieuse, dit l'un d'eux,
comme il en a disparu jusqu'à la moindre trace.
Vous savez que ma femme s'était toquée d'elle
(quant à moi je ne lui ai jamais rien trouvé de particulier), et tenait à ce que je repêchasse son vieux
rickshaw et ses coolies, à quelque prix que ce fût.
J'appelle cela une fantaisie morbide ; mais il faut

bien faire ce que dit la *memsahib* (1). Croiriez-vous que l'homme auquel elle avait loué le rickshaw me raconte que les quatre *jhampanies* — ils étaient frères — sont morts du choléra sur la route de Hardwar, les pauvres diables, et que le rickshaw a été démoli par le loueur en personne. Il m'a déclaré que jamais il ne voudrait se servir du rickshaw d'une *memsahib* morte, que cela portait malheur. Etrange idée, n'est-ce pas? S'imaginer la pauvre petite Mrs. Wessington portant malheur à d'autres qu'à elle-même!

Sur quoi je me pris à rire tout haut; et mon rire me fit mal. Ainsi, il existait, après tout, des fantômes de rickshaws et des fantômes d'emplois dans l'autre monde! Combien Mrs. Wessington payait-elle ses hommes? Combien de temps les employait-elle? Où allaient-ils?

Et comme une visible réponse à ma dernière question, voici que la Chose infernale me barrait la route dans le crépuscule. Les morts voyagent vite, et par des raccourcis inconnus aux coolies ordinaires. Je me pris à rire tout haut une seconde fois, et tus soudain mon rire, dans la crainte de devenir fou. Fou jusqu'à un certain point, je dois l'avoir été, car je me vois encore retenant mon cheval sur le devant du rickshaw, et souhaitant poliment le

(1) *Memsahib*, féminin de *sahib*, et qui, en langage hindou, signifie « femme » ou mieux « dame ».

bonsoir à Mrs. Wessington. Sa réponse fut de celles que je connaissais trop bien. J'écoutai jusqu'au bout, et repartis que j'avais entendu déjà tout cela, mais que j'étais tout oreilles si elle avait encore quelque chose à dire. Je ne sais quel démon malin, plus fort que moi, s'était insinué en ma peau ce soir-là, car j'ai le vague souvenir d'avoir causé cinq minutes des lieux communs du jour avec cette chose en face de laquelle j'étais.

— Fou à lier, le pauvre diable — ou ivre. Max, tâchez donc de le faire rentrer.

Ce n'était, cela, sûrement pas la voix de Mrs. Wessington! Les deux hommes m'avaient entendu parler tout seul à l'espace, et étaient revenus sur leurs pas pour veiller sur moi. C'étaient d'excellentes gens, pleins d'attention, et à leurs paroles j'augurai qu'évidemment j'étais on ne peut mieux ivre. Je leur adressai un remerciement confus, et m'éloignai au galop pour regagner mon hôtel. J'y changeai de vêtements et arrivai chez les Mannering dix minutes en retard. Je m'excusai sur l'obscurité de la nuit, reçus les reproches de Kitty sur ce retard peu conforme à ma condition de fiancé, et m'assis.

La conversation était déjà devenue générale; et, sous son couvert, j'échangeais quelque tendre petit entretien avec ma fiancée, lorsque je m'aperçus qu'à l'autre bout de la table un homme trapu, à favoris rouges, était en train de décrire, avec force

6

enjolivements, la rencontre que, ce soir-là, il avait faite d'un fou.

Quelques phrases me firent comprendre qu'il racontait l'incident d'il y avait une demi-heure. Au milieu de l'histoire, il fit des yeux le tour de la table, en quête de bravos, comme font les conteurs de profession, surprit mon regard et resta bouche bée. Il y eut un moment de silence embarrassant, et l'homme aux favoris rouges murmura quelque chose pour expliquer qu'il avait « oublié le reste », sacrifiant de la sorte une réputation de bon conteur, édifiée au cours de six saisons. Je le bénis du fond du cœur, et... continuai mon poisson.

Ce dîner, comme tous les dîners, prit fin ; et avec un légitime regret je m'arrachai d'auprès de Kitty — tant j'étais certain comme de ma propre existence que la Chose en Question m'attendait dehors. L'homme aux favoris rouges, qui m'avait été présenté comme le Dr. Heatherlegh, de Simla, s'offrit à me tenir compagnie jusqu'au point où bifurquaient nos routes respectives. J'acceptai avec reconnaissance.

Mon instinct ne m'avait pas trompé. La Chose était là, sur le Mall, et, comme en risée diabolique de nos mœurs et coutumes, avec une lanterne allumée. L'homme aux favoris rouges alla tout de suite au fait, et à la façon dont il le fit, il était évident qu'il n'avait cessé de penser à cela pendant tout le dîner.

— Dites donc, Pansay, que diable pouviez-vous bien avoir, ce soir, sur la route de l'Elysium ?

La soudaineté de la question m'arracha une réponse avant que j'y prisse garde.

— Cela ! fis-je, en désignant du doigt la Chose.

— *Cela*, ce peut être soit le *delirium tremens*, soit des hallucinations, pour ce que j'en sais. Or, vous ne buvez pas, j'ai pu m'en apercevoir à dîner ; ce n'est donc pas le *delirium tremens*. Il n'y a rien du tout, là où vous montrez, quoique vous soyez en nage et trembliez comme un poney pris de peur. Donc je conclus que ce sont des hallucinations. Et c'est mon métier de comprendre tout ce qui concerne cette affaire-là. Venez jusque chez moi. Je demeure sur la route de Blessington.

A mon grand plaisir, le rickshaw, au lieu de nous attendre, se maintint à vingt mètres environ devant nous — et cela, soit que nous allions au pas, trottions, ou galopions. Au bout de cette longue chevauchée nocturne, j'en avais dit à mon compagnon presque autant que je vous en ai dit ici.

— Allons, vous m'avez gâté une des meilleures histoires que j'aie jamais eues sur le bout de la langue, dit-il, mais je vous pardonnerai en raison de tout ce par quoi vous avez passé. Maintenant, rentrons, et faites ce que je vous dirai ; et quand je

vous aurai guéri, jeune homme, que ce vous soit
une leçon pour vous tenir à l'abri des femmes et
des aliments indigestes jusqu'à l'heure de la
mort.

Le rickshaw conservait sa distance devant nous ;
et mon ami aux favoris rouges semblait tirer grand
plaisir de la description que je faisais de ses mouvements.

— Hallucinations, Pansay — rien qu'hallucinations ; et tout cela, la faute des yeux, du cerveau
et de l'estomac. Et le principal, l'estomac. Vous
avez le cerveau trop riche, un estomac médiocre,
et les yeux foncièrement malades. Remettez-vous
l'estomac d'aplomb, et le reste suivra. Tout cela
veut dire que vous avez besoin d'une pilule. C'est
moi qui, à partir de cette heure, vais être votre
médecin ! Car vous représentez un phénomène trop
intéressant pour qu'on le néglige.

Nous nous trouvions maintenant tout à fait à
l'ombre de la route basse de Blessington, et le
rickshaw fit une halte subite sous un rocher schis-
teux, revêtu de pins, pendu au-dessus de nos
têtes. Instinctivement, je fis halte aussi, et j'en
donnai les raisons. Heatherlegh laissa échapper un
juron.

— Allons donc, si vous croyez que je vais passer
une nuit glacial sur un versant de colline pour
une hallucination qui provient de l'estomac, com-

pliqué du cerveau et des yeux... Bon Dieu ! Qu'est-
ce que cela ?

Une détonation assourdie nous frappa les
oreilles, et devant nous s'éleva une nuée de poussière aveuglante ; puis, ce fut un craquement, un
bruit de branches arrachées ; et une dizaine de
mètres du versant — pins, broussailles et tout —
glissèrent sur la route au-dessous, la bloquant
complètement. Les arbres, déracinés, se balan-
cèrent et chancelèrent un moment dans les ténèbres, comme des géants ivres, et alors, tombèrent
de tout leur long au milieu de leurs camarades avec
un fracas de tonnerre. La peur tenait nos deux
chevaux immobiles et en nage. Dès que le bruit de
la terre et des pierres dégringolantes se fut apaisé,
mon compagnon murmura :

— Eh bien, dites donc, si nous ne nous étions pas
arrêtés, nous serions, à l'heure qu'il est, ensevelis sous
dix pieds de terre. *There are more things in heaven
and earth...* (1). Rentrons, Pansay, et remercions
Dieu. J'ai salement besoin de prendre un verre.

Nous rebroussâmes chemin par la passe de l'E-
glise, et j'arrivai à la maison du Dᴿ Heatherlegh un
peu après minuit.

Ses tentatives pour me guérir commencèrent
presque immédiatement, et pendant une semaine

(1) Il y a plus de choses dans le ciel et sur la terre... (*Hamlet*,
act. Iᵉʳ, sc. v.)

il ne me perdit pas de vue. Bien des fois, au cours
de cette semaine-là, je bénis la bonne fortune qui
m'avait jeté sur la route du meilleur et du plus
aimable médecin de Simla. Chaque jour je recou-
vrais mon assiette. Chaque jour aussi je devenais
plus enclin à me ranger à la théorie de l' « illusion
spectrale » de Heatherlegh, mettant en cause les
yeux, le cerveau et l'estomac. J'écrivis à Kitty pour
lui raconter qu'une légère entorse, résultat d'une
chute de cheval, me retenait pour quelques jours
à la chambre, et que je serais guéri avant qu'elle
eût le temps de regretter mon absence.

Le traitement de Heatherlegh était tout ce qu'il
y avait de plus simple. Il consistait en quelques
pilules, bains d'eau froide et un fort exercice, tout
cela à l'arrivée de la nuit ou dès l'aurore — car,
ainsi que sagement il l'observa, « un homme qui
a une foulure à la cheville ne fait pas douze milles
à pied par jour, et la jeune personne pourrait
s'étonner si elle vous rencontrait. »

A la fin de la semaine, après un examen mûri de
la pupille et du pouls, et de strictes injonctions au
sujet de la diète et de la marche, Heatherlegh me
congédia aussi brusquement qu'il s'était chargé de
moi. Voici sa bénédiction d'adieu :

— Mon garçon, je réponds de votre guérison
mentale, et cela revient à dire que je vous ai guéri
de la plupart de vos incommodités physiques. Main-

tenant, décampez d'ici avec armes et bagages le plus
tôt que vous pourrez ; et allez-vous-en faire votre
cour à Miss Kitty.

Je voulais lui exprimer mes remerciements pour
sa bonté. Il m'arrêta.

— Ne croyez pas que j'aie fait cela par amour
pour vous. J'infère que vous vous êtes conduit tout
du long comme un malotru. Mais vous n'en êtes
pas moins un phénomène, et un phénomène tout
aussi étrange que vous êtes un malotru. Non !
(il m'arrêta une seconde fois) — pas une roupie,
je vous en conjure. Allez-vous-en voir si votre
estomac et votre cerveau, compliqués de vos yeux,
sont encore capables de vous faire prendre des ves-
sies pour des lanternes. Je vous en donnerai un
lakh, de roupies, pour autant de fois que cela vous
arrivera.

Une demi-heure plus tard j'étais dans le salon
des Mannering en compagnie de Kitty — plongé
dans l'ivresse du bonheur présent et dans celle de
savoir que je ne serais plus jamais troublé par
l'horrible présence de ce que vous savez. Fort du
sentiment de ma nouvelle sécurité, je proposai aussitôt une promenade à cheval, et, de préférence, un
petit canter autour du Jakko.

Jamais je ne m'étais senti si bien, si débordant
de vitalité, et d'esprit plus rassis qu'en cet après-
midi du trente avril. Kitty se montrait ravie de

mon changement, et m'en complimenta à sa façon délicieusement franche et ouverte. Nous quittâmes ensemble la maison des Mannering, riant et causant, et parcourûmes au petit galop la route de Chota Simla, comme jadis.

J'avais hâte d'atteindre le Réservoir Sanjowlie et de m'y assurer plutôt deux fois qu'une que je ne me trompais pas. Les chevaux faisaient de leur mieux, mais malgré cela semblaient trop lents à mon impatience. Kitty était tout étonnée de mon impétuosité.

— Mais, Jack! finit-elle par s'écrier, vous vous conduisez comme un enfant. Qu'est-ce que vous faites?

Nous nous trouvions juste au-dessous du couvent, et par pure gaîté de cœur je faisais faire le saut de mouton à mon waler et le forçais à exécuter des courbettes d'un bord à l'autre de la route en le chatouillant de la boucle de mon fouet de chasse.

— Ce que je fais? repartis-je. Rien, ma chérie. Et c'est justement cela. Si vous n'aviez rien fait de toute une semaine que de rester étendue, vous seriez aussi exubérante que moi.

Et je fredonnai quelque gai refrain. Les dernières notes en étaient encore sur mes lèvres que nous tournions le coin au-dessus du couvent, et que nous pouvions voir à quelques mètres devant nous jusqu'à Sanjowlie. Au milieu de la route plate se tenaient les livrées noir et blanc, le rickshaw aux

panneaux jaunes, et Mrs. Keith-Wessington. Je
retins ma monture, regardai, me frottai les yeux,
et dus, je crois, dire quelque chose. Tout ce que
je me rappelle ensuite, c'est de me voir étendu sur
la route, face contre terre, Kitty en larmes agenouillée au-dessus de moi.

— Est-ce parti, enfant ? soupirai-je.

Kitty ne fit que redoubler de pleurs.

— Quoi, parti, Jack, mon ami ? Qu'est-ce que tout
cela veut dire ? Il doit y avoir une méprise quelque
part, Jack, une horrible méprise.

Ses derniers mots me remirent incontinent
debout — fou — littéralement fou sur le moment.

— Oui, il y a, en effet, une méprise quelque part,
répétai-je, une horrible méprise. Venez voir.

J'ai la vague idée que je traînai Kitty par le poignet jusqu'en haut de la route où se tenait la Chose,
et l'implorai, par pitié, de Lui parler, de Lui dire
que nous étions fiancés, que ni Mort ni Enfer ne
pouvaient briser le lien qui nous unissait ; il n'y a
que Kitty pour savoir tout ce que j'ajoutai dans le
même sens. De temps à autre j'en appelais d'un
accent passionné à l'Epouvantail, là, dans le
rickshaw, lui demandant de témoigner pour vrai
tout ce que j'avais dit, et de me délivrer d'une torture qui me tuait. Je suppose que tout en parlant
je dévoilai à Kitty mes anciennes relations avec

6.

Mrs. Wessington, car je la vis écouter attentivement, pâle et les yeux flamboyants.

— Merci, Mr. Pansay, dit-elle. C'est *tout à fait* assez. *Syce, ghora lao* (1).

Les syces, impassibles comme le sont toujours les Orientaux, nous avaient rejoints avec les chevaux qu'ils avaient rattrapés ; et comme Kitty s'élançait en selle, je m'accrochai à sa bride, la suppliant de m'écouter jusqu'au bout et de pardonner. Pour toute réponse elle me cravacha le visage, de l'œil à la bouche, et me lança un ou deux mots d'adieu que, même aujourd'hui, je ne saurais coucher par écrit. Sur quoi je jugeai, et avec raison, que Kitty savait tout ; et je retournai en chancelant aux côtés du rickshaw. J'avais le visage saignant par suite de la chute, et le coup de cravache y avait fait lever un bourrelet bleu et livide. J'étais mort à l'amour-propre. A ce moment-là, Heatherlegh, qui devait nous avoir suivis à quelque distance, Kitty et moi, arriva au petit galop.

— Docteur, dis-je, en désignant ma face, voici la signature de Miss Mannering sur mon ordre de congé, et, dès qu'il vous agréera, je vous serai reconnaissant de ce lakh de roupies...

La physionomie de Heatherlegh, même au fond de mon abîme de misère, me porta à l'hilarité.

(1) En langage indigène, et qui veut dire : « Groom, avancez les chevaux. »

— J'aurais cependant risqué ma réputation de médecin... commença-t-il.

— Assez de toutes vos histoires, chuchotai-je. J'ai perdu ce qui faisait le bonheur de ma vie, et vous n'avez plus qu'à me ramener chez moi.

Tandis que je parlais, le rickshaw avait disparu. Et je perdis alors toute conscience de ce qui se passait. Le sommet du Jakko me sembla bouillonner et rouler comme le sommet d'un nuage, et s'écrouler sur moi.

Sept jours plus tard, le sept mai, veux-je dire, je me rendis compte que j'étais étendu dans la chambre de Heatherlegh, faible comme un enfant. Heatherlegh m'observait attentivement de derrière les papiers épars sur son bureau. Ses premiers mots ne furent pas encourageants; mais je me trouvais trop déprimé pour beaucoup m'en émouvoir.

— Voici que Miss Kitty a renvoyé vos lettres. Vous correspondiez pas mal, jeunes gens. Voici un paquet qui m'a tout l'air d'une bague, et il y avait aussi quelques lignes joyeuses du papa Mannering, lignes que j'ai pris la liberté de lire et de brûler. Le vieux gentleman n'est pas content de vous.

— Et Kitty ? demandai-je sourdement.

— Encore plus courroucée que son père, si j'en crois ce que je vois. En parlant de cela, dites donc, vous devez en avoir lâché de bonnes, avant que je vous rencontre. Elle prétend qu'un homme qui s'est conduit vis-à-vis d'une femme comme vous avez fait vis-à-vis de Mrs. Wessington devrait se tuer rien que par pitié pour son espèce. C'est une petite virago, votre bonne amie. Elle maintient, en outre, que vous souffriez du delirium tremens quand arriva cette histoire sur la route du Jakko. Ajoute qu'elle aimerait mieux mourir que de jamais vous reparler.

Je poussai un gémissement et me tournai sur l'autre côté.

— Maintenant, vous avez le choix, mon ami. Il s'agit de rompre ces fiançailles; et les Mannering ne désirent nullement se montrer durs à votre égard. Quel motif donnerons-nous : delirum tremens ou attaque d'épilepsie? Désolé de ne pouvoir vous offrir une plus agréable alternative. A moins que vous ne préfériez la folie héréditaire. Parlez, et je leur dirai qu'il s'agit d'attaques. Tout Simla connaît la scène du Mille des Dames. Allons! Je vous donne cinq minutes pour réfléchir.

Durant ces cinq minutes, je crois que j'explorai complètement les plus bas cercles de l'Inferno qu'il soit donné à l'homme de fouler sur cette terre. En même temps je m'observais moi-même en train d'arpenter d'un pas défaillant les obscurs labyrinthes du doute, de la tristesse et de l'absolu désespoir. Je me demandais, comme Heatherlegh pouvait se l'être demandé, là, sur sa chaise, quel affreux parti j'adopterais. Tout à coup, je m'entendis répondre, d'une voix que je reconnaissais à peine :

— Ils sont furieusement difficiles en fait de moralité par ici. Offrez-leur les attaques, Heatherlegh, et joignez-y l'assurance de mes meilleurs sentiments. Et maintenant, laissez-moi dormir un peu.

Sur quoi mes deux « moi » se rejoignirent, et ce ne fut plus que moi (un moi possédé, à demi détraqué) qui me démenai dans mon lit, refaisant pas à pas l'historique des dernières semaines.

— Mais, je suis à Simla, ne cessais-je de me répéter. Je suis, moi, Jack Pansay, à Simla, et il n'y a pas, ici, de fantômes. C'est extravagant de la part de cette femme, de prétendre qu'il y en ait. Pourquoi Agnès ne pouvait-elle me laisser tranquille ? Je ne lui ai jamais fait de mal. Cela aurait tout aussi bien pu être moi qu'Agnès. Seulement je ne serais jamais revenu tout exprès pour la tuer, elle. Pourquoi ne me laisse-t-on pas tranquille... tranquille et heureux ?

Il était plus de midi lorsque je m'étais réveillé pour la première fois, et le soleil était bas à l'horizon avant que je me remisse à dormir... dormir comme dort le condamné sur sa roue, trop épuisé pour sentir d'autre peine.

Le lendemain, je ne pus quitter le lit. Heatherlegh me dit, le matin, qu'il avait reçu une réponse de Mr. Mannering, et que, grâce à ses bons offices, à lui, Heatherlegh, l'histoire de mon malheur avait fait le tour de Simla, où de toutes parts on avait de moi grand'pitié.

— Et c'est plus que vous ne méritez, conclut-il aimablement, quoique Dieu seul connaisse les épreuves par lesquelles vous avez passé. Ne vous inquiétez pas, nous vous guérirons cependant, méchant phénomène.

Je refusai avec fermeté de me laisser guérir.

— Vous vous êtes montré déjà trop bon pour moi, mon vieux, dis-je ; je ne veux pas vous ennuyer davantage de ma personne.

Je savais pertinemment que rien de ce que ferait Heatherlegh n'allégerait le fardeau qui désormais pesait sur moi.

Cette connaissance se doublait aussi d'un sentiment de rébellion désespérée, impuissante, contre l'absence de raison qu'il y avait en tout cela. Il existait des quantités d'hommes ne valant pas mieux que moi, dont le châtiment avait tout au moins été réservé pour un autre monde ; et je sentais qu'il était amèrement, cruellement injuste que j'eusse entre tous été choisi en vue d'un si affreux destin. Cet état faisait avec le temps place à un autre où il semblait que le rickshaw et moi fussions les seules réalités en un univers d'ombres ; que Kitty fût un fantôme ; que Mannering, Heatherlegh, et tous les autres hommes et femmes que je connaissais fussent tous des fantômes ; et qu'elles êmes, les hautes montagnes grises, ne fussent que des ombres vaines suscitées pour me torturer. D'état en état, je louvoyai ainsi durant une mortelle semaine ; le corps reprenant chaque jour plus de force, jusqu'à ce que le miroir de la chambre me dît que j'étais revenu à la vie normale, et qu'une fois encore je me retrouvais comme tout le monde. Chose assez curieuse, mon visage ne portait aucune trace de la lutte par laquelle j'avais passé. Il était pâle, oui, mais sans plus d'expression et tout aussi banal qu'avant. Je m'étais attendu à quelque altération durable, trace visible du mal qui peu à peu me rongeait. Je ne trouvai rien.

Le quinze mai je quittai la maison de Heatherlegh à onze heures du matin ; et l'instinct du célibataire me conduisit au cercle. Là, je m'aperçus que tout le monde connaissait mon histoire telle que l'avait racontée le docteur, et, d'une façon gauche, témoignait d'une bienveillance et d'une attention inaccoutumées. Malgré quoi je reconnus que si pour le reste de ma vie ici-bas je pouvais exister parmi mes semblables, je ne ferais cependant pas partie d'eux ; et j'enviai fort amèrement, je dois le dire, les coolies gais et rieurs qui circulaient en bas sur le Mall. Je pris mon lunch au cercle, et à quatre heures me mis à errer du haut en bas du Mall sans autre but que le vague espoir de rencontrer Kitty.

Près du kiosque à musique, je fus rejoint par les livrées noir et blanc, et j'entendis à mes côtés la vieille supplication de Mrs. Wessington. C'était à quoi je n'avais cessé de m'attendre depuis que j'étais sorti, et si quelque chose me surprenait, c'était qu'elle fût en retard. Le rickshaw-fantôme et moi marchâmes côte à côte et en silence le long de la route de Chota Simla. Près du bazar, Kitty et un inconnu, tous deux à cheval, nous rejoignirent et nous dépassèrent. Elle ne fit pas plus attention à moi que si j'eusse été le premier chien venu. Elle ne me fit même pas l'honneur d'activer l'allure, toute excuse qu'en eût pu fournir un après-midi menaçant.

C'est ainsi que Kitty et son compagnon, d'une part, moi et ma Dulcinée-fantôme, de l'autre, nous serpentâmes par couples autour du Jakko. La route ruisselait d'eau; les pins dégouttaient à l'instar de chéneaux sur les rochers au-dessous, et une pluie fine chassait partout dans l'atmosphère. Deux ou trois fois je me surpris en train de me dire presque à voix haute : « Je suis Jack Pansay, en congé à Simla... *à Simla!* Le Simla de tous les jours, le Simla que tout le monde connaît. Voilà ce qu'il ne faut pas que j'oublie. » Puis j'essayais de me rappeler quelques-uns des potins entendus au cercle : le prix des chevaux d'un tel — tout ce qui, en fait, avait rapport au monde anglo-indien journalier, que je connaissais si bien. Je me répétai même rapidement la table de multiplication, pour être tout à fait sûr que j'avais encore bien ma tête. Cela me rendit du courage, et dut m'empêcher un moment d'entendre Mrs. Wessington. Une fois de plus je grimpai avec lassitude la rampe qui conduit au couvent, et m'engageai sur la route plate. Là, Kitty et le monsieur disparurent au petit galop, et je restai seul avec Mrs. Wessington.

— Agnès, dis-je, voulez-vous baisser la capote et me dire ce que tout cela signifie?

La capote retomba sans bruit, et je me trouvai face à face avec ma chère et enterrée maîtresse. Elle portait la toilette dans laquelle je l'avais vue vivante pour la dernière fois, tenait à la main droite le même tout petit mouchoir, et à la main gauche le même porte-cartes. (Une femme morte il y avait huit mois, avec un porte-cartes!) Il me fallut me réatteler à ma table de multiplication, et poser mes deux mains sur le parapet de pierre de la route pour m'assurer que celui-là, au moins, était réel.

— Agnès, répétai-je, par pitié, dites-moi ce que tout cela signifie.

Mrs. Wessington se pencha en avant, avec ce mouvement de tête prompt et spécial que je lui connaissais si bien, et parla.

Si mon histoire n'avait déjà si follement franchi

les bornes de toute humaine croyance, il serait temps pour moi de vous faire mes excuses. Comme je sais que personne — non, pas même Kitty, pour qui elle est écrite comme une sorte de justification de ma conduite — ne me croira, je continue. Mrs. Wessington parla, et je marchai avec elle de la route de Sanjowlie jusqu'au tournant qui se trouve au-dessous de la maison du commandant en chef, comme j'aurais, dans le feu de la conversation, marché aux côtés du rickshaw de n'importe quelle femme en chair et en os. La seconde et la plus tourmentante des phases de ma maladie s'était soudainement emparée de moi, et, comme le prince du poème de Tennyson, « il me semblait me mouvoir au milieu d'un monde de revenants ». Il y avait eu garden-party chez le commandant en chef, et nous nous joignîmes tous deux à la foule des gens qui rentraient chez eux. Il me sembla, en les voyant, que c'étaient eux, les ombres — ombres aussi fantastiques qu'impalpables — qui s'ouvraient pour livrer passage au rickshaw de Mrs. Wessington. Ce que nous dîmes au cours de cette magique entrevue, je ne saurais — non, je n'oserais — le raconter. Le commentaire de Heatheriegh eût consisté en un rire bref, suivi de cette remarque : que je venais de courtiser une chimère issue d'un cerveau malade, enfantée par un estomac et des yeux malades. C'était une macabre, et en quelque indé-

finissable sorte, cependant, une merveilleusement
douce encontre. Etait-il possible, me demandai-je,
que je fusse en ce monde pour faire une seconde
fois la cour à une femme que ma négligence et ma
cruauté avaient tuée?

Je revis Kitty sur le chemin du retour — ombre
parmi les ombres.

S'il me fallait décrire dans leur ordre tous les
incidents de la quinzaine suivante, mon histoire
jamais ne prendrait fin, et je lasserais votre
patience. Matin sur matin, soir sur soir, le rickshaw-fantôme et moi vaguions ensemble à travers
Simla. En quelque lieu que j'allasse, les quatre
livrées noir et blanc me suivaient et me tenaient
compagnie du seuil au seuil de mon hôtel. Au
théâtre je les trouvais parmi la foule hurlante des
jhampanies; à l'extérieur de la verandah du Cercle,
après une longue soirée de whist; au Bal Anniver-
saire, attendant patiemment ma réapparition ; et
en plein jour, lorsque j'allais en visites. Sauf qu'il
ne portait point d'ombre, le rickshaw était sous
tous les rapports d'aspect aussi réel qu'un rickshaw
en bois et en fer. Plus d'une fois, oui-da, il m'a
fallu m'empêcher de crier gare à l'ami lancé à fond
de train, qui allait galoper par-dessus le véhicule.
Plus d'une fois j'ai arpenté le Mall, en pleine conversation avec Mrs. Wessington, à l'indicible ébahissement des passants.

Il n'y avait pas une semaine que j'avais repris
le cours de ma vie ordinaire, que la théorie des
« attaques », paraît-il, avait été reléguée en faveur
de la théorie de la « folie ». Toutefois, je ne changeai rien à mon genre de vie. Je faisais des visites,
montais à cheval et dînais en ville, tout aussi
librement que jamais. J'éprouvais pour la société
de mes semblables un goût qu'en aucun temps je
n'avais ressenti; j'avais soif de me trouver au
milieu des réalités de la vie; et je ne laissais
pas cependant de me sentir vaguement malheureux lorsque je m'étais trouvé trop longtemps
séparé de ma surnaturelle compagne. Il serait presque impossible de décrire mes différents états à
partir du quinze mai jusqu'aujourd'hui.

La présence du rickshaw me remplit tour à tour
d'horreur, d'aveugle crainte, d'une vague espèce
de plaisir, et de profond désespoir. Je n'osais quitter Simla; et je savais qu'en y restant je me tuais.
Je savais, en outre, que c'était ma destinée, de
mourir lentement et un peu chaque jour. Tout ce
dont j'étais anxieux, c'était de purger ma peine
aussi discrètement que possible. Par moments
j'avais soif de voir Kitty, et j'épiais ses flirts outra-
geants avec mon successeur — pour parler plus
exactement, mes successeurs — d'un œil presque
amusé. Elle était tout autant sortie de ma vie que
j'étais sorti de la sienne. Le jour, je vaguais,

presque heureux, en compagnie de Mrs. Wessington. La nuit, j'implorais le Ciel de me laisser retourner au monde tel que je l'avais connu. Au-dessus de tous ces divers états planait la sensation de sombre et stupide étonnement que le Visible et l'Invisible se mélangeassent si étrangement sur cette terre pour sonner l'hallali d'une simple et pauvre âme.

. . . .

Août 27. — Heatherlegh s'est montré infatigable dans ses soins pour moi; et c'est seulement hier qu'il m'a dit que je devrais introduire une demande de congé pour maladie. Une demande de congé pour échapper à la compagnie d'un fantôme! Une requête en vue d'obtenir la gracieuse permission du gouvernement de me débarrasser de cinq spectres et d'un rickshaw imaginaire en allant en Angleterre! La proposition de Heatherlegh me porta presque à une crise de rire hystérique. Je lui déclarai que j'attendrais la fin tranquillement à Simla; et je suis sûr que la fin n'est pas loin. Croyez bien que je redoute sa venue plus qu'aucun mot ne saurait dire, et que je me torture toute la nuit en mille hypothèses sur le genre de ma mort.

Mourrai-je dans mon lit, décemment, comme il sied à un gentleman anglais; ou bien, au cours d'une dernière promenade sur le Mall, mon âme me sera-t-elle arrachée pour prendre à jamais sa place aux côtés de cette macabre vision ? Retournerai-je, dans le monde futur, à mon ancien vasselage, ou rejoindrai-je Agnès, pour, ayant horreur d'elle, me voir enchaîné à ses côtés à travers l'éternité? Voltigerons-nous tous deux sur la scène de notre vie passée jusqu'à la nuit des Temps? Au fur et à mesure que le jour de ma mort approche, l'horreur intense que ressent toute chair vivante pour les esprits échappés au tombeau se fait de plus en plus grande. C'est une chose affreuse que de descendre tout vif parmi les morts après avoir à peine accompli la moitié de sa vie. C'est mille fois plus affreux d'attendre, comme je fais, étant encore des vôtres, je ne sais quel événement sans nom. Ayez pitié de moi, au moins à cause de mon « hallucination », car je sais que jamais vous ne croirez ce que j'ai écrit ici. Et cependant, si jamais homme fut mis à mort par les Puissances des Ténèbres, je suis cet homme-là.

En toute justice aussi, ayez pitié d'elle, car, si jamais femme fut tuée par un homme, j'ai tué Mrs. Wessington. Et voici que plane sur moi la dernière phase de mon châtiment.

'007

cl
fa
s
y
o
o
s

La locomotive, après l'engin maritime, est la chose la plus sensible que jamais l'homme ait fabriquée; et la machine Nº ·007, outre qu'elle était sensible, était neuve. La peinture rouge de sa traverse d'avant immaculée avait à peine eu le temps de sécher, son signal étincelait comme un casque de pompier, et son abri eût pu passer pour un salon d'acajou. Son essai terminé, on l'avait poussée au dépôt — elle avait dit adieu à son meilleur ami des ateliers, le grand pont roulant — le vaste monde était là dehors ; et les autres locos la reluquaient. Elle regarda le demi-cercle de hardis, impassibles signaux d'avant, entendit le ronron et le murmure étouffés de la vapeur en train de monter dans les manomètres — de dédaigneux sifflements de mépris comme une soupape défectueuse se soulevait un peu — et eût donné l'huile d'un mois afin de pouvoir se glisser à travers ses propres roues motrices dans le cendrier de briques placé au-dessous d'elle. ·007 était une loco « américaine » à huit

7

roues, légèrement différente des autres locomotives de son type, et, telle quelle, on l'estimait à dix mille dollars sur les livres de la Compagnie. Mais l'eussiez-vous, au bout d'une demi-heure d'attente dans le dépôt sombre et retentissant, achetée au taux de sa propre évaluation, que vous eussiez fait une économie de neuf mille neuf cent quatre-vingt-dix-neuf dollars quatre-vingt-dix-huit cents, ni plus ni moins.

Une lourde Mogul à marchandises, pourvue d'un cow-catcher (1) court, et dont la boîte à feu descendait à moins de trois pouces du rail, commença le peu galant colloque en s'adressant à une Consolidation (2) de Pittsburg, qui se trouvait là en visite.

— D'où le vent nous a-t-il apporté cela? demanda-t-elle, tout en lâchant rêveusement une bouffée de légère vapeur.

— J'ai déjà bien assez de me mettre dans la tête ce qu'on fabrique chez nous, fut-il répondu, sans me tenir au courant de vos anciens numéros. J'imagine que c'est quelque chose que Peter Cooper a laissé inachevé quant il est mort.

·007 frissonna; sa vapeur montait, mais elle

(1) *Cow-catcher*, équivalent du chasse-pierres, mais de proportions plus grandes et destiné, en Amérique, à écarter les troupeaux de buffles.

(2) *Mogul* et *Consolidation*. Types de locomotives américaines connus sous les mêmes noms dans nos Compagnies.

retint sa langue. Il n'est pas le plus simple wagonnet qui ne sache sur quel genre de locomotive Peter Cooper s'exerça dans les lointaines années qui séparent 1830 de 1840. Cela portait son charbon et son eau dans deux baquets à pommes, et n'était guère plus grand qu'une bicyclette.

Puis une voix s'éleva ; c'était celle d'une locomotive de manœuvre, toute menue, assez neuve, pourvue d'une petite marche devant sa traverse, et de roues si rapprochées l'une de l'autre qu'on l'eût prise pour un cheval des Pampas prêt à faire le saut de mouton.

— Quand un pousse-gravier de la *Pennsylvania* prétend nous apprendre quoi que ce soit sur notre matériel, c'est que quelque chose va de travers dans la Compagnie, moi, je crois. Cette môme-là n'est pas si mal. C'est Eustis qui l'a dessinée, comme il a fait pour moi. N'est-ce pas tout dire ?

·oo7 eût pu promener la machine de manœuvre tout autour de la cour dans son tender, mais ce petit mot de consolation suffit à lui inspirer de la reconnaissance.

— Nous ne nous servons pas de wagonnets sur la *Pennsylvania*, dit la Consolidation. Cette — heuu — carriole-là est assez grande et assez laide pour se défendre toute seule.

— On ne lui a pas encore parlé, si on a parlé d'elle. N'avez-vous donc aucunes manières, sur

Pennsylvania ? repartit la locomotive de manœuvre.

— C'est sur les voies de manœuvre que vous
devriez être, Poney, dit la Mogul sévèrement. Nous
sommes toutes, ici, machines de grand parcours.

— C'est votre idée, répliqua la petite gaillarde.
Vous en saurez davantage avant la fin de la nuit.
Je suis allée jusqu'à la ligne 17, et ce qu'il y a là
de marchandises — oh, mazette !

— J'ai aussi pas mal d'ennui dans ma division,
fit une chétive et légère loco de banlieue aux sabots
de frein tout ce qu'il y a de plus reluisant. Mes
abonnés n'ont pas eu de cesse qu'ils n'aient obtenu
un wagon-salon. Ils l'ont accroché en queue, et cela
tire pire qu'un chasse-neige. Je m'en débarrasserai
un de ces jours, sûr ; et alors, ils s'en prendront à
tout le monde, sauf à leur sottise. Ils me demande-
ront bientôt de traîner un wagon à couloir !

— On vous a fabriquée à New-Jersey, n'est-ce
pas ? demanda Poney. Il me le semblait. Les abonnés et les trucks, cela n'est guère amusant à traîner. Mais je vous dirai que cela vaut infiniment mieux
que de « différer » les wagons frigorifiques ou les
citernes à huile. Moi qui vous parle, j'ai traîné...

— Traîné ! Vous ? dit la Mogul d'un air de mépris. C'est tout ce que vous pouvez faire que de
poussoter un wagon garde-manger jusqu'aux voies
de manœuvre. Or, moi (elle fit une légère pause,

afin que les mots pénétrassent bien), c'est le Train
de Marchandises à Grande Vitesse que je remue.
— on-ze wagons qui valent tout ce que vous pouvez imaginer. Sur le coup d'onze heures, je
décampe; et je suis réglée à trente-cinq à l'heure.
Précieuse — fragile — pressée — craint la chaleur
et l'humidité — c'est moi! Le trafic de banlieue est
à peine supérieur à la manœuvre de gare. Ce qui
rapporte, c'est la grande vitesse.

— Eh bien, je n'ai pas, en général, l'habitude de
me vanter, entama la Consolidation de Pittsburg,
mais s'il ne vous manque que de voir des marchandises, ce que j'appelle des marchandises, transpor-
tées avec légèreté, vous n'auriez qu'à me regarder traverser les Alleghanys en chantonnant, avec
trente-sept wagons de minerai derrière le dos, tandis que mes gardes-freins sont à lutter avec les
chemineaux (1), au point de ne pouvoir prêter
attention aux coups de sifflet. Il me faut alors faire
seule tout le travail de frein, et, quoique j'aie mauvaise grâce à le dire, je n'ai jamais encore vu une
charge m'échapper. *Non*, Madame. Le remorquage
peut être une chose, mais le jugement et la discré-
tion en sont une autre. Il faut du jugement, dans
mon genre d'affaire.

— Ah! Mais... mais ne vous trouvez-vous pas

(1) L'Amérique est remplie de chemineaux qui cherchent à monter
sans billet dans les trains en marche.

7.

paralysée par certain sentiment de vos écrasantes responsabilités? demanda dans un coin une voix étrange et rauque.

— Qui est-ce là? chuchota ·007 à la locomotive aux abonnés de New-Jersey.

— La Compound (1) — à l'essai — bonne à rien. Elle est restée six mois à aiguiller sur les voies de manœuvre B. et A., lorsqu'elle n'était pas dans les ateliers. Elle est économe — moi, je dirai mesquine — en ce qui concerne son charbon. Mais elle rattrape cela en réparations. Hein! Vous avez, je présume, Madame, trouvé Boston quelque peu isolé, après votre saison de New-York?

— Je ne suis jamais aussi occupée que lorsque je suis seule.

La Compound semblait parler à moitié chemin de sa cheminée.

— Sûr, dit l'irrévérente Poney, à voix basse. On ne soupire guère après elle sur les voies de manœuvre.

— Mais, étant donnés ma constitution et mon tempérament — c'est à Boston que j'occupe mes fonctions (2) — je trouve votre *outrecuidance*...

— Outre quoi? demanda la Mogul des marchan-

(1) Machine à quatre cylindres, connue sous ce même nom dans nos compagnies.

(2) Les habitants de Boston passent pour se donner, en Amérique, le monopole de la culture et de l'éducation.

dises. Des cylindres ordinaires sont assez bons
pour moi.

— Peut-être aurais-je dû dire *forfanterie*, siffla
la Compound.

— Je n'ai aucune confiance dans les roues de
papier mâché, à quelque marque qu'elles appartiennent, insista la Mogul.

La Compound soupira d'un air de pitié, et
n'ajouta rien.

— On les a de toutes les couleurs, en ce monde,
n'est-ce pas? dit Poney. Cela, c'est du Mass'chu-
setts dans toute sa beauté. Elles ratent leurs départs,
et alors restent collées sur un point mort, pour
rejeter toute la faute sur la façon dont les autres
les traitent. En parlant de Boston, Comanche m'a
raconté, la nuit dernière, qu'elle avait eu une boîte
chaude, un peu plus loin que les Newtons, ven-
dredi. C'est pourquoi, s'il faut l'en croire, l'Accom-
modation a stoppé. Inventé une histoire sans fin,
cette brave Comanche.

— Si j'avais entendu cela dans les ateliers, même
avec ma chaudière partie en réparations, j'aurais
dit que c'était une des menteries de Comanche,
repartit d'un ton sec la locomotive aux abonnés de
New-Jersey. Une boîte chaude! Elle! Ce qui est
arrivé, c'est qu'ils avaient mis un wagon d'extra,
et qu'elle est restée à gueuler sur la rampe. Il a
fallu lui envoyer 127 pour la tirer de là. Et c'est

cela qu'elle appelle une boîte chaude, vraiment ? La fois d'avant, elle a prétendu qu'elle était allée dans le ballast ! Elle m'a regardée en plein signal d'avant et m'a dit cela aussi froid... qu'une caisse à eau en temps de glace. Une boîte chaude ! Questionnez 127 sur la boîte chaude de Comanche. Mais, elle était garée, Comanche, et 127 (elle était furieuse comme tout de se voir appelée à dix heures du soir) lui jeta le grappin dessus et en dix-sept minutes la fit rouler dans Boston. Une boîte chaude ? Froide blagueuse ! Voilà ce qu'est Comanche.

Sur quoi ·007 renversa tout le monde, les deux conducteurs et son pilote, comme on dit, en demandant ce que cela pouvait bien être qu'une boîte chaude.

— Peignez ma cloche en bleu de ciel ! s'écria Poney, la machine de manœuvre. Faites de moi une loco de grandes lignes, avec un garde-crotte en acajou autour de mes roues ! Réduisez-moi, fondez-moi en jouets mécaniques à deux sous pour les camelots ! Voici une « Américaine » à huit roues accouplées, qui ne sait pas ce que c'est qu'une boîte chaude ! N'avez jamais entendu parler non plus de halte imprévue, n'est-ce pas ? Ne savez pas pourquoi vous portez des vérins ? Vous êtes trop innocente, ma mie, pour qu'on vous laisse seule avec votre propre tender. Oh, espèce de... wagon-plat !

Avant que personne pût répondre, on entendit un rugissement de vapeur qui s'échappe, et ·007 sentit sa peinture péter de mortification ?

— Une boîte chaude, entama la Compound, en choisissant et épluchant les mots comme si c'eût été du charbon, une boîte chaude, c'est le châtiment que la hâte inflige à l'inexpérience. Hem ! hem !

— Une boîte chaude ! déclara la Suburbaine de Jersey. C'est la récompense qui vous attend lorsque vous courez trop vite. Il y a des années que je n'en ai eu. C'est un mal qui ne s'attaque pas en règle générale aux machines de petit parcours.

— Nous n'avons jamais de boîtes chaudes sur la *Pennsylvania*, dit la Consolidation. Cela s'attrape à New-York, comme la prostration nerveuse.

— Ah, ma chère, reprenez donc le bac pour rentrer chez vous, s'écria la Mogul. Vous vous imaginez que, parce que vous employez des rampes plus mauvaises que notre ligne n'en accepterait, vous êtes une sorte d'ange de l'Alleghany. Or, je vous dirai ce que vous... Voici mes gens. Soit, impossible de rester. Vous verrai plus tard, peut-être.

Elle s'avança avec majesté jusqu'à la plaque tournante, et vira de bord comme un vaisseau de guerre à la marée, jusqu'à ce qu'elle eût trouvé sa voie.

— Mais quant à vous, ajouta-t-elle, espèce de cafetière vert pois (ceci à l'adresse de ·007), allez-

vous-en apprendre quelque chose avant de vous
mêler à la société de ceux qui ont fait plus de route
dans une semaine que vous n'en avalez dans toute
une année. Précieuse — fragile — pressée — craint
la chaleur et l'humidité — c'est moi! Au revoir.

— Qu'on me crève mes tubes si c'est là se montrer poli vis-à-vis d'un membre nouveau de la
Confrérie, dit Poney. Il n'y avait pas de raisons
pour vous marcher comme cela sur les pieds. Mais
les bonnes manières furent mises de côté lorsqu'on
fit les Moguls. Ne laissez pas tomber votre feu, la
môme, et ravalez votre fumée. Je me figure qu'on
aura besoin de nous toutes d'ici une minute.

Des hommes, dans le dépôt, s'entretenaient sur
un ton plutôt excité. L'un d'eux, en jersey couleur
de suie, déclara qu'il n'avait pas de locomotives à
dépenser pour le service de la manœuvre. Un
second, un bout de papier froissé dans la main,
repartit que le chef de manœuvre avait dit qu'il
n'avait qu'à dire à l'autre, si l'autre disait n'importe quoi, qu'il (l'autre) n'avait qu'à fermer sa
gueule. Sur quoi l'autre homme agita les bras, et
exprima le désir de savoir s'il était censé garder
des locomotives dans sa poche à revolver. Puis un
troisième, en prince-albert noir, sans col, vint tout
en nage, car c'était par une chaude nuit d'août, déclarer que lorsqu'*il* disait quelque chose, il fallait
que « cela marche ». Et entre eux trois les locomo-

tives se mirent à marcher, elles aussi — d'abord la Compound, puis la Consolidation, puis ·007.

Or, tout au fin fond de sa boîte à feu, ·007 avait caressé l'espoir que, dès son essai terminé, elle se verrait conduite au milieu des chants et des cris, attachée à un train-éclair vert et chocolat, à couloirs, et confiée aux soins d'un noble et hardi mécanicien, qui lui passerait la main sur le dos, verserait sur elle un pleur, et l'appellerait son coursier arabe. (Les gars des ateliers où elle avait été construite avaient coutume de lire à haute voix de merveilleuses histoires de la vie des chemins de fer, et ·007 comptait voir arriver les choses au gré de ce qu'elle avait entendu.) Mais il ne semblait pas y avoir beaucoup de trains-éclairs à couloirs sur les voies de manœuvre rugissantes, grondantes, inondées de lumière électrique. Et tout ce que dit son mécanicien fut :

— Allons donc, quelle stupide espèce d'injecteur Eustis a-t-il, cette fois-ci, collée à ce fourbi-là ?

Et il releva le levier du régulateur d'un coup plein de colère, en s'écriant :

— Est-ce qu'on suppose que je vais faire la manœuvre avec cela, hein ?

L'homme sans col s'essuya le front, et répliqua que, dans le présent état des voies, des marchandises et de diverses autres choses, le mécanicien manœuvrerait et continuerait de manœuvrer jus-

qu'au jugement dernier. ·007 poussa avec mille pré-
cautions, le cœur dans son signal, si nerveuse que
le son de sa propre cloche la fit presque quitter les
rails. Devant et derrière elle, des lanternes se
balançaient ou dansaient de haut en bas; et, de
chaque côté, sur six voies de front, avançant et
reculant, avec des cliquetis de chaînes d'attelage
et des grincements de freins à main, ce n'étaient
que wagons — plus de wagons que ·007 n'en avait
jamais rêvé : wagons à huile; wagons à fourrage;
wagons à bestiaux pleins de bêtes beuglantes;
wagons à minerai; wagons à pommes de terre,
d'où émergeait un bout de tuyau de poêle; wagons
garde-manger et réfrigérants, tout dégouttants
d'eau glacée sur les voies; wagons ventilés pour
les fruits et le lait; wagons-plats et trucks pleins
de produits maraîchers; wagons-plats chargés de
moissonneuses et de lieuses, toutes rouge, vert et
or sous le grésillement des lumières électriques;
wagons-plats où s'empilaient des peaux aux sen-
teurs fortes, des planches de sapin odorantes, ou
des paquets de bardeaux; wagons-plats criant sous
le poids de pièces de fonte de trente tonnes,
de cornières et de boîtes de rivets destinées à
quelque nouveau pont; et des centaines et centaines de wagons-couverts, chargés, cadenassés et
marqués à la craie. Des hommes — en nage et de
mauvaise humeur — se glissaient parmi, entre et

sous les milliers de roues; certains, lorsqu'elle fit
halte un moment, traversèrent d'un bond son abri;
d'autres s'assirent sur son pilote à l'aller, et sur
son tender au retour; et il y en avait des régiments qui couraient à côté d'elle le long des toits
des wagons couverts, serrant des freins, agitant
les bras, et criant des choses bizarres.

On la fit avancer d'un pied à la fois, puis reculer
rapidement, dans le cliquetis de ses roues motrices
d'arrière, durant un quart de mille; donner d'une
secousse dans une aiguille (les aiguilles des voies
de manœuvre sont fort trapues et peu accommo-
dantes), cogner dans un D rouge, ou wagon de la
Société Merchant's Transport, et, sans qu'elle eût
la moindre idée du poids qui était derrière elle,
partir de nouveau. Lorsque son chargement semblait bien en marche, voilà qu'on en détachait trois
ou quatre wagons, et que ·007 bondissait en avant,
rien que pour se voir maintenue hoquetante sur
le frein. Alors, il lui fallait attendre quelques instants, attentive au tournoiement des lanternes,
assourdie par les coups de cloche, étourdie par le
glissement des wagons, sa pompe à air battant à
quarante pulsations à la minute, son attelage
d'avant couché de côté sur son cow-catcher,
comme en sa gueule la langue d'un chien fatigué,
et l'ensemble couvert de charbon à demi consumé.

— Ce n'est pas si facile de manœuvrer avec un

8

tender à dos droit, dit sa petite amie du dépôt, tout en hâtant par là son trot. Mais vous vous en tirez assez bien. Jamais vu une aiguille enlevée en vitesse? Non? Alors, regardez-moi.

Poney avait la charge d'une douzaine de lourds wagons-plats. Tout à coup, elle se sépara d'eux avec un *Whutt!* aigu. Une aiguille s'ouvrait devant elle dans les ténèbres, elle y changea de front comme un lapin, l'aiguille se referma sur sa trace, et la longue file de bois de charpente haut de douze pieds alla se jeter par saccades dans les bras d'une locomotive de grande ligne, laquelle accueillit cet honneur avec un bref hurlement.

— Mon homme passe pour le plus chouette de la manœuvre en ce qui concerne ce coup-là, dit-elle en revenant. Cela me donne des frissons, je vous avouerai, lorsque quelque autre imbécile l'essaie. Voilà à quoi rime mon système de petites roues. Probable que vous vous feriez ratisser votre tender, si vous l'essayiez, vous.

·o57 n'avait pas d'ambitions de ce genre, et le déclara.

— Non? Il va sans dire que cela n'a rien à voir avec votre affaire; mais, dites-moi, ne trouvez-vous pas que c'est intéressant? Avez-vous vu le chef de manœuvre? Eh bien, c'est le plus grand homme de la terre, ne l'oubliez pas. Quand est-ce que nous aurons fini? Mais, ma petite, c'est toujours comme cela, jour et nuit — fêtes et dimanches. Vous voyez cette rame de trente wagons qui arrive à quatre... non, cinq voies plus loin? Elle est toute en marchandises mêlées, qu'on envoie ici pour être triées, puis réexpédiées directement. C'est pourquoi nous sommes en train de détacher les wagons un à un.

Elle donna, tout en parlant, une vigoureuse poussée à un wagon à destination de l'ouest, et recula avec un petit ronflement de surprise, attendu que ledit wagon se trouvait être un vieil ami — un wagon-couvert M. T. K.

—Le diable emporte mes roues motrices, mais c'est Catherine Couche-dehors! Eh quoi, Catherine, il n'y a donc pas moyen de vous faire rentrer chez vous? Il y a quarante locomotives de votre ligne plutôt qu'une à votre poursuite. Qu'est-ce qui vous détient actuellement ?

— Je voudrais bien le savoir, gémit Catherine Couche-dehors. J'appartiens à la *Topeka*, mais je suis allée aux Rapides des Cèdres; je suis allée au Winnipeg; je suis allée à Newport News; je suis allée tout en bas du vieil Atlanta ainsi qu'à West Point; et je suis allée à Buffalo. Il se peut que j'échoue à Haverstraw. Je ne suis restée dehors que dix mois, mais j'ai le mal du pays — ah, ce que j'ai le mal du pays !

—Essayez de Chicago, Catherine, dit la machine de manœuvre.

Et le vieux wagon délabré descendit cahin-caha la voie, en balbutiant :

— Je veux être au Kansas pour les soleils en fleur.

— Les voies sont pleines de Catherines Couche-dehors et de Juifs Errants, dit Poney à ·007 en manière d'explication. J'ai connu un vieux wagon-plat de Fitchburg, qui est resté dehors dix-sept mois ; et l'un des nôtres en est resté parti quinze, avant que nous en ayons retrouvé trace. Je ne sais vraiment pas comment nos hommes s'y prennent. On se les passe à la ronde, je me figure. En tout cas, moi, j'ai fait mon devoir. La voilà en route pour le Kansas, via Chicago ; mais je vous parie ma prochaine pleine chaudière qu'on la gardera là en attendant le bon plaisir du consignataire, et qu'elle nous sera renvoyée avec du blé à l'automne.

·Au même moment passa la Consolidation de Pittsburg, à la tête d'une douzaine de wagons.

— Je rentre, fit-elle orgueilleusement.

— Vous n'arriverez jamais avec tous les douze sur le palier. Faites deux voyages, andouille! cria Poney.

Or, ce fut ·007 que l'on fit reculer sur les six derniers wagons, et elle explosa presque de surprise lorsqu'elle se trouva en train de les pousser sur un énorme bac. Elle n'avait jamais encore vu d'eau profonde, et tressaillit au moment où le wa-

gon s'en allait et laissait arriver ses bogies à moins
de six pouces du courant noir et luisant.

Après cela on la dépêcha à la halle des marchandises, où elle vit le chef de manœuvre, un petit
homme au visage pâle, en chemise, pantalon et
chaussons, dont le regard reposait sur un océan
de trucks, une cohue d'hommes d'équipe braillant,
et des escadrons de chevaux reculant, tournant,
suant et battant des étincelles.

—C'est les charrettes des débardeurs qu'on est
en train de décharger sur les trucks faits *ad hoc*,
dit la petite machine, respectueusement. Mais *il
n'y* prend garde. Il les laissa jurer. Il est le Czar —
le Roi — le Boss (1)! Il dit : « S'il vous plaît »,
et il n'y a plus qu'à s'agenouiller et faire sa prière.
Avant qu'il puisse s'occuper d'eux, il y a trois ou
quatre rames de marchandises d'aujourd'hui à
« enlever ». Lorsqu'il agite la main de cette façon,
ce n'est pas pour des prunes.

Une rame de wagons chargés s'éloigna sur la
voie, et une rame de wagons vides prit sa place.
Ballots, caisses à claire-voie, boîtes, jarres, bon-
bonnes, cabas, sacs et colis volèrent de la halle
dans leurs flancs, comme si les wagons eussent été
de l'aimant et qu'il se fût agi de limaille de fer.

----

(1) *Boss*, mot américain ayant une signification toute spéciale. Il
désigne l'homme qui est aussi près du maître que peut le tolérer
l'esprit indépendant de l'Américain.

— Ki-yah ! cria Poney à tue-tête. N'est-ce pas superbe ?

Un homme d'équipe, le visage pourpre, se tailla un chemin à l'aide des épaules, jusqu'au chef de manœuvre, et lui mit le poing sous le nez. Le chef ne leva même pas les yeux de dessus sa liasse d'avis de réception. Il fléchit légèrement l'index, et un grand jeune homme en chemise rouge, qui flânait nonchalamment près de lui, frappa l'homme d'équipe sous l'oreille gauche, d'un coup qui l'envoya rouler, frissonnant et gloussant, sur une balle de fourrage.

— Onze, sept, quatre-vingt-dix-sept, L. Y. S.; quatorze zéro trois; dix-neuf treize; un un quatre; dix-sept zéro vingt-et-un M. B.; plus le dix pour l'ouest. Tous direct sauf les deux derniers. Découplez-les à la bifurcation. Et voilà pour cela. Enlevez cette rame.

Le chef de manœuvre, aux yeux bleus pleins de douceur, regarda plus loin que les hommes d'équipe hurlants,... là-bas, les eaux sous le clair de lune, et fredonna :

> All things bright and beautiful,
>   All creatures great and small,
> *All* things wise and wonderful,
>   The Lawd Gawd He made all (1) !

(1) Toutes choses brillantes et belles,
    Toutes créatures grandes et petites,
Toutes choses intelligentes et surprenantes,
    Le Seigneur Dieu a tout fait !

·007 fit sortir les wagons et les remit à la machine de grandes lignes. Jamais de sa vie elle ne s'était encore sentie si molle.

— Curieux, n'est-ce pas? fit Poney, toute soufflante, sur la voie d'à côté. Vous comme moi, si nous tenions cet homme sous nos tampons, nous le réduirions à l'état de déchet de coton rouge, sans nous douter de ce que nous aurions fait ; mais — là en haut — avec la vapeur ronflant dans sa chaudière de cette façon terriblement tranquille...

— *Je* sais, dit ·007. J'en suis toute comme si j'avais laissé tomber mon feu et que je me refroidisse. C'*est* le plus grand homme de la terre.

Elles se trouvaient maintenant à l'extrémité nord des voies de manœuvre, sous un poste d'aiguillage, le regard sur la ligne à quatre voies du trafic principal. La Compound de Boston devait traîner la rame de ·007 jusqu'à quelque bifurcation loin là-bas dans le nord, sur une ligne plus ou moins bonne, et elle regrettait tout haut les rails de quatre-vingt-seize livres de la B. et A.

— Vous êtes jeune, vous êtes jeune, toussa-t-elle. Vous ne vous rendez pas compte de vos responsabilités.

— Oui, elle s'en rend compte, repartit vertement Poney ; mais elle est à la hauteur.

Puis, avec un jet de vapeur de côté, exactement comme un voyou qui crache :

— Il n'y a guère, en tout cas, plus que la valeur de quinze mille dollars de marchandises derrière elle, et on dirait qu'elle en porte cent mille — absolument comme la Mogul. Faites excuse, Madame, mais vous avez la voie.... Bon ! la voilà de nouveau collée sur un point mort — elle de qui l'on attend tout justement le contraire.

La Compound se glissa à travers les voies sur une longue rampe, en gémissant horriblement à chaque aiguille, et avec les allures d'une vache sur un versant de neige. Il y eut un court instant de répit après que ses signaux d'arrière eurent disparu ; les aiguilles se refermèrent d'un coup sec, et chacun parut attendre.

— Je vais vous montrer maintenant quelque chose qui en vaut la peine, dit Poney. Lorsque le Grand Mars (1) n'est pas à l'heure, c'est l'heure d'améliorer la Constitution. Le premier coup de minuit a.....

— Boum ! fit l'horloge de la grande tour qui dominait les voies de manœuvre.

Et ·007 entendit dans le lointain un vibrant et plein. « *Yah ! Yah ! Yah !* » Un signal scintilla à l'horizon comme une étoile, grandit en un écrasant éblouissement, et s'en vint, en huant, sur la voie

(1) *Purple Emperor* dans le texte anglais, ou *Apatura Isis*, grand papillon des forêts. Nous l'appelons en français le *Grand Mars*. Il devient ici le nom d'une locomotive. (N. d. T.)

bourdonnante, aux accents ronflants d'un géant
en joie :

> With a michnai — ghignai — shtingal! Yah ! Yah ! Yah !
> Ein — zwei — drei — Mutter ! Yah ! Yah ! Yah !
>   She climb upon der shteeple,
>   Und she frighten all der people.
> Singin' michnai — ghignai — shtingal. Yah ! Yah !

Le dernier « yah ! yah ! » de défi fut lancé à un
mille et demi plus loin que la gare des voyageurs ;
mais ·007 avait entrevu la superbe locomotive pur-
sang à six roues accouplées, qui traînait l'orgueil
et la gloire de la ligne — le Grand Mars doré sur
tranches, le sud-express des millionnaires, lequel
mettait les milles par-dessus son épaule comme
d'un coup de rabot l'on enlève un copeau à une
planche de sapin. Le reste n'était qu'un barbouillis
d'émail marron, une barre de lumière blanche provenant des lampes électriques à l'intérieur des
wagons, et un frisson de rampe nickelée sur la
plateforme arrière.

— Mazette ! fit ·007.

— Soixante-quinze milles à l'heure ces quinze
derniers milles. Salles de bains, j'ai entendu dire,
salon de coiffure, ticker (1), une bibliothèque, et le
reste à l'avenant. Oui, ma belle; soixante-quinze
milles à l'heure ! Mais il causera avec vous au dépôt
tout aussi démocratiquement que je le ferais. Et

---

(1) Appareil électrique qui enregistre les fluctuations de la Bourse.

8.

moi — maudit soit mon système de roues — à la moitié de son allure j'enverrais promener la voie. C'est le maître de notre Loge. C'est chez nous qu'il fait sa toilette. Je vous présenterai, un de ces jours. Cela vaut la peine de le connaître ! Il n'y en a pas beaucoup non plus qui soient capables de chanter cette chanson-là.

007 était trop débordante d'émotions pour répondre. Elle n'entendit pas un furieux appel de sonneries de téléphone dans le poste d'aiguillage, ni l'homme, comme il se penchait au dehors pour crier à son mécanicien, à elle :

— Avez-vous de la vapeur ?

— Assez pour la conduire, si je pouvais, à cent milles au diable d'ici, répondit le mécanicien qui appartenait aux grandes lignes et détestait la manœuvre.

— Alors, foutez le camp. Le Marchandise à Grande Vitesse est dans le ballast à quarante milles d'ici, avec trois cents mètres de rail déterré. Non ; il n'y a personne de blessé, mais les deux voies sont bloquées. Heureux que le wagon de secours et la grue roulante soient de ce côté. L'équipe sera là dans une minute. Dépêchez-vous ! Vous avez la voie.

— Ma foi, je donnerais bien des coups de pied à ma moitié de petite personne, dit Poney, comme

on faisait reculer '007 avec fracas sur un horrible
et sale wagon à l'aspect de fourneau de cuisine,
mais rempli d'outils — un wagon-plat et une grue
roulante derrière lui. — Il y a gens et gens ; mais
vous, même, vous avez de la veine. Il faut que cela
marche, un wagon de secours. Maintenant, ne
perdez pas la tête. Votre système de roues vous
fera tenir la voie, et il n'y a pas, à vraiment parler,
de courbes. Oh, dites donc ! Comanche m'a raconté
qu'il y a un bout de rail en dents de scie, capable de vous faire un peu danser. A quinze milles
et demi d'ici, après la rampe, au croisement de
Jackson. Vous le reconnaîtrez à une maison de
ferme, un moulin à vent et cinq sycomores dans la
cour centrée. Le moulin est à l'ouest des sycomores. Et il y a, au milieu de cette section, un pont
de fer de quatre-vingts pieds, sans garde-fou. Je
vous verrai plus tard. Bonne chance !

Avant de bien savoir ce qui était arrivé, '007
remontait à toute vapeur la voie au sein du sombre
et muet univers. Alors les frayeurs de la nuit l'as-
saillirent. Elle se rappela tout ce qu'elle avait
entendu dire à propos d'éboulements, de cailloux
amoncelés par les pluies, d'arbres renversés, et de
bétail égaré, tout ce que la Compound de Boston
avait dit à propos de la responsabilité, et beaucoup plus encore issu de son imagination. D'un
ton tout tremblant elle siffla pour franchir sa pre-

mière rampe et opérer son premier changement de
voie (un événement dans la vie d'une locomotive), et
la vue d'un cheval effrayé et d'un homme tout pâle
dans un cabriolet, à moins d'un mètre de son
épaule droite, ne furent pas pour lui calmer les
nerfs. Sur quoi elle fut certaine de sauter hors de
la voie, sentit ses boudins se soulever sur le rail
à chaque courbe, crut deviner que sa première
rampe allait la faire se coucher par terre, exactement comme avait fait Comanche aux Newtons.
Elle enleva la rampe jusqu'au croisement de Jackson, vit le moulin à vent à l'ouest des sycomores,
sentit les rails mal posés se lever sous elle, et sua
à grosses gouttes tout le long de sa chaudière. A
chaque disloquante secousse elle croyait un essieu
fracassé, et elle prit le pont de quatre-vingt-dix
pieds sans garde-fou, comme un chat poursuivi au
sommet d'une barrière. Alors, une feuille mouillée
vint se coller à la vitre de son signal et jeta sur la
voie une ombre voltigeante, qu'elle prit pour quelque petit animal sautillant, lequel sentirait mou si
elle passait dessus; or, toute chose molle sous le
pied fait peur à la locomotive, comme elle fait à
l'éléphant. Mais les hommes qui étaient derrière
semblaient on ne peut plus calmes. Sans souci, l'é-
quipe de secours grimpait du wagon fourneau au
tender -- plaisantait même avec le mécanicien, car
·007 entendit un bruit confus de pieds parmi le

charbon, et un lambeau de chanson, quelque chose comme ceci :

Oh, the Empire State must learn to wait,
And the Cannon-ball go hang,
When the West-bound's ditched, and the tool-car's hitched,
And it's way for the Breakdown Gang (Tara-ra !)
'Way for the Breakdown Gang !

— Dites donc ! Eustis connaissait son affaire lorsqu'il conçut le plan de ce truc-là. C'est une véritable hirondelle. Et neuve, par-dessus le marché.

— Snff ! Phu ! Elle l'est, neuve. Et voilà qui ne sent pas la peinture. C'est...

Une douleur cuisante frappa ·007 dans son essieu — une douleur paralysante, lancinante.

— Ceci, dit ·007, tout en fendant l'air, c'est une boîte chaude. Maintenant je sais ce que cela veut dire. Je vais tomber en morceaux, j'imagine. Et ma première sortie, encore !

— Elle chauffe un brin, n'est-ce pas ? hasarda le chauffeur au mécanicien.

— Elle tiendra pour ce que nous lui demandons. Nous voici presque arrivés. J'imagine que vous autres, mes garçons là-bas derrière, vous feriez tout aussi bien de grimper dans votre wagon, dit le mécanicien, la main sur le levier de frein. J'ai vu des hommes happés net...

Sur quoi l'équipe battit en retraite au milieu des rires. Nul d'entre eux n'éprouvait le désir de se voir jeté sur la voie. Le mécanicien tourna à demi le poignet, et ·007 s'aperçut que ses roues ne marchaient plus.

— Maintenant, ça y est! se dit ·007, comme elle hurlait à tue-tête, et glissait à l'instar d'un traîneau.

Sur le moment, elle s'imagina qu'elle allait sauter toute d'une pièce hors de son châssis.

— Ce doit être la halte imprévue à propos de quoi Poney m'a blaguée, dit-elle, en cherchant à reprendre souffle, dès qu'elle fut en état de penser. Boîte chaude — halte imprévue. L'un comme l'autre font mal; mais maintenant, je peux en dire deux mots au dépôt.

On lui fit faire halte, tout chaude sifflante, à quelques pieds derrière ce que les médecins appelleraient une fracture compliquée. Son mécanicien était à genoux au milieu de ses roues, mais il n'appelait pas ·007 son « coursier arabe », ni ne pleurait sur elle comme faisaient les mécaniciens dans les journaux. Il se contentait de maudire ·007, de tirer des mètres de déchet de coton carbonisé d'autour de ses essieux, et d'exprimer l'espoir de mettre à quelque jour la main sur l'idiot qui l'avait bourrée de cette façon. Personne autre ne prêtait attention à elle, attendu qu'Evans, le mécanicien de la Mogul, quelque peu blessé à la tête, et surtout ne décolérant pas, exhibait, à la lueur d'une lanterne, le cadavre mutilé d'un cochon noir et svelte.

— Ce n'était même pas un cochon d'une taille honnête, dit-il, c'était un goret.

— Ce sont de fort dangereux animaux, répliqua quelqu'un de l'équipe. Ils se mettent sous le pilote (1) et vous font tout doucement valser hors de la voie, n'est-ce pas?

— *N'est-ce pas !* rugit Evans, un roux Galloie Vous parlez comme si je n'étais pas un sacré jour de la semaine sans qu'un cochon me flanque dans le ballast. Je n'ai pas l'honneur, moi, de connaître tous les maudits gorets étiques de l'Etat de New-York. Non, ma foi ! Oui, c'est lui — et regardez ce qu'il a fait !

Ce n'était pas une mauvaise nuit de travail pour un petit cochon égaré. Le train de marchandise à grande vitesse semblait s'être répandu dans toutes les directions, car la Mogul avait quitté les rails et couru en ligne diagonale sur une distance de quelques centaines de pieds de droite à gauche, en entraînant avec elle tels wagons qui se souciaient de la suivre. Quelques-uns, d'avis contraire, avaient brisé leurs attelages et s'étaient couchés sur le flanc, tandis que les wagons de queue cabriolaient par-dessus eux. Dans ce jeu, ils avaient déterré, déplacé et tordu une bonne partie de la voie de gauche. La Mogul elle-même était entrée cahin-caha

(1) Le *pilote* est la partie avant de la locomotive, située au-dessus des roues motrices.

dans un champ de blé, et restait là, agenouillée, des guirlandes fantastiques de verdure entortillées autour de ses boutons de manivelle; son pilote couvert de véritables parcelles de prairies, sur lesquelles du blé dodelinait d'un air ivre ; son feu éteint avec de la boue (c'était Evans qui avait fait cela dès qu'il avait repris ses sens); et son signal brisé à moitié plein de phalènes à demi brûlées. Son tender l'avait couverte de charbon, et on l'eût prise pour un buffle en rupture de ban, qui a voulu se vautrer dans quelque grand Magasin du Louvre. Car là gisaient, éparpillés sur tout le paysage, hors des wagons éventrés, les machines à écrire, les machines à coudre, les bicyclettes dans leurs caisses à claire-voie, toute une consignation de harnais d'importance plaqués d'argent, des toilettes et des gants de France, une douzaine de manteaux de cheminée en bois précieux délicatement modelé, un bateau à pétrole de quinze pieds, à l'avant duquel se trouvait tordu un lit de cuivre massif, une caisse de télescopes et microscopes, deux cercueils, une caisse de bonbons extra-fins, des produits de ferme de qualité supérieure, beurre et œufs en omelette, une boîte brisée de jouets coûteux, et quelques centaines d'autres somptuosités. Un campement de vagabonds se précipita on ne sait d'où et généreusement s'offrit à aider l'équipe. Sur quoi les gardes-freins, armés de broches d'attelage, se mirent à se promener de long en large d'un côté, tandis que de l'autre le chef de train et le chauffeur montaient la garde, les mains dans leurs poches à revolver. Un homme à longue barbe sortit d'une maison située au delà du champ de blé, déclara à Evans que si l'accident fût arrivé un peu plus tard dans l'année, tout son blé eût été brûlé, et l'accusa de négligence. Puis il se sauva, attendu que ledit Evans était déjà sur ses talons, en train de crier à tue-tête : « C'est son cochon qui a fait le coup — c'est son cochon ! Il faut que je le tue ! Il faut que je le tue ! » Sur quoi l'équipe de secours partit à rire, tandis que le fermier mettait la tête à une fenêtre pour déclarer qu'Evans n'était pas un gentleman.

Quant à ·007, elle garda tout son sérieux. Elle n'avait jamais encore vu d'accident, et restait épouvantée de celui-ci. L'équipe riait toujours, tout en ne cessant de travailler ; et ·007 finit par oublier l'horreur de la chose dans l'ébahissement que lui causait leur façon de s'y prendre avec la Mogul des marchandises. Ils creusèrent la terre autour d'elle à l'aide de pelles ; ils alignèrent des traverses devant ses roues, et placèrent des crics sous elle ; ils l'entourèrent d'une chaîne de grue et la taquinèrent à l'aide de leviers ; tandis qu'on accrochait ·007 à des wagons avariés et qu'on la faisait reculer jusqu'à ce que le lien se brisât ou que les wagons eussent débarrassé la voie. A l'aurore il y avait trente ou quarante hommes au travail, à reposer et retasser les traverses, à remettre les rails en place et à les fixer. Au jour, tous les wagons qui pouvaient bouger se trouvaient confiés aux soins d'une autre loco, la voie était de nouveau livrée au trafic, et ·007 avait traîné la vieille Mogul par-dessus un véritable petit parquet de traverses, pouce à pouce, jusqu'à ce que ses boudins mordissent une fois encore le rail, et qu'elle s'y recalât avec retentissement. Mais la Mogul se sentait brisée corps et âme, et avait perdu toute espèce de ressort.

— Ce n'était même pas un cochon, répétait-elle d'un ton plaintif ; c'était un goret ; et il a fallu que ce fût à vous — à vous ! — qu'incombât la tâche de me secourir.

— Mais comment diable est-ce arrivé ? demanda ·007, fusante de curiosité.

— Arrivé ! Je n'en sais rien. Mais c'est arrivé ! J'ai couru droit sur lui, là-bas, à la dernière courbe — je le prenais pour une mouffette. Oui, il était tout aussi petit. Il n'avait pas eu le temps de piauler, que je sentais déjà mes bogies en l'air (il avait roulé droit sous le pilote) sans que je pusse rattraper le rail pour me sauver. Je tourniquais déjà hors de la voie. Alors je le sentis se glisser, tout gras, sous ma motrice gauche d'avant, et, Chau-

dières d'Enfer ! ma motrice monta sur le rail. J'entendis mes boudins faire *zip* le long des traverses,
et tout ce que je me rappelle ensuite, c'est de me
voir en train de danser la carmagnole dans le blé,
tandis que mon tender crachait le charbon à travers mon abri, et que le brave Evans était étendu
sanglant et inanimé devant moi. Ebranlée? Je n'ai
pas une entretoise, un boulon, un rivet qui n'aient
fichu le camp.

— Hum ! dit ·007. Qu'est-ce que vous croyez
peser?

— Sans ces blocs de saleté-là, je ne pèse pas
moins de cent mille livres.

— Et le goret ?

— Quatre-vingts. Mettez cent tout au plus. Il
vaut à peu près quatre dollars et demi. N'est-ce pas
affreux? N'y a-t-il pas de quoi vous mettre les
nerfs à l'envers? N'est-ce pas à vous rendre stupide? Quoi, j'arrive le long de cette courbe...

Et voilà, tant elle était bouleversée, la Mogul
repartie sur son histoire.

— Mais tout cela fait partie du voyage, j'imagine, dit ·007, en manière de calmant. Et... et
c'est une chute assez moelleuse que de tomber dans
un champ de blé.

— S'il se fût agi d'un pont de soixante pieds, et
que j'eusse pu couler en eau profonde, faire explo-
sion et tuer les deux hommes, comme c'est arrivé

à d'autres, cela m'aurait été égal ; mais dérailler sur un goret... et que ce soit vous qui me sortiez de là... dans un champ de blé... et un vieux Jocrisse en chemise de nuit pour me maudire comme si je n'étais qu'un mauvais cheval de manœuvre... Oh, c'est affreux ! Ne m'appelez pas Mogul ! Je ne suis qu'une machine à coudre. Ils vont tous me blaguer à m'en faire tomber ma sablière.

Et ·007, sa boîte chaude refroidie et son champ d'expérience vastement élargi, remorqua la Mogul des marchandises lentement jusqu'au dépôt.

— Eh là, ma vieille ! Passé la nuit dehors, n'est-ce pas ? dit l'irrépressible Poney, laquelle rentrait justement de sa tournée de service. Eh bien, je dois dire que vous en avez l'air. Précieuse — fragile — pressée —·craint la chaleur et l'humidité — c'est vous ! Allez aux ateliers vous débarrasser de ces feuilles de vigne que vous avez dans les cheveux, et demandez-leur de jouer sur vous du tuyau d'arrosage.

— Laissez-la tranquille, Poney, dit sévèrement ·007, comme on la faisait virer sur la plaque tournante, ou je vais...

— Je ne savais pas, ma petite, que vous honorassiez d'une amitié spéciale la vieille taupe. Elle n'a pas été pour vous de ces plus honnêtes, la dernière fois que je l'ai vue.

— Je le sais ; mais depuis lors j'ai vu, moi, ce que c'était qu'un accident, et cela m'a presque fait tomber la peinture d'épouvante. Je ne vais plus blaguer qui que ce soit, tant que j'aurai un souffle de vapeur — surtout quand les machines sont neuves au métier et désireuses d'apprendre. Et je ne vais pas aller blaguer non plus la vieille Mogul, tout enguirlandée d'épis de blé que je l'aie trouvée. C'est un petit brimborion de goret... pas un cochon ... rien qu'un goret, Poncy... pas plus gros qu'un morceau d'anthracite — je l'ai vu — qui a fait tout le gâchis. Cela peut arriver à tout le monde, d'aller dans le ballast, je me figure.

— Vous avez déjà découvert cela, vraiment ? Eh bien, c'est un bon début.

C'était le Grand Mars qui parlait, le Grand Mars avec son bel abri vitré de cristal et son coussin de velours vert, attendant qu'on le nettoyât pour son essor du lendemain.

— Laissez-moi faire les présentations, dit Poncy. Voici notre Grand Mars, ma petite, que vous avez admiré, et, j'ose dire, envié, la nuit dernière. Voici une nouvelle recrue, honorable Monsieur, avec toute sa carrière devant elle ; mais, autant que peut le faire une humble compagne, je répondrai en sa faveur.

— Heureux de vous recevoir, dit le Grand Mars, tout en faisant du regard le tour du dépôt encombré. Je suppose que nous sommes, ici, en nombre suffisant pour former une assemblée plénière. Hem, hem! En vertu de l'autorité dont je suis investi comme Chef de la Route, je déclare et nomme par le présent acte No.·007 membre admis de la Confrérie Mixte des Locomotives, et, comme telle, ayant droit à tous les privilèges de l'atelier, de l'aiguille, de la voie, de la grue hydraulique et du dépôt, sur toute l'étendue de ma juridiction, avec le grade d'Express de Première Classe, étant bien connu de moi, de source autorisée, qu'elle a couvert quarante et un milles en trente-neuf minutes et demie, en voyage de secours pour les affligés. En temps voulu, je vous communiquerai moi-même le Chant et le Signe de ce Grade par quoi l'on pourra vous reconnaître dans la nuit la plus sombre. Prenez votre stalle, locomotive nouvellement promue !

.   .   .   .

Or, dans la nuit la plus sombre, comme l'avait dit le Grand Mars, si vous vous tenez sur le pont qui traverse la cour des marchandises, les yeux sur la ligne à quatre voies, à deux heures trente du matin, ni plus tôt ni plus tard, lorsque la Phalène Blanche, qui prend le trop-plein du Grand Mars, se précipite vers le sud avec ses sept wagons blanc crème à couloirs, vous entendrez, au moment où l'horloge de la cour fait la demie, un bruit lointain pareil à la basse d'un violoncelle, et puis, trente mètres au mot :

With a michnai — ghignai — shtingal! Yah! Yah! Yah!
Ein — zwei — drei — Mutter! Yah! Yah! Yah!
    She climb upon der shteeple,
    Und she frighten all der people,
Singin' michnai — ghignai — shtingal! Yah! Yah!

C'est ·007 qui couvre ses cent cinquante-six milles en deux cent vingt et une minutes.

LE BISARA DE POOREE

LE BISARA DE POOREE

Certains indigènes prétendent qu'il vint de l'autre côté de Kulu, où se trouve le Saphir du Temple, le saphir de onze pouces. D'autres, qu'il fut fabriqué au Sanctuaire-du-Diable de Ao-Chung dans le Thibet, volé par un Cafre, à celui-ci par un Gourkha, à celui-ci par un Lahouli, à celui-ci par un *khitmat-gar*, et vendu par ce dernier à un Anglais, de sorte qu'il perdit toute sa vertu ; car, pour faire convenablement sa besogne, le Bisara de Pooree doit être volé — avec effusion de sang, si possible, — mais, en tous cas, volé.

Toutes ces histoires sur son arrivée dans l'Inde sont fausses. Il fut fabriqué à Pooree il y a des siècles — la façon dont il fut fabriqué ferait la matière d'un petit volume, — y fut volé par une des danseuses du Temple, pour servir à ses propres affaires, et puis passa de main en main, le cap toujours nord, jusqu'à ce qu'il atteignît Hanlé, sans jamais quitter son nom — le Bisara de Pooree. Comme forme, c'est une minuscule boîte d'argent, carrée, enchâssée extérieurement de huit petits rubis balais. A l'intérieur de la boîte, qui s'ouvre au moyen d'un ressort, se trouve un petit poisson sans yeux, sculpté à même une espèce de noix sombre et luisante, et enveloppé d'un lambeau de tissu d'or éteint. C'est le Bisara de Pooree, et il vaudrait mieux prendre dans sa main un cobra que toucher au Bisara de Pooree.

La magie sous toutes ses formes est surannée, et on l'a laissée de côté, sauf dans l'Inde, où rien ne change en dépit du vernis miroitant, superficiel, que les gens appellent « civilisation ».

Tout homme qui sait ce que c'est que le Bisara de Pooree, vous dira quelles sont ses vertus — en supposant toujours qu'il a été honnêtement volé. C'est dans le pays le seul charme d'amour qui travaille régulièrement et soit digne de confiance, à part une exception. (L'autre charme est dans les mains d'un cavalier du Nizam's Horse, en un lieu appelé Tuprani, au nord exactement de Hydérabab). Vous pouvez regarder cela comme un fait. Je laisse à d'autres le soin de l'expliquer.

Si le Bisara, au lieu d'être volé, est donné, acheté ou trouvé, il tourne contre son possesseur en l'espace de trois années, et conduit à la ruine ou à la mort. Voilà un autre fait dont vous pourrez trouver l'explication quand vous en aurez le loisir. En attendant, libre à vous d'en rire. Pour le présent, le Bisara de Pooree est en sûreté sur le cou d'un poney d'*ekka*, à l'intérieur d'un collier de perles bleues qui garde du mauvais œil. Si le cocher de l'*ekka* le trouve jamais, et le porte, ou le donne à sa femme, j'en suis fâché pour lui.

Une femme coolie, de la montagne, sale, avec un goître, le possédait à Théog en 1884. Il vint à Simla, par le nord, avant que le *khitmatgar* de Churton l'achetât, puis le vendît, pour trois fois sa valeur en argent, à Churton, qui faisait collection de curiosités. Le serviteur ne savait pas plus que le maître ce qu'il avait acheté; mais quelqu'un, en jetant un regard sur la collection de curiosités de Churton — Churton, en passant, était aide-commissaire — le vit et se garda de parler. C'était un Anglais; mais il savait le secret de croire. Preuve qu'il différait de la plupart des Anglais. Il savait qu'il était dangereux d'avoir des intérêts dans la petite boîte, agissante ou dormante; car l'amour qu'on n'a pas cherché est un présent terrible.

Pack — « Nabot » Pack, comme nous l'appelions — était de toutes les façons un sale petit bonhomme, qui devait s'être glissé dans l'armée par erreur. Il était de trois pouces plus haut que son sabre et pas aussi fort de la moitié. Or, il s'agissait d'un sabre de cinquante shillings, et qui sortait de la boutique du tailleur.

Personne n'aimait « Nabot », et, je le suppose,

9.

ce furent sa laideur physique et son indignité qui
le firent tomber si désespérément amoureux de
Miss Hollis, la douce et désirable Miss Hollis, haute
de cinq pieds sept pouces dans ses souliers de ten-
nis. Il ne se contenta pas de tomber amoureux avec
calme, mais apporta dans l'affaire toute la force
de sa misérable petite nature. S'il n'avait donné
tant de prise à la critique, on eût pu le plaindre. Il
se montrait glorieux, s'agitait, faisait feu des quatre
pieds, trottait du haut en bas, essayant de se
rendre agréable aux grands yeux gris et tranquilles de Miss Hollis, et manquait son but. C'était l'un
de ces cas, que l'on rencontre parfois, même en
ce pays de mariages suivant les règles du code, où
l'attachement, un attachement aveugle, est tout
entier d'un seul côté, sans ombre de réciprocité
possible. Miss Hollis considérait Pack comme n'importe quelle vermine rencontrée sur la route. Il
n'avait d'autres espérances que la paye de capitaine,
et pas d'aptitude pour l'aider à l'augmenter d'un
anna. Chez un homme de haute taille, un amour
comme le sien eût été touchant. Chez un brave garçon, il eût été grand. Etant donné ce qu'était le
personnage, on n'y pouvait voir qu'un fléau.

Vous croirez facilement tout cela. Ce que vous
ne croirez pas, c'est ce qui suit : Churton et
l'Homme qui Savait à quoi s'en tenir sur le Bisara
déjeunaient ensemble au club de Simla. Churton

se plaignait de la vie en général. Sa meilleure jument avait roulé hors de l'écurie jusqu'en bas de la montagne et s'était brisé les reins ; ses décisions étaient réformées par les juridictions supérieures, plus qu'un aide-commissaire de huit années de service n'était en droit d'attendre ; il faisait l'expérience des crises de foie et de la fièvre, et, depuis des semaines, ne se sentait pas dans son assiette. Au résumé, c'était un homme à la fois dégoûté et découragé.

La salle à manger du club de Simla est construite, tout le monde le sait, en deux corps de bâtiment séparés par une sorte d'arche. Entrez, tournez à votre gauche, prenez la table devant la fenêtre, et vous ne pouvez voir celui qui est entré, a tourné à droite, et a pris une table sur le côté droit de l'arche. Chose assez curieuse, le moindre mot que vous dites, se trouve entendu, non seulement par l'autre dîneur, mais par les serviteurs qui se trouvent de l'autre côté du paravent par lequel ils vous apportent à dîner. Cela vaut la peine qu'on le sache ; une salle-écho est un piège contre lequel il est bon de mettre les gens en garde.

Moitié pour rire, moitié dans l'espoir qu'on le crût, l'Homme qui Savait raconta à Churton l'histoire du Bisara de Pooree un peu plus longuement qu'ici je ne vous l'ai narrée, en finissant par lui insinuer qu'il ferait tout aussi bien de jeter la petite

boîte au bas de la montagne, afin de voir si tous
ses ennuis s'en iraient avec elle. Pour des oreilles
vulgaires, des oreilles d'Anglais, le conte n'était
qu'un intéressant bout de légende. Churton se mit
à rire, déclara qu'il se sentait mieux depuis son
tiffin (1), et sortit. Pendant ce temps-là, Pack, qui
tiffinait tout seul à droite de l'arche, avait tout
entendu. Il était presque fou de son absurde
engouement pour Miss Hollis, dont tout Simla
s'était ouvertement moqué.

C'est une chose curieuse que, si un homme hait
ou aime hors de raison, le voilà prêt à sortir de la
raison pour donner pâture à ses sentiments. Ce
qu'il ne ferait pas, s'il s'agissait simplement de
satisfaire son amour de l'argent ou du pouvoir.
Vous pouvez compter que Salomon n'eût jamais
élevé d'autels à Ashtaroth ni à toutes ces dames
aux noms étranges, s'il n'y eût pas eu de troubles
de quelque nature dans sa *zenana*, et nulle part
ailleurs. Mais voilà qui se trouve en dehors de
notre histoire. Les faits qui nous occupent, les
voici : Pack alla, le jour suivant, rendre visite à
Churton, alors que Churton était sorti, laissa une
carte et *vola* le Bisara de Pooree à la place qu'il
occupait devant la pendule au milieu de la cheminée, le vola comme le voleur de nature qu'il était !

_____

(1) Second déjeuner, dans l'Inde.

Trois jours plus tard, tout Simla fut électrisé par
cette nouvelle : Miss Hollis avait agréé Pack — le
rat ratatiné, Pack! Voulez-vous de ceci quelque
chose de plus évident? Le Bisara de Pooree avait
été volé, et il agissait comme il faisait toujours lorsqu'on l'avait acquis par des moyens malpropres.

Il arrive trois ou quatre fois à un homme, au
cours de sa vie, de trouver une excuse à son im-
mixtion dans les affaires d'autrui pour jouer la
Providence.

L'homme qui Savait sentit qu'il avait une excuse ;
mais croire, et agir sur une croyance, sont choses
totalement différentes. L'air de satisfaction inso-
lente que montrait Pack, en trottant aux côtés de
Miss Hollis, et l'étonnant répit que son foie laissa
à Churton dès que le Bisara de Pooree fut parti,
décidèrent l'Homme. Il expliqua la chose à Churton, lequel se mit à rire, attendu que rien ne l'avait
accoutumé à l'idée que des hommes faisant partie
de la liste du vice-roi pussent voler — tout au moins
de petites choses. Mais l'agrément miraculeux de
cet épicier, Pack, par Miss Hollis, le décida cependant à agir suivant ses soupçons. Il jura qu'il voulait seulement arriver à savoir où sa boîte d'argent
enchâssée de rubis balais se cachait. On ne peut
accuser de vol un homme dont le nom est inscrit
sur la liste du vice-roi. Et si on dévalise sa chambre, on est un voleur soi-même. Churton, poussé

par l'Homme qui Savait, se décida pour un vol avec effraction. S'il ne trouvait rien dans la chambre de Pack... mais il est peu plaisant de penser à ce qui serait arrivé dans ce cas.

Pack se rendit à un bal à Benmore, et dansa quinze valses sur vingt-deux avec Miss Hollis. Churton et l'Homme prirent toutes les clefs sur lesquelles ils purent mettre la main, et se rendirent à la chambre que Pack occupait à l'hôtel, certains de l'absence de ses serviteurs. Pack était un personnage mesquin ; il n'avait pas fait l'achat d'une cassette décente pour garder ses papiers, mais d'une de ces imitations indigènes que l'on se procure pour dix roupies. Toutes les clefs l'ouvraient, et là, au fond, sous la police d'assurance de Pack, gisait le Bisara de Poorce !

Churton se répandit en injures à l'adresse de Pack, mit le Bisara de Pooree dans sa poche, et se rendit au bal avec l'Homme. Tout au moins il arriva en temps pour souper, et aperçut dans les yeux de Miss Hollis le commencement de la fin. Elle fut prise d'une attaque de nerfs après souper, et fut enlevée par sa maman.

Au bal, ayant en poche l'abominable Bisara, Churton se tordit le pied sur une des marches descendant au vieux Rink, et dut être renvoyé chez lui, tout grommelant, en rickshaw. Il ne crut pas plus pour cela, malgré cette manifestation, en la vertu du Bisara de Poorer, et se contenta d'aller trouver Pack pour lui donner de vilains noms ; « Voleur » fut le plus doux d'entre eux. Pack accepta les insultes avec le sourire nerveux d'un petit homme incapable, âme et corps, de ressentir une insulte, et passa son chemin. Il n'y eut pas de scandale public.

Une semaine plus tard, Pack reçut un congé définitif de la part de Miss Hollis. Elle s'était trompée, déclara-t-elle, dans le placement de ses affections. Sur quoi il partit pour Madras, où il ne peut faire grand mal, même s'il vit assez pour devenir colonel.

Churton insista auprès de l'Homme qui Savait, pour lui faire accepter le Bisara de Poorer en cadeau. L'Homme le prit, descendit sur-le-champ jusqu'à la route des voitures, trouva un poney d'*ekka* orné d'un collier de perles bleues, attacha solidement le Bisara de Poorer à l'intérieur du collier au moyen d'un bout de lacet, et remercia le Ciel de se voir hors de danger. Rappelez-vous, au cas où vous le trouveriez, qu'il ne faut pas détruire le Bisara de Poorer. Je n'ai pas le temps de vous expliquer maintenant au juste pourquoi, mais il réside un pouvoir dans le petit poisson de bois. Mossieu Gubernatis ou Max Muller pourraient vous en dire plus long que moi sur ce sujet.

Vous prétendrez que cette histoire est forgée de

toutes pièces. Fort bien. Si jamais vous tombez sur une petite boîte d'argent, enchâssée de rubis, longue de sept huitièmes de pouces sur trois quarts de large, avec, à l'intérieur, un poisson de bois sombre enveloppé d'un tissu d'or, gardez-la. Gardez-la trois ans, et vous constaterez alors par vous-même si mon histoire est vraie ou fausse.

Mieux encore, volez-la, comme le fit Pack, et vous regretterez de n'avoir pas commencé par vous tuer.

AU BORD DE L'ABIME

AU BORD DE L'ABIME

Il était une fois une fois un Homme, une Femme et un Tertium Quid.

Tous trois manquaient de sagesse, mais c'était la Femme qui en manquait le plus. L'Homme eût dû veiller sur sa Femme, laquelle eût dû éviter le Tertium Quid, lequel eût dû prendre épouse à lui, après juste et honnête flirt, à quoi personne ne peut visiblement trouver à redire autour du Jakko ou d'Observatory Hill. Lorsqu'on voit sur un poney blanc d'écume un jeune homme, le chapeau en arrière, voler sur une descente, à quinze milles à l'heure, pour rencontrer une jeune fille qui jouera une convenable surprise en le rencontrant, naturellement on approuve ce jeune homme, on lui souhaite de l'avancement, on prend intérêt à ses succès, et, le moment venu, on offre une pince à sucre ou une selle de dame, selon ses moyens et sa générosité.

Le Tertium Quid volait à cheval sur la descente, mais c'était pour rencontrer la Femme de l'Homme ;

et quand il volait sur la montée, c'était dans le même but. L'Homme était dans les plaines, à gagner pour sa femme l'argent qu'elle dépensait en toilettes, en bracelets à quatre cents roupies, et en autres riens de ce genre. Il travaillait dur et lui envoyait quotidiennement une lettre ou bien une carte postale. Elle aussi lui écrivait chaque jour, disant qu'elle soupirait après son retour à Simla. Le Tertium Quid, pendant qu'elle écrivait les billets, avait coutume de se pencher par-dessus son épaule et de rire. Puis tous deux s'en allaient à cheval côte à côte au bureau de poste.

Or, Simla est un étrange lieu, et singulières sont ses coutumes ; à moins d'y avoir fait au bas mot dix saisons, personne n'y est qualifié pour passer jugement sur preuves induites des circonstances, lesquelles preuves ne jouissent d'aucun crédit devant les Cours. Pour ces raisons, pour d'autres encore, inutiles à rapporter, je me refuse à déclarer positivement s'il y avait quelque irréparable mal dans les relations de la Femme de l'Homme avec le Tertium Quid. S'il en était ainsi, et c'est à vous, là-dessus, à vous former une opinion, la faute en incombait à la Femme de l'Homme. Elle avait des manières de jeune chat, accompagnées d'un air de douce et duveteuse innocence. Mais elle était diablement docte et instruite dans le mal ; et, de temps à autre, lorsque tombait le masque, les hommes s'en apercevaient, frissonnaient et — presque reculaient. Les hommes sont parfois difficiles, et les moins difficiles sont toujours les plus exigeants.

Simla est originale dans sa façon de traiter les amitiés. Certains attachements, qui se sont fixés et cimentés au cours d'une demi-douzaine de saisons, acquièrent presque la sainteté des liens du mariage et se voient révérés comme tels. En retour, certains attachements d'âge aussi avancé, et, selon toute apparence, aussi vénérables, ne semblent jamais conquérir nulle situation officielle reconnue ; alors qu'une connaissance née du hasard, âgée de deux mois à peine, entre dans la place qui de droit revient à l'aînée. Il n'est point de loi réductible pour marquer de son empreinte ce qui règle ces choses.

Certaines gens ont un don qui leur assure une indulgence infinie, et d'autres ne l'ont pas. La Femme de l'Homme ne l'avait pas. Par exemple, regardait-elle par-dessus le mur du jardin, les autres femmes l'accusaient de séduire leurs maris. Elle se plaignait d'un air pathétique de n'avoir point la permission de choisir ses amis. Lorsque, parlant ainsi, elle portait son gros manchon blanc à ses lèvres et vous regardait par-dessus, l'œil tout près du sourcil, vous sentiez qu'elle avait été indignement calomniée, et que l'instinct des autres

femmes était en faute chez elles toutes; ce qui était
absurde. On ne la laissait point posséder le Tertium
Quid en paix, et elle était si étrangement bâtie que,
le lui eût-on permis, elle n'eût point joui de cette
paix. Il n'était pas jusqu'à ses actions les plus
banales qu'elle ne préférât envelopper de quelque
semblant d'intrigue.

Au bout de deux mois de promenades à cheval,
d'abord autour du Jakko, puis de l'Elysium, puis
de Summer Hill, puis d'Observatory Hill, puis
sous le Jutogh, et enfin du haut en bas de la route
carrossable jusqu'à la brèche de Tara Devi quand
arrivait le crépuscule, elle dit au Tertium Quid :

— Frank, on prétend qu'on nous voit trop ensemble. Les gens sont vraiment horribles.

Le Tertium Quid tira sa moustache, et répondit
que les gens horribles ne méritaient point la con-
sidération des gens aimables.

— Mais, ils ont fait plus que parler — ils ont
écrit — écrit à mon mari — j'en suis sûre, dit la
Femme de l'Homme.

Et elle tira de la poche de sa selle une lettre de
son époux, qu'elle donna au Tertium Quid.

C'était une honnête lettre, écrite par un honnête homme alors en train de cuire dans les Plaines,
à deux cents roupies par mois (attendu qu'il en
allouait à sa Femme huit cent cinquante) en banian (1)

(1) Vêtement des Banians.

de soie et pantalon de coton. Il y était dit que, peut-
être, elle n'avait point pensé au manque de sagesse
qu'il y avait à laisser si généralement accoupler
son nom à celui du Tertium Quid ; qu'elle était trop
une enfant pour comprendre les dangers que présentait cette sorte de chose ; que lui, son mari, était
le dernier homme de la terre à s'immiscer par
jalousie dans ses petits intérêts et ses petits amu-
sements, mais qu'il était préférable qu'elle plantât
là le Tertium Quid sans bruit et par égard pour
son mari. Le ton de cette lettre était adouci de
maints jolis petits noms d'amitié, et elle amusa
considérablement le Tertium Quid. Lui et Elle se
prirent à rire dessus, si bien que vous eussiez pu, à
cinquante mètres de là, voir leurs épaules sursau-
ter, tandis que les chevaux marchaient nonchalamment côte à côte.

Leur conversation n'avait rien qui mérite d'être
rapporté. Elle eut pour résultat que, le jour suivant, personne ne vit la Femme de l'Homme et le
Tertium Quid ensemble. Ils étaient descendus
tous deux au cimetière, lequel, en bonne règle, ne
reçoit des habitants de Simla que des visites offi-
cielles.

Un enterrement à Simla, avec le clergyman à
cheval, la famille à cheval, et le cercueil qui crie
en oscillant entre les porteurs, est une des choses
les plus déprimantes qui soient, surtout quand le

cortège passe sous le renfoncement humide, moite, au pied du Rockcliffe Hotel, d'où le soleil est absent, et où tous les ruisseaux de montagne se lamentent et pleurent de concert, en descendant les vallées.

Il se trouve parfois des gens pour prendre soin des tombes, mais nous autres, dans l'Inde, changeons si souvent, si souvent nous voyons transférès, que, la seconde année à peine écoulée, les morts n'ont plus d'amis — rien que des connaissances, beaucoup trop occupées à s'amuser en haut de la montagne pour prêter attention à de vieux compagnons. L'idée d'user d'un cimetière comme lieu de rendez-vous est manifestement une idée de femme. Un homme se fût contenté de dire : « Laissez parler les gens. Nous descendrons le Mall. » La femme est faite différemment, surtout si c'en est une comme la Femme de l'Homme. Elle et le Tertium Quid jouirent de leur société réciproque parmi les tombes d'hommes et de femmes qu'ils avaient connus et avec lesquels ils avaient autrefois dansé.

Ils prenaient une grande couverture de cheval et s'asseyaient sur l'herbe, un peu à gauche du bord inférieur, à l'endroit où existe une dépression du sol, où les tombes occupées s'arrêtent court et où attendent celles qu'on apprête à l'avance. Tout cimetière indien bien ordonné possède une demi-douzaine de tombes en permanence ouvertes pour les cas imprévus et le va et vient acciden-tel. Dans la montagne, ces dernières sont ordi-nairement à la taille des bébés, attendu que les enfants qui arrivent affaiblis et malades des Plaines, souvent succombent sous les effets des pluies de montagne, ou contractent des pneumo-nies par suite de l'imprudence de leurs *ayahs* (1), lesquelles les emmènent sous les bois de pins humi-des après le coucher du soleil. Dans les cantonne-ments, il va sans dire que la taille d'homme est plus demandée; ces arrangements variant suivant le climat et la population.

Un jour que la Femme de l'Homme et le Ter-tium Quid venaient d'arriver dans le cimetière, ils virent une poignée de coolies occupés à défoncer le sol. Ces coolies avaient tracé l'empreinte d'une tombe de grandeur naturelle, et le Tertium Quid leur demanda si quelque *sahib* était malade. Ils répondirent qu'ils n'en savaient rien, mais qu'ils avaient simplement reçu l'ordre de creuser une tombe de *sahib*.

— Travaillez donc, dit le Tertium Quid, et voyons comment on fait cela.

Les coolies se mirent à l'œuvre, et la Femme de l'Homme ainsi que le Tertium Quid regardèrent et

(1) *Ayah*, mot hindou qui signifie « servante » ou « bonne ».

19,

causèrent durant une couple d'heures, tandis que
s'approfondissait la tombe. Alors, un coolie qui
recevait la terre dans des paniers au fur et à mesure qu'on la jetait, sauta par-desus la fosse.

— C'est bizarre, dit le Tertium Quid, en se
levant. Où est mon pardessus?

— Qu'est-ce qui est bizarre? demanda la Femme
de l'Homme.

— J'ai éprouvé un frisson tout le long du dos,
absolument comme si on avait marché sur ma
tombe.

— Pourquoi donc regarder cela? dit la Femme
de l'Homme. Allons-nous-en.

Le Tertium Quid resta debout à la tête de la
tombe, les yeux fixes, sans répondre, l'espace de
quelque temps. Puis il dit, en laissant tomber un
caillou :

— C'est vilain — et froid, horriblement froid. Je
ne crois pas que je reviendrai au cimetière. Cela
n'a rien de joyeux, décidément, de voir creuser des
tombes.

Tous deux se mirent à causer, et furent d'accord
que le cimetière avait une action déprimante. Ils
s'entendirent aussi pour faire, le lendemain, une
promenade à cheval en laissant derrière eux le
cimetière et en prenant à travers le tunnel Mashobra
jusqu'en haut de Fagoo et retour, attendu que tout
le monde devait se rendre à une garden-party au

palais du vice-roi, et que tous les gens de Mashobra iraient aussi.

En remontant la route du cimetière, le cheval du
Tertium Quid, fatigué d'être resté debout si longtemps, essaya de prendre le mors aux dents, et
fit si bien qu'il se força un tendon de l'arrière-
train.

— Il faudra, demain, que je prenne la jument,
dit le Tertium Quid, mais elle ne souffrira rien de
plus qu'un bridon.

Ils s'arrangèrent pour se rencontrer dans le cimetière, après qu'ils auraient laissé aux gens de
Mashobra le temps d'arriver à Simla. Cette nuit-là,
il plut fort et, le lendemain, quand le Tertium Quid
arriva au lieu de rendez-vous, il s'aperçut que la
nouvelle tombe contenait un pied d'eau, le sol étant
d'argile aussi gluante qu'obstinée.

— Sapristi! Cela n'a pas bon air, dit-il. S'imagine-t-on mis entre quatre planches et descendu
dans ce puits!

Ils partirent alors dans la direction de Fagoo, la
jument jouant avec le bridon et choisissant sa route
comme si elle eût été chaussée de satin, tandis que
le soleil brillait de façon exquise. La route qui,
sous Mashobra, conduit à Fagoo, est officiellement
dénommée route de l'Himalayan-Thibet; mais
en dépit de son nom elle n'a guère plus de six
pieds de large en la plupart des endroits, et la chute

dans la vallée au-dessous peut avoir quelque chose comme mille ou deux mille pieds.

— Nous voici en route pour le Thibet, dit gaiement la Femme de l'Homme, comme les chevaux approchaient de Fagoo.

Elle chevauchait sur le côté muraille.

— Le Thibet, dit le Tertium Quid, si loin des gens qui disent des choses horribles, et des maris qui écrivent des lettres stupides. Avec vous... au bout du monde !

Un coolie portant une bille de bois apparut à un tournant, et la jument prit du champ pour l'éviter, les pieds de devant en dedans et les hanches en dehors, comme toute raisonnable jument.

— Au bout du monde, dit la Femme de l'Homme.

Et elle parla des yeux au Tertium Quid par-dessus l'épaule gauche.

Il souriait, mais, tandis qu'elle le regardait, le sourire se congela, pour ainsi dire, sur sa face, et se changea en ricanement nerveux — le genre de ricanement que l'on a quand on ne se trouve point tout à fait à l'aise sur sa selle. La jument semblait sombrer par l'arrière, et ses narines claquaient pendant qu'elle essayait de se rendre compte de ce qui arrivait. La pluie de la nuit précédente avait converti en boue le côté versant de la route de l'Himalayan-Thibet, lequel était en train de céder sous elle.

— Que faites-vous? demanda la Femme de l'Homme.

Le Tertium Quid ne répondit pas. Il continua de ricaner nerveusement, enfonça ses éperons dans les flancs de la jument, qui frappait de ses pieds de devant sur la route, et la lutte commença. La femme de l'Homme se mit à crier :

— Oh! Frank, sautez!

Mais le Tertium Quid semblait collé à la selle — la face bleue et blanche — et il tenait les yeux fixés sur ceux de la Femme de l'Homme. Alors, celle-ci voulut empoigner la tête de la jument et la prit par les naseaux en place de la bride. L'animal redressa la tête et descendit avec un cri, le Tertium Quid sur elle, et le ricanement nerveux fixé aux traits du Tertium Quid.

La Femme de l'Homme entendit le tintement des petites pierres et de la terre détachée qui tombaient de la route, et le fracas glissant de l'homme et du cheval en train de descendre. Puis tout redevint tranquille, et elle cria à Frank de laisser là sa jument et de remonter à pied. Mais Frank ne répondit pas. Il était sous sa jument, à neuf cents pieds plus bas, en train de gâter une pièce de maïs.

Comme les invités revenaient du palais vice-royal dans les brumes du soir, ils rencontrèrent une femme momentanément démente sur un che-

val momentanément fou, qui galopait de droite et
de gauche dans les tournants, les yeux et la bouche ouverts, et la tête semblable à celle de la Mé-
duse. Un homme, au péril de sa vie, l'arrêta, et
elle fut enlevée de sa selle, sous forme d'un paquet
flasque, puis assise sur le bord de la route, pour
avoir à s'expliquer. Cela demanda vingt minutes,
et alors on la renvoya chez elle dans un rickshaw
de dame, toujours la bouche ouverte et ses mains
taquinant ses gants de cheval.

Elle garda le lit durant les trois jours qui suivirent et furent trois jours de pluie, de sorte qu'elle
omit d'assister aux funérailles du Tertium Quid,
lequel fut descendu dans dix-huit pouces d'eau au
lieu des douze qui avaient primitivement soulevé
ses objections.

LE CHEF DU DISTRICT

LE CHEF DU DISTRICT

I

L'Indus, sans avis préalable, avait grossi. La nuit passée, c'était un haut-fond facile à traverser; ce soir, cinq milles d'eau furieuse et bourbeuse séparaient les deux rives en les creusant, et le fleuve montait encore sous le clair de lune. Une litière, portée par six hommes barbus, tous peu accoutumés à l'emploi, s'arrêta dans le sable blanc qui bordait la plaine plus blanche.

— C'est la volonté de Dieu, dirent-ils. Nous n'osons pas traverser ce soir, même en bateau. Allumons du feu et faisons la cuisine. Nous sommes gens fatigués.

Ils regardèrent la litière d'un air interrogateur. A l'intérieur gisait, mourant de fièvre, le commissaire-délégué du district de Kot-Kumharsen. Ils l'avaient apporté à travers la campagne, six guerriers d'un clan de frontière qu'il avait plus ou moins *gagnés aux chemins de la justice* lorsqu'il

s'était abattu au pied de leurs monts inhospita-
liers. Et Tallantire, son adjoint, les accompagnait
à cheval, le cœur ainsi que les yeux gros de chagrin et de privation de sommeil. Depuis trois années
il était sous les ordres du malade, et avait appris à
l'aimer, comme apprennent à aimer... ou haïr, des
hommes qu'associe une tâche des plus rudes. Se
laissant tomber de cheval, il écarta les rideaux de
la litière et regarda à l'intérieur.

— Orde... Orde, mon vieux, entendez-vous? Il
nous faut rester là jusqu'à ce que le fleuve baisse,
c'est la guigne.

— J'entends, répondit un aigre chuchotement.
Rester là jusqu'à ce que le fleuve baisse. Je croyais
que nous atteindrions le camp avant le lever du
jour. Polly sait. Elle sera à ma rencontre.

L'un des porteurs regarda fixement de l'autre
côté du fleuve et aperçut un faible scintillement de
lumière sur la rive lointaine. Il murmura à Tallantire :

— Voilà ses feux de camp, et sa femme. Ils pas-
seront demain matin, car ils ont de meilleurs
bateaux. Peut-il vivre jusque-là?

Tallantire secoua la tête. Yardley Orde était
fort près de la mort. Quel besoin de tourmenter
son âme de l'espoir d'une réunion qui ne pouvait
avoir lieu? Le fleuve s'attaquait goulûment aux
rives, faisait descendre toute une falaise de sable,

et n'en montrait les dents qu'avec plus d'appétit.
Les porteurs se mirent à la recherche de combus-
tible dans les détritus — broussailles sèches et
rebut des camps qui avaient attendu au gué. Leurs
ceinturons cliquetaient tandis qu'ils s'agitaient doucement dans la pénombre du clair de lune, et le
cheval de Tallantire se mit à tousser, voulant dire
qu'une couverture ne lui eût point fait de peine.

— Moi aussi, j'ai froid, dit la voix du fond de
la litière. Je me figure que c'est la fin. Pauvre
Polly !

Tallantire réarrangea les couvertures ; Khoda
Dad Khan, voyant cela, se dépouilla de son vêtement de peau de mouton épaissement ouaté, et
l'ajouta à la pile.

— J'aurai chaud tout à l'heure près du feu, dit-il.

Tallantire prit dans ses bras le corps consumé
de son chef et le soutint contre sa poitrine. Peut-
être qu'en le tenant très chaud, Orde vivrait-il assez
pour revoir sa femme une fois encore. Si seulement
l'aveugle providence pouvait faire baisser le fleuve
de trois pieds !

— Cela va mieux, dit Orde faiblement. Fâché de
vous causer de l'ennui, mais est-ce... est-ce qu'il
n'y a pas à boire ?

On lui donna du lait additionné de whisky, et
Tallantire sentit une petite chaleur contre sa propre
poitrine. Orde se mit à marmonner.

—Ce n'est pas de mourir que je m'effraye, dit-il.
C'est de laisser Polly et le district. Dieu merci !
nous n'avons pas d'enfants. Dick, vous savez, je
suis endetté... affreusement endetté... des dettes
contractées dans mes cinq premières années de
service. La pension, ce n'est pas beaucoup, mais
assez pour elle. Elle a sa mère au pays. La difficulté, c'est de s'y rendre. Et... et... vous comprenez, n'étant pas femme de soldat...

— Il va sans dire que nous arrangerons le passage en Angleterre, dit Tallantire avec calme.

— Ce n'est pas amusant de penser à tendre la
main ; mais, bon Dieu ! que de gens, moi qui vous
parle, je me rappelle avoir vus dans l'obligation de
le faire ! Morton est mort — il était de mon
année. Shaughnessy est mort, et il avait des enfants ;
je le vois encore avec son habitude de nous lire les
lettres qu'ils lui envoyaient de l'école ; pour quel
homme assommant nous le tenions ! Evans est
mort — Kot-Kumharsen l'a tué. Rickett, de Myn-
douie est mort... et je vais mourir aussi. *L'homme
né de femme* n'est que de la bien petite bière, allez.
Cela me rappelle, Dick : les quatre villages du Khusru
Kheyl, de notre côté de frontière, demandent une
remise d'un tiers ce printemps. C'est de toute justice ; leurs récoltes sont mauvaises. Veillez à ce
qu'ils l'obtiennent, et parlez à Ferris au sujet du
canal. J'aurais voulu vivre jusqu'à ce que ce der-

nier fût achevé ; c'est d'une telle importance pour
les villages du nord de l'Indus — mais Ferris est
un sacré flémard — secouez-le un peu. Vous serez
chargé du district jusqu'à l'arrivée de mon successeur. Je ne demande qu'une chose, c'est que ce
poste vous revienne pour de bon ; vous connaissez
la population. Je suppose, toutefois, que ce sera
Bullows. Bon type, mais trop mou pour le travail
de frontière ; et il ne comprend pas les prêtres. Le
prêtre aveugle de Jagai est à surveiller. Vous
trouverez tout cela dans mes papiers, — dans la
cantine, je crois. Faites approcher les hommes du
Khusru Kheyl ; je vais tenir ma dernière audience
publique. Khoda Dad Khan !

Le chef des hommes fut d'un bond aux côtés de
la litière, suivi de ses compagnons.

— Mes braves, je vais mourir, dit Orde rapidement, dans l'idiome du pays ; et bientôt il n'y aura
plus d'Orde Sahib pour vous savonner la tête et
vous empêcher de faire des razzias de bétail.

— A Dieu ne plaise qu'il en soit ainsi ! éclata le
chœur sur un ton de basse profonde. Le sahib ne
va pas mourir.

— Oui, il va mourir ; et alors il saura si c'est
Mahomet qui dit vrai, ou bien Moïse. Mais il faut
rester sages quand je ne serai plus ici. Il faut que
ceux d'entre vous qui habitent notre côté de frontière continuent comme auparavant de payer tran-

quillement leurs impôts. J'ai parlé des villages comme devant être traités avec indulgence cette année. Il faut que ceux d'entre vous qui habitent les montagnes s'abstiennent de piller le bétail, ne mettent plus le feu au chaume, et ferment l'oreille à la voix des prêtres qui, sans connaître la force du gouvernement, vous jetteraient dans d'absurdes guerres où sûrement vous perdriez la vie et où vos récoltes seraient mangées par l'étranger. Et il ne faut faire le sac d'aucune caravane; et il faut, quand vous traversez la frontière, laisser vos armes au poste de police, comme vous avez toujours fait et comme c'était mon ordre. Et Tallantire Sahib sera avec vous, mais j'ignore qui me remplace. Je parle vrai parler, car je suis pour ainsi dire déjà mort, mes enfants, — mes enfants, attendu que, tout en étant des *hommes*, vous êtes des enfants.

— Et tu es notre père et notre mère, s'écria Khoda Dad Khan, en prenant le ciel à témoin. Que ferons-nous, maintenant qu'il n'y aura plus personne pour parler pour nous, ou nous apprendre à marcher sagement!

— Tallantire Sahib vous reste. Adressez-vous à lui; il connaît votre parler et votre cœur. Tenez les jeunes gens tranquilles; écoutez les vieillards, et obéissez. Khoda Dad Khan, prends ma bague. La montre et la chaîne sont pour ton frère. Gardez ces objets en souvenir de moi, et je dirai au Dieu que je rencontrerai, quel qu'il soit, que les Khusru Kheyl sont de bonnes âmes. Vous avez permission de vous retirer.

Khoda Dad Khan, la bague au doigt, se mit à sangloter tout haut, en entendant la formule familière qui terminait une entrevue. Son frère se détourna pour regarder de l'autre côté du fleuve. Le jour commençait à poindre, et une tache de blanc se montrait sur l'argent bruni du courant.

— Elle arrive, dit l'homme à voix basse. Peut-il vivre deux heures encore?

Et il tira de sa poche la montre qu'il venait de recevoir, et regarda le cadran sans comprendre, comme il avait vu faire aux Anglais.

Pendant deux heures, la voile gonflée ne cessa de virer de bord et de tâtonner du haut en bas du fleuve, Tallantire tenant toujours Orde embrassé dans ses bras, et Khoda Dad Khan lui frictionnant les pieds. Le mourant parlait de temps à autre du district et de sa femme; mais, au moment où la fin approcha, plus fréquemment de cette dernière. Ils espéraient le laisser dans l'ignorance qu'elle était en train de risquer sa vie sur un mauvais bateau indigène pour le rejoindre. Mais la terrible prescience des mourants les déçut. S'arrachant des bras de son ami, Orde regarda entre les rideaux, et vit combien la voile était près.

— C'est Polly, dit-il simplement, quoique déjà

l'agonie lui tordit la bouche. Polly et... le tour le plus macabre qu'on ait jamais joué à un homme. Dick... ce sera... à vous... à... lui ex...pliquer.

Et une heure plus tard Tallantire se trouvait sur la berge pour recevoir une femme en amazone de guingan et casque colonial, qui lui réclamait à grands cris son mari — son trésor et son chéri — tandis que Khoda Dad Khan se jetait face la première sur le sable et se couvrait les yeux.

II

La simplic'   eule de l'idée en fit le charme. Quoi de plus facile que de passer pour un homme prévoyant en politique, et, par-dessus tout, déférent aux désirs du peuple, et de s'acquérir une réputation d'originalité, en appelant un enfant du pays à la conduite de ce pays? Deux cent millions d'êtres humains, parmi les plus dévoués et les plus reconnaissants qui soient sous la domination de Sa Majesté, célébreraient le fait, et *leur louange demeurerait éternellement.* Cependant il était indifférent à l'éloge comme au blâme, ainsi qu'il seyait au Plus Grand parmi les Plus Grands de Tous les Vice-rois. Son administration s'appuyait sur le principe, et le principe est chose qui doit s'appli-

quer en saison et hors de saison. Il avait, de la
plume et de la parole, créé l'Inde Nouvelle, regor-
geante d'avenir — bruyante, tenace, nation parmi
les nations — tout, bien son œuvre. C'est pourquoi
le Plus Grand parmi les Plus Grands de Tous les
Vice-rois fit un pas de plus en avant, et prit en
même temps conseil de ceux qui devaient lui donner leur avis sur la nomination d'un successeur à
Yardley Orde. Il existait un gentleman, membre
du service civil du Bengale, lequel gentleman avait
conquis son rang, et un grade universitaire en sus,
en belle et ouverte compétition avec les fils des Anglais. Il était cultivé, avait du monde, et, si le rapport disait vrai, avait administré sagement et, par-
dessus tout, d'une façon sympathique, un district
fort peuplé dans le sud-est du Bengale. Il était allé
en Angleterre, et il avait fait le charme de maints
salons. Son nom, si le vice-roi s'en souvenait bien,
était Mr. Grish Chunder Dé, M. A. (1). Bref, quelqu'un voyait-il une objection à ce qu'on appelât,
toujours en principe, un homme du pays à la conduite du pays? Le district du sud-est du Bengale
pouvait avec avantage, présumait-il, passer aux
main d'un agent du service civil plus jeune, de la
nationalité de Mr. G. C. Dé (qui avait écrit un
pamphlet remarquablement brillant sur la valeur

(1) Master of Arts.

11

politique de la sympathie dans l'administration);
et Mr. G. C. Dé pourrait être transféré dans le
nord, à Kot-Kumharsen. Le vice-roi était opposé,
en principe, à se mêler de nominations qui appartenaient au contrôle des gouvernements provin-
ciaux. Il désirait qu'en l'occurrence il fût bien
entendu qu'il se contentait de donner un avis et
de recommander. En ce qui concernait la simple
question de race, Mr. Grish Chunder Dé était plus
anglais que les Anglais, et possédait en outre ce
pouvoir de sympathie et ce flair que les meilleurs
dans le meilleur service du monde peuvent seulement espérer acquérir à la fin de leur carrière.

Les rois, aussi austères que leur barbe noire,
qui siègent à l'entour de la table du Conseil de
l'Inde, se divisèrent sur la question du pas en
avant, ce qui eut pour inévitable résultat de mettre
le Plus Grand de Tous les Vice-rois aux confins
d'une crise de nerfs et de lui faire manifester un
entêtement ahuri, aussi touchant que celui d'un
jeune enfant.

— Le principe a du bon, dit le chef au regard
las des Provinces Rouges (1), où se trouvait situé
Kot-Kumharsen, attendu que lui aussi soutenait
des théories. La seule difficulté est...

— Serrez la vis aux fonctionnaires du district,

(1) Le lieutenant-gouverneur du Pundjab.

embrigadez Dé en le flanquant de chaque côté
d'un commissaire-délégué très énergique, donnez-
lui le meilleur adjoint de la province, commencez
par inculquer la crainte de Dieu dans le pays, et,
si quelque chose ne va pas, dites que ses collègues
ne l'ont pas soutenu. Toutes ces jolies petites
expériences-là retombent, en fin de compte, sur
l'administrateur du district, dit le Chevalier de
l'Epée Nue (1), avec un accent de franchise et de
vérité dont frémit le chef des Provinces Rouges.
C'est sur une entente tacite de cette sorte que
s'accomplit la transmission de pouvoirs, aussi
tranquillement que possible pour maintes raisons.

III

— Quand cet homme-là entre-t-il en fonctions ?
Je suis seul pour le moment, et, si je ne me trompe,
il me faudra ne pas lâcher pied, tout en étant sous
ses ordres.

— Eussiez-vous préféré votre changement ?
demanda Bullows avec un regard pénétrant.

Puis, posant la main sur l'épaule de Tallantire :

— Nous sommes tous embarqués dans le même

(1) Le commandant en chef de l'armée de l'Inde.

bateau ; ne nous abandonnez pas. Et cependant, pourquoi diable resteriez-vous, si vous pouvez obtenir un autre poste ?

— C'était celui d'Ordo, répondit Tallantire simplement.

— Eh bien, maintenant, c'est celui de Dé. Lequel Dé est le plus Bengali des Bengalis, bourré de lois et de « précédents » ; superbe en ce qui concerne la routine et le travail de rond-de-cuir, et agréable à parler. On l'a naturellement toujours gardé dans son district natal, où habitent toutes ses tantes, quelque part au sud de Dacca. Il n'a guère fait que de changer le lieu en une aimable petite réserve de famille, a laissé ses subordonnés faire ce qu'ils voulaient, et donné à chacun toute liberté de mettre la main dans l'assiette au beurre. Par conséquent, il est immensément populaire là-bas.

— Je n'ai rien à faire avec cela. Comment diable vais-je expliquer aux gens du district qu'il va leur falloir être gouvernés par un Bengali ? Supposez-vous — le gouvernement suppose-t-il, veux-je dire — que les Khusru Kheyl vont rester tranquilles, une fois qu'ils vont savoir ? Que vont dire les chefs mahométans des villages ? Comment la police — Pathans et Muzbi Sikhs — comment tout ce monde-là va-t-il travailler sous ses ordres ? Nous, encore, nous pourrions ne rien dire, le gouvernement nommât-il un balayeur; mais mes gens vont en dire long comme cela, vous le savez. C'est plus que stupide, c'est cruel !

— Mon bon, je sais tout cela, et davantage. Je l'ai remontré, et l'on m'a répondu que je faisais preuve d'un esprit de préjugé coupable et puéril. Sapristi ! si les Khusru Kheyl ne font preuve de rien de pire, je ne connais pas la frontière ! Il y a toutes les chances pour que vous ayez sur les bras le district en feu, et qu'il me faille quitter mon travail pour aller vous aider à vous en tirer. Inutile de vous demander de soutenir ce Bengali par tous les moyens en votre pouvoir. Vous ferez cela pour vous.

— Pour Orde. Je ne saurais dire que je me sou cie de ma personne pour un penny.

— Ne faites pas la bête. La chose est assez grave, Dieu sait; et le gouvernement, lui aussi, le saura plus tard. Mais ce n'est pas une raison pour bou der. C'est à vous qu'il appartient de faire marcher le district ; à vous, de tenir votre chef à l'abri des insultes, autant que possible ; à vous, de lui montrer le métier ; à vous, de calmer les Khusru Kheyl, et, en passant, d'avertir Curbar, de la police, d'avoir à se méfier de ce qui pourrait arriver. Je suis toujours au bout d'un fil télégraphique quelconque, et prêt à mettre en péril ma réputation pour tenir en main le district. Vous perdrez la vôtre, de réputation, cela va sans dire. Si vous maintenez les choses comme il faut, et qu'il ne reçoive pas littéralement des coups de bâton lorsqu'il sera en tournée, il aura tout le crédit. Si quelque chose va de travers, on dira de vous que vous ne l'avez pas loyalement soutenu.

— Je sais ce que j'ai à faire, dit Tallantire d'un ton las, et je vais le faire. Mais c'est dur.

— Le travail est avec nous, l'issue avec Allah, — comme Orde disait, lorsqu'il avait des embêtements plus que de coutume.

Et Bullows s'éloigna à cheval.

Que deux gentlemen du service civil du Bengale en discutassent ainsi un troisième, également de ce service, et, qui plus est, un homme affable et cultivé, cela peut paraître étrange et attristant. Toutefois, écoutez le babil ingénu du Mullah Aveugle de Jagai, le prêtre des Khusru Kheyl, assis sur un rocher qui commande la frontière. Cinq ans auparavant, une bombe malheureuse, lancée d'une batterie, avait fait sauter la terre au visage du Mullah alors en train de pousser un flot de Ghazis contre une demi-douzaine de baïonnettes britanniques. De sorte qu'il devint aveugle, et n'en hait pas moins les Anglais pour ce léger accident. Yardley Orde connaissait sa faiblesse et s'était maintes fois moqué de lui à ce sujet.

— Des chiens, voilà ce que vous êtes, dit le Mul-

lah Aveugle aux hommes de la tribu qui l'écou-
taient autour du feu. Des chiens fouettés ! Pour
avoir écouté Orde Sahib, l'avoir appelé père, et vous
être conduits comme ses enfants, le gouvernement
britannique vous a prouvé le cas qu'il fait de vous.
Orde Sahib, vous le savez, est mort.

— Aïe ! aïe ! aïe ! firent une demi-douzaine de
voix.

— C'était un homme. Et qui donc maintenant
prend sa place, pensez-vous ? Un Bengali du Bengale — un mangeur de poisson du sud.

— Mensonge ! dit Khoda Dad Khan. Et n'était
la petite affaire de ton sacerdoce, je t'enfoncerais
mon fusil la crosse la première dans la gorge.

— Oh, oh ! tu es là, lécheur de bottes des Anglais ?
Va demain de l'autre côté de la frontière rendre
hommage au successeur d'Orde Sahib, et c'est au
seuil de la tente d'un Bengali que tu ôteras tes
souliers, comme c'est au poing noir d'un Bengali
que tu tendras ton offrande. Cela, je le sais ; et,
dans ma jeunesse, lorsqu'un jeune homme s'avisait
de mal parler à un Mullah, gardien des portes du
Ciel et de l'Enfer, ce n'était pas dans la gorge du
Mullah qu'on enfonçait la crosse du fusil. Non !

Le Mullah Aveugle haïssait Khoda Dad Khan
d'une haine toute afghane, rivaux qu'ils étaient
tous deux au titre de chef de la tribu ; mais on crai-
gnait le dernier pour ses dons physiques tout

autant que l'autre pour ses dons spirituels. Khoda
Dad Khan regarda la bague d'Orde, et grogna :

— Je passe la frontière demain, attendu que je
ne suis pas un vieil imbécile, toujours à prêcher la
guerre contre les Anglais. Si le gouvernement,
frappé de démence, a fait cela, alors...

— Alors, croassa le Mullah, tu emmèneras les
jeunes gens faire l'assaut des quatre villages situés
à l'intérieur de la frontière?

— Ou te tordre le cou, noir corbeau de la
Géhenne, comme porteur de mauvaises nouvelles?

Khoda Dad Khan huila ses longs cheveux avec
grand soin, mit sa meilleure ceinture bokhariote, un
turban neuf et de beaux souliers verts, et, accom-
pagné de quelques amis, descendit des montagnes
pour rendre visite au nouveau commissaire-délégué de Kot-Kumharsen. Il était également porteur
d'un tribut — quatre ou cinq mohurs d'or sans prix
du temps d'Akbar, noués dans un mouchoir blanc.
Le commissaire-délégué se contenterait d'y toucher
et de les remettre. La petite cérémonie signifiait
habituellement qu'aussi loin que s'étendrait l'influence personnelle de Khoda Dad Khan, les
Khusru Kheyl seraient bien sages — jusqu'à la prochaine fois; surtout s'il arrivait que le nouveau
commissaire-délégué plût à Khoda Dad Khan.
Sous le consulat de Yardley Orde, ses visites se
terminaient par un dîner somptueux et peut-être

l'usage de liqueurs défendues, certainement par le récit de quelques merveilleuses histoires et une cordialité empreinte de bonne camaraderie. Puis Khoda Dad Khan rentrait, l'air très crâne, dans son fort, jurant qu'Orde Sahib était un prince et Tallantire Sahib, un autre, et que quiconque irait marauder en territoire britannique, serait écorché vif. En la circonstance, il trouva que les tentes du commissaire-délégué avaient leur air d'habitude. Se regardant comme nanti d'un privilège, il franchit la porte ouverte, pour se voir en présence d'un suave et corpulent Bengali, en costume anglais, qui écrivait à une table. Peu versé dans ce que possède en soi de rehaussant l'influence de l'éducation, et sans le moindre souci des grades universitaires, Khoda Dad Khan prit l'homme pour un Babou — le commis indigène du commissaire-délégué — animal haï autant que méprisé.

— Peuh ! dit-il gaîment. Où est votre maître, Baboudji?

— C'est moi le commissaire-délégué, répliqua en anglais le gentleman.

Pour lors il prisa trop haut l'effet que pouvaient produire les grades universitaires et regarda Khoda Dad Khan bien en face. Mais, lorsque dès votre plus tendre enfance vous avez été accoutumé à regarder les combats, le meurtre et la mort violente, lorsque le sang répandu vous affecte les nerfs tout autant

que de la peinture rouge, et, par-dessus tout, lorsque vous avez toujours cru sincèrement que le
Bengali était le serviteur de tout l'Hindoustan, et
que tout l'Hindoustan était de beaucoup inférieur
à votre mâle et considérable personne, il vous est
loisible, tout dépourvu d'éducation que vous soyez,
de soutenir une très forte dose d'examen. Il vous
est loisible même de faire baisser les yeux au gra-
dué d'un collège d'Oxford, si ce dernier est né en
serre chaude, est de lignée élevée en serre chaude,
et redoute la douleur physique comme certains
redoutent le péché ; surtout si la mère de votre
antagoniste l'a bercé dans sa jeunesse avec d'horribles histoires de diables habitant l'Afghanistan,
et de sombres légendes du Nord. Derrière leurs
lunettes d'or les yeux cherchèrent le plancher.
Khoda Dad Khan eut un rire étouffé, et fit demi-
tour pour aller trouver tout près de là Tallantire.

— Voici, dit-il rudement, en présentant les mon-
naies d'un geste brusque. Touche et remets. Cela
répond de ma bonne conduite, à moi. Mais, ô sahib,
le gouvernement a-t-il perdu la tête, de nous envoyer
un chien de Bengali noir ? Et est-ce à cela que je
dois rendre hommage ? Et va-t-il te falloir travailler
sous sa coupe ? Qu'est-ce que cela veut dire ?

— C'est un ordre, répondit Tallantire, lequel
s'était attendu à quelque chose de ce genre. C'est
un s... sahib très fort.

— Lui, un sahib! C'est un *kala-admi* — un noir — indigne de courir à la queue de l'âne d'un pottier. Tous les peuples de la terre ont pillé le Bengale. C'est écrit. Tu sais où nous allions, nous autres du Nord, quand nous voulions des femmes ou du butin? Au Bengale — où donc ailleurs? Qu'est-ce que tu viens nous chanter de sahib — et après Orde Sahib, encore! En vérité, le Mullah Aveugle avait raison.

— A propos de quoi ? demanda Tallantire, inquiet.

Il se défiait du vieillard aux yeux morts et à la langue de mort.

— Soit ! En raison du serment que j'ai fait à Orde Sahib, lorsque nous le veillions à ses derniers moments près du fleuve là-bas, je vais te dire. D'abord, est-ce vrai que les Anglais se sont mis le talon du Bengali sur le cou, et qu'il n'y a plus d'autorité anglaise dans le pays ?

— Je suis ici, dit Tallantire, et j'obéis à la Maharanee (1) d'Angleterre.

— Le Mullah disait autrement, et qu'en outre c'était à cause que nous aimions Orde Sahib, que le gouvernement nous avait envoyé un pourceau, pour nous montrer que nous n'étions que des chiens, que l'on n'avait jusqu'alors maintenus que par la

(1) Reine.

force armée. Et aussi qu'on retirait les soldats blancs, qu'il viendrait encore des Hindoustanis, et que tout changeait.

Voilà bien à quoi aboutit la maladresse dans le maniement d'un pays d'une grande étendue. Ce qui semble si faisable à Calcutta, si légitime à Bombay, si inattaquable à Madras, se trouve mal pris dans le Nord, et change entièrement de caractère sur les bords de l'Indus. Khoda Dad Khan expliqua, avec toute la clarté dont il était capable, que, tout en se proposant lui-même d'être bien sage, il ne pouvait, en vérité, répondre des têtes chaudes de sa tribu, que menait la parole du Mullah Aveugle.

Il se pouvait ou non qu'ils causassent de l'ennui, mais ils n'avaient pas l'intention, quoi qu'il arrivât, d'obéir au nouveau commissaire-délégué. Tallantire était-il parfaitement sûr qu'en cas de maraude systématique les forces du district fussent en mesure de la réprimer promptement ?

— Dis au Mullah, s'il parle encore parler d'imbécile, déclara brièvement Tallantire, qu'il conduit ses hommes à une mort certaine, et sa tribu au blocus, à l'amende pour violation de territoire, et à l'argent du sang. Mais qu'ai-je à faire de parler à qui n'a plus de poids dans les délibérations de la tribu ?

Khoda Dad Khan empocha l'injure. Il venait d'apprendre une chose qu'il désirait fort savoir, et

il revint dans ses montagnes, pour s'y trouver ac-
cueilli par les compliments sarcastiques du Mullah,
dont la langue, en faisant rage autour du camp,
jouait le rôle d'une flamme plus meurtrière que
jamais, en ces parages, bouse sèche n'en nourrit.

IV

Veuillez, un moment, considérer ici le district
inconnu de Kot-Kumharsen. Coupé dans toute sa
longueur par l'Indus, il se trouvait situé sous la
chaîne des montagnes de Khusru — rempart de
terre inutile et de pierre écroulée. Il avait soixante-
dix milles de long sur cinquante de large, nourrissait
une population d'un peu moins de deux cent mille
âmes, et payait jusqu'à concurrence de quarante
mille livres d'impôts par an sur une étendue dont
la plus grande moitié n'était qu'un désert véritable et sans espoir. Les cultivateurs n'étaient pas
gens faciles ; les mineurs qui extrayaient le sel,
l'étaient moins encore ; et les éleveurs de bétail, les
moins faciles de tous. Un poste de police tout là
haut à droite, et un minuscule fort de terre tout là
haut à gauche, empêchaient la contrebande du sel
et l'enlèvement du bétail dans la mesure où l'influence des agents du service civil ne pouvait rien

12

faire ; et tout au fond droite, sous le poste de police,
se trouvait Jumala, le quartier général du district
— piteux assemblage de granges blanchies au lait
de chaux, louées au titre facétieux de maisons,
exhalant la fièvre de frontière, laissant filtrer la
pluie, et véritables rôtissoires en été.

C'était vers ce lieu que Grish Chunder Dé faisait
route, pour y prendre officiellement la charge du
district. Mais la nouvelle de sa venue l'avait, précédé. Les Bengalis étaient aussi rares que les cani-
ches parmi les simples habitants de la frontière, lesquels s'ouvraient réciproquement la tête à l'aide
de leurs longues bêches, et honoraient impartiale-
ment les autels hindous et les autels mahométans.
Ils affluèrent pour le voir, le désignant du doigt,
et le comparant diversement à une vache pleine ou
à un cheval fourbu, selon que suggérait leur étendue limitée de métaphore. Ils se moquèrent de sa
garde policière, et voulurent savoir combien de
temps les gros Sikhs allaient conduire les singes
bengalis. Ils demandèrent s'il s'était fait accompagner de ses femmes, et lui conseillèrent sans am-
bage de ne point toucher aux leurs. Et comme si
ce n'était assez, une vieille sorcière toute ridée lui
cria du bord de la route, en faisant, à son passage,
claquer ses misérables seins : « J'en ai allaité six,
qui auraient pu en manger six mille de ton espèce.
Le gouvernement les a tués à coups de fusil, et il a

fait de cela un roi ! » Sur quoi un raccommodeur
de charrues, à l'ossature énorme, turbanné de
bleu, cria : « Ne perds pas espoir, ma mère ! Il se
peut encore qu'il aille prendre la route de ceux que
tu as perdus. » Et les enfants, ces brunes petites
vesses-de-loup, regardèrent d'un œil curieux. C'était
généralement une bonne affaire pour les enfants,
que de s'égarer dans la tente d'Orde Sahib, où il
suffisait de les désirer pour obtenir les gros pence
ainsi que les histoires les plus authentiques, des
histoires comme celles dont leurs mères elles-mêmes
ne connaissaient que la première moitié. Non ! Ce
gros homme noir ne pourrait jamais leur raconter
comment Pir Prith avait arraché les dents œillères
à dix démons, comment il se faisait que les grosses
pierres se trouvaient toutes en rang au sommet des
montagnes de Khusru, et ce qui arrivait si vous
criiez par la barrière du village au loup gris, le
soir : « Badl Khas est mort ! » En attendant, Grish
Chunder Dè parlait avec autant de précipitation que
d'abondance à Tallantire, — à la façon de ceux qui
sont « plus anglais que les Anglais », — d'Oxford et
du « pays », à l'aide d'un curieux fatras de savoir
puisé dans les livres et ayant trait aux « bump-
suppers », « cricket-matches », « hunting-runs »,
et autres sports impies de l'étranger. — Il nous
faut prendre en main ces gaillards-là, dit-il une
fois ou deux d'un air d'inquiétude ; prenez-les bien

en main, et menez-les la bride haute. Nul profit,
vous savez, à vous montrer mou dans l'administration de votre district.

Et, un instant plus tard, Tallantire entendit
Debendra Nath Dé, qui fraternellement avait suivi
la fortune de son parent et comptait, en sa qualité
d'avocat, sur l'ombre de sa protection, murmurer
en bengali :

— Mieux vaut poisson sec à Dacca qu'épées
nues à Delhi. Mon frère, ces gens sont des démons,
comme disait notre mère. Et il va vous falloir être
toujours à cheval !

Ce soir-là, il y eut audience publique en une petite
ville échouée à trente milles de Jumala, et le nouveau commissaire-délégué, en réponse aux compliments des fonctionnaires indigènes subalternes,
y prononça un discours. Ce fut un discours mûre-
ment réfléchi, qui n'eût point sans doute été sans
valeur, si la troisième phrase n'en eût débuté par
ces trois innocents mots : « *Hamara hookum hai*
— c'est mon ordre. » Alors s'éleva, du fond de la
grande tente où se trouvaient assis quelque propriétaire de la frontière, un rire qui grandit et où se
mêlait le mépris, et le visage chétif et affilé de
Debendra Nath Dé pâlit, et Grish Chunder, se tournant vers Tallantire, affirma :

— C'est vous, vous qui avez organisé cela.

Sur quoi le bruit des sabots d'un cheval reten-

tit au dehors, et voici qu'entra Curbar, l'inspecteur de police du district, couvert de sueur et de
poussière. Il y avait dix-sept mortelles années
que l'Etat l'avait jeté dans un coin de la province,
pour y réprimer la fraude du sel et y attendre un
promotion qui n'arrivait jamais. Il avait oublié
façon de tenir propre son uniforme blanc, avait
vissé des éperons rouillés dans des souliers vernis,
et se couvrait indifféremment la tête d'un casque ou d'un turban. Aigri, vieilli, usé par la
chaleur et le froid, il attendait d'avoir droit à la
retraite suffisante qui l'empêcherait de crever de
faim.

—Tallantire, dit-il, sans daigner faire attention
à Grish Chunder Dé, venez un instant dehors. J'ai
à vous parler !

Ils se retirèrent.

— Voici, continua Curbar. Les Khusru Kheyl
ont surpris et abîmé une demi-douzaine de coolies
sur le remblai du nouveau canal de Ferris, tué
deux hommes et emporté une femme. Je ne vous
aurais pas ennuyé de cette histoire — Ferris est à
leur poursuite, ainsi que Hugonin, mon adjoint, avec
dix hommes de police montée. Mais ce n'est qu'un
commencement, j'imagine. Leurs feux s'allument
sur les hauteurs d'Hassan Ardeb, et, si nous n'y
mettons quelque hâte, notre frontière va flamber
tout du long. Ils vont sûrement razzier les quatre

villages Khusru de notre côté de la ligne ; voilà
des années qu'il n'y a entre eux que de sales mal-
entendus ; et vous savez que le Mullah Aveugle ne
cesse de prêcher une guerre sainte depuis qu'Orde
n'est plus. Quelle est votre opinion ?

— Dame ! fit Tallantire, d'un ton pensif. Ils n'ont
pas perdu de temps. Pour moi, il me semble que
je n'ai qu'à galoper au fort Ziar, et y prendre ce
que je pourrai d'hommes afin de placer des piquets
dans les villages de la plaine, s'il n'est pas trop
tard. C'est Tommy Dodd qui commande le fort
Ziar, je crois. Nous pouvons compter sur Ferris et
Hugonin pour donner une leçon à ces bandits du
canal, et... Non, nous ne pouvons pas faire garder
ostensiblement le trésor par le chef de la police.
Pour vous, retournez au canal. Je vais télégraphier
à Bullows de s'en venir à Jumala avec une forte
garde de police s'asseoir sur la caisse. Non pas
qu'ils y toucheraient, mais cela fait bien dans le
tableau.

— J'... j'... j'insiste pour savoir ce dont il s'agit,
fit la voix du commissaire-délégué, lequel, au bout
de quelques instants, avait suivi les deux interlo-
cuteurs.

— Oh ! dit Curbar, qui, faisant partie de la
police, ne pouvait comprendre que quinze années
d'éducation dussent, en principe, faire d'un Bengali un fils de la Grande Bretagne. On s'est battu

sur la frontière, et il y a des tas de gens tués. On
va se battre encore, et il y aura encore des tas de
gens tués.

— Pourquoi ?

— Parce que les quelques millions d'habitants
qui grouillent dans ce district ne sont pas précisé-
ment vos amis, et croient que sous votre bénigne
autorité ils vont pouvoir se payer du bon temps.
M'est avis que vous feriez bien de prendre vos dis-
positions. Je n'agis, vous le savez, que suivant
vos ordres. Que conseillez-vous ?

— Je... je vous prends tous à témoin que je n'ai
pas encore assumé la charge du district, balbutia
le nouveau commissaire-délégué, non plus à la
façon des « Anglais plus anglais ».

— Ah ! je le croyais. Eh bien, comme je le
disais, Tallantire, votre plan est le bon. Exécutez-
le. Voulez-vous une escorte ?

— Non, rien qu'un cheval convenable. Mais,
dites-moi, pour ce qui est de télégraphier au quartier général ?

— J'imagine, à la couleur de ses joues, que votre
officier supérieur va expédier avant la fin de la
soirée quelques télégrammes qui ne seront pas dans
une musette. Qu'on le laisse faire, et la moitié des
troupes de la province va nous arriver pour voir ce
qu'il y a. Allons, filez, et prenez garde à vous —
les Khusru Kheyl décousent de bas en haut, rap-

pelez-le-vous. Hé, là! Mir Khan, donne à Tallantire Sahib le meilleur des chevaux, et dis à cinq
hommes d'accompagner à cheval le commissaire-
délégué sahib bahadour (1) jusqu'à Jumala. Il y a
de la presse.

Il y en avait ; et ce n'était pas en se cramponnant
à la bride d'un homme de la police et en lui demandant le chemin le plus court, tout à fait le plus
court, pour retourner à Jumala, que Debendra Nath
Dé activait les choses. Or, l'originalité est fatale
au Bengali. Debendra Nath eût dû rester avec son
frère, lequel suivit jusqu'à Jumala la ligne du chemin de fer sans s'en écarter, en rendant grâce à des
dieux totalement inconnus à la plus catholique des
universités, de n'avoir point encore assumé la charge
du district, et de pouvoir, en outre — heureuse
ressource d'une race fertile! — tomber malade.

Et je suis désolé de dire que lorsqu'il atteignit
le but de sa course, deux policiers indigènes, non
dépourvus d'un certain esprit de facétie vulgaire, et
qui venaient de conférer ensemble tout en pilant du
poivre sur leurs selles, arrangèrent une petite mise
en scène pour le distraire. Cela consista d'abord à
entrer l'un après l'autre dans sa chambre afin de
lui donner de sinistres détails de guerre, lui mon-

(1) *Bahadour* est un titre additionnel (et ici moqueur) à celui de
sahib.

trer le grossissement de tribus diaboliques et alté-
rées de sang, et l'incendie des villes. Ce fut presque aussi drôle, dirent ces chenapans, que de galoper aux côtés de Curbar après les fuyards afghans.
Chacune de ces histoires tint celui qui les écoutait,
à l'œuvre une demi-heure durant sur des télégrammes que le sac de Delhi eût à peine justifiés. A tout
pouvoir capable de disposer d'une baïonnette ou
de mettre en lieu sûr un homme mort de peur,
Grish Chunder Dé adressa un appel télégraphique.
Il était seul, ses collaborateurs avaient fui, et c'é-
tait pure vérité qu'il n'avait pas encore pris la
charge du district. Les télégrammes eussent-ils été
expédiés, qu'il eût pu se passer beaucoup de choses;
mais, comme le seul télégraphiste de Jumala était
allé se coucher, et que le chef de gare, après un
coup d'œil à ce formidable tas de papiers, découvrit que les règlements de chemin de fer interdi-
saient la transmission des messages impériaux, les
agents de police Ram Singh et Nihal Singh ne virent
rien à faire d'autre que de rouler le tout en forme
d'oreiller, et très confortablement s'endormirent
dessus.

Tallantire enfonça ses éperons dans le ventre
d'un fougueux étalon pie, aux yeux bleu faïence,
et se mit en devoir de franchir les quarante milles
de chevauchée qui le séparaient du fort Ziar. Connaissant son district comme sa poche, il ne perdit

13.

pas de temps à chercher les raccourcis, et piqua droit à travers le riche pâturage jusqu'au gué où Orde était mort et avait été enterré. Le sol poudreux étouffait le bruit des sabots de son cheval, la lune projetait devant lui son ombre, comme un lutin inquiet, et le lourd serein le trempait jusqu'aux os. L'un après l'autre il dépassa le coteau, la broussaille dont il sentait la brosse sous le ventre du cheval, la route non empierrée où le feuillage en mèche de fouet des tamaris lui flagellait le front ; puis ce furent les surfaces illimitées de plaine fourrée de graminées et mouchetée de bétail assoupi, et encore le désert et encore le coteau ; et maintenant, l'étalon pie peinait dans le sable épais du gué de l'Indus. Tallantire n'eut conscience d'aucune pensée distincte jusqu'au moment où le nez du bac indolent atterrit sur la rive opposée, et où son cheval fit un écart à la vue de la pierre blanche qui recouvrait la tombe d'Orde. Alors il se découvrit, et cria de façon à se faire entendre du mort : « Ils remuent, mon vieux ! Souhaite-moi de la chance. » Dès le premier frisson de l'aurore il frappait à l'aide d'un étrier à la porte du fort Ziar, où cinquante sabres de ce régiment déguenillé, les Beshaklis du Bélouchistan, étaient censés garder les intérêts de Sa Majesté le long de quelques centaines de milles de frontière. Le fort en question se trouvait commandé par un sous-lieu-

tenant, lequel, issu de l'ancienne famille des De-
rouletts, répondait, cela va sans dire, au nom de
Tommy Dodd (1). Tallantire le trouva affublé d'un
vêtement de peau de mouton, secoué de fièvre
comme un tremble, et en train d'essayer de lire
l'état des indisponibles de l'infirmier indigène.

— Comment, vous voilà, à votre tour! dit-il. Ma
foi, nous sommes tous malades, ici, et je ne crois
pas être en mesure de mettre trente hommes à
cheval; mais nous ne de... de... demandons pas
mieux. Ecoutez, quel effet cela vous fait-il, d'un
piège ou d'un mensonge?

Il jeta à Tallantire un bout de papier sur lequel
on avait laborieusement écrit en gurmukhi ratatiné: « Nous ne pouvons retenir les jeunes chevaux.
Ils prendront leur pâture après le coucher de la
lune dans les quatre villages de frontière situés à
la sortie de la passe de Jagai la nuit prochaine. »
Puis, en anglais, d'une écriture courante : « Your
sincere friend (2). »

— Bon zigue! fit Tallantire. Cela, c'est l'œuvre
de Khoda Dad Khan, je vois. C'est la seule bribe
d'anglais qu'il ait jamais pu se fourrer dans la tête,

(1) C'est une coutume, plus ou moins bizarre, en Angleterre, d'af-
fubler les gens de sobriquets, et particulièrement de changer le nom
des personnes qui portent un nom connu. On retrouve cette coutume
dans nos villages de Bretagne, où il est difficile de trouver l'habitant
sous son véritable nom. (N. D. T.)

(2) Votre bien dévoué.

et il en est prodigieusement fier. Il travaille contre
le Mullah Aveugle dans un intérêt personnel, le
jeune traître !

— Je ne connais rien à la politique des Khusru
Kheyl, mais, si vous êtes satisfait, je le suis. On a
lancé cela par-dessus la porte, la nuit dernière ; et
j'ai pensé que nous pourrions peut-être nous secouer
un peu et voir ce qui en était. Oh ! nous y sommes
de notre fièvre, ici, il n'y a pas d'erreur ! S'agit-il,
selon vous, d'une grosse affaire ?

Tallantire lui expliqua le cas brièvement, pendant que Tommy Dodd tour à tour sifflait et tremblait la fièvre. Ce jour-là, il le consacra à la straté-
gie et à rendre le courage aux invalides, jusqu'à ce
qu'on eût sous la main, à la tombée du jour,
quarante-deux cavaliers, exténués, minés et le poil
en désordre, que Tommy Dodd contempla avec
orgueil, et auxquels il s'adressa en ces termes :

— Mes garçons ! Si vous mourez, vous irez en
enfer. Donc, arrangez-vous pour rester en vie.
Mais, si vous allez en enfer, cet endroit-là ne saurait
être plus chaud que cet endroit-ci, et l'on ne nous
dit pas que là-bas nous devions souffrir de la fièvre.
En conséquence, n'ayez pas peur de mourir. Maintenant, foutez-moi le camp !

Sur quoi ils se prirent à rire, et s'en allèrent.

V

Ce n'est pas de si tôt que les Khusru Kheyl oublieront leur attaque de nuit contre les villages des plaines. Le Mullah avait promis une victoire facile et un butin illimité ; mais voici que des cavaliers de la reine s'étaient levés tout armés de la terre même, sabrant, massacrant, piétinant le monde à la lueur des étoiles, au point que nul ne savait où se retourner, et que tous, craignant de s'être mis une armée sur les bras, regagnèrent au plus vite leurs montagnes. Dans la panique de la fuite, c'est aux blessures occasionnées par le coup de boutoir du couteau afghan qu'on vit le plus d'hommes succomber, et davantage encore au feu de carabines tirées à longue portée. Là-dessus l'on entendit crier à la trahison ; et, lorsqu'ils atteignirent l'abri de leurs sommets, ils avaient laissé en bas, dans les plaines, avec quelque quarante morts et soixante blessés, toute leur confiance dans le Mullah Aveugle. Ils vociférèrent, jurèrent et discutèrent autour des feux, tandis que les femmes pleuraient sur ceux qu'on avait perdus, et que le Mullah maudissait en cris perçants ceux qui étaient revenus.

Alors Khoda Dad Khan, éloquent et frais dispos, attendu qu'il n'avait pris nulle part au combat, se leva pour mettre à profit l'occasion. Il montra que c'était au Mullah Aveugle que la tribu devait d'un bout à l'autre son infortune présente, au Mullah Aveugle qui avait menti sur toute la ligne et dont la langue les avait poussés dans un piège. C'était sans doute une insulte qu'un Bengali, le fils d'un Bengali, se permît d'administrer la frontière; mais cet événement n'annonçait pas, comme le Mullah le prétendait, une ère de licence et de pillage; et l'inexplicable folie des Anglais ne les empêchait aucunement de garder leurs « marches ». Au contraire, la tribu, jouée et déconfite, allait, juste au moment où la provision de vivres était fort bas, se voir mettre le blocus et interdire tout commerce avec l'Hindoustan, jusqu'à ce qu'elle eût envoyé des gages de bonne conduite, payé la compensation du trouble occasionné, et l'argent du sang au taux de trente-six livres anglaises par tête pour chaque villageois qu'elle eût pu égorger. « Et vous savez que ces chiens des plaines vont prêter serment que nous en avons tué des douzaines. Le Mullah va-t-il payer les amendes, ou faut-il que nous vendions nos fusils? » Un sourd grondement courut autour des feux. « Or, considérant que tout cela est l'œuvre du Mullah, et que nous n'y avons rien gagné que les promesses du paradis, il me

vient à la pensée que nous autres, du Khusru
Kheyl, nous avons besoin d'un temple où prier.
Nous nous trouvons affaiblis, et, désormais,
comment oserons-nous passer sur la frontière du
Madar Kheyl, ainsi que nous en avions coutume,
pour nous agenouiller sur la tombe de Pir Sajji?
Les gens du Madar tomberont sur nous, et fort
justement. Mais notre Mullah est un saint homme.
Il a aidé quarante d'entre nous à entrer cette nuit
en paradis. Qu'il accompagne en conséquence son
troupeau, et nous élèverons au-dessus de son corps
un dôme tout en tuiles bleues de Mooltan, et
ferons brûler des lampes à ses pieds chaque ven-
dredi soir. Ce sera un saint; nous aurons un temple, et nos femmes y prieront pour que de la
semence nouvelle vienne remplir les vides de nos
effectifs de combat. Qu'en dites-vous?

Un méchant ricanement accueillit la proposition,
suivi bientôt du doux *ouîpe, ouîpe* de couteaux que
l'on tire de la gaîne. C'était une excellente idée, et
elle satisfit à un besoin que depuis longtemps éprouvait la tribu. Le Mullah sauta sur ses pieds, dar-
dant ses prunelles flétries sur la mort dégaînée
qu'il ne pouvait voir, et appelant sur la tribu les
malédictions de Dieu et de Mahomet. Alors commença tout autour des feux, et les entrelaçant, une
partie de colin-maillard que Khuruk Shah, le poète
de la tribu, a chantée en vers qui ne sauraient périr.

De la pointe du couteau ils lui chatouillèrent gentiment l'aisselle. Il sauta de côté avec un cri aigu, mais pour sentir le froid d'un lame lui passer légèrement sur la nuque, ou la crosse d'un flingot lui frictionner la barbe. Il appela ses partisans à son aide, mais la plupart d'entre eux gisaient morts dans les plaines, attendu que Khoda Dad Khan avait pris quelque peu la peine d'arranger leur décès. Certains lui décrivirent les merveilles du temple qu'ils élèveraient, et les petits enfants, battant des mains, criaient : « Sauve-toi, Mullah, sauve-toi ! Il y a un homme derrière toi ! » A la fin, lorsque le jeu commençait à languir, le frère de Khoda Dad Khan lui plongea un couteau entre les côtes. « Me voici donc, dit Khoda Dad Khan avec une simplicité charmante, le chef des Khusru Kheyl ! » Il n'y eut personne pour le contredire ; et tous, les membres raides et endoloris, s'en allèrent céder au sommeil.

Dans la plaine au-dessous, Tommy Dodd était en train de discourir sur les beautés d'une charge de cavalerie la nuit, et Tallantire, courbé sur sa selle, haletait, presque hors de lui, parce qu'il avait, pendue au poignet, une épée éclaboussée du sang des Khusru Kheyl, la tribu qu'Orde avait si bien tenue en laisse. Un soldat radjpoute ayant fait remarquer que l'oreille droite de l'étalon pie avait été tranchée à la racine par quelque aveugle coup de sabre de son cavalier maladroit, Tallantire, cédant tout à la fois, se prit à rire et sangloter jusqu'au moment où Tommy Dodd le fit se coucher et se reposer.

— Il nous faut attendre par ici jusqu'au matin, dit-il. J'ai télégraphié au colonel, au moment où nous partions, d'envoyer un escadron de Beshaklis derrière-nous. Il sera tout de même furieux après moi, parce que j'aurai accaparé la petite fête. En tout cas, ces gueux de la montagne ne causeront plus d'ennui.

— Alors, dites aux Beshaklis d'aller voir ce qui est arrivé à Curbar sur le canal. Il nous faut faire la patrouille sur toute la ligne de la frontière. Vous êtes tout à fait sûr, Tommy, que cette... cette saleté-là... ce n'était que l'oreille de l'étalon pie ?

— Oh, tout à fait sûr, repartit Tommy. Vous avez même manqué de lui couper la tête. Moi qui vous parle, je vous ai vu quand nous nous jetions dans la mêlée. Dormez, mon vieux.

Sur le coup de midi, arrivèrent deux escadrons de Beshaklis, ainsi qu'une bande d'officiers furieux réclamant le conseil de guerre pour le camarade Tommy Dodd, qui avait « gâté le picnic » ; et il leur fallut galoper à travers le pays jusqu'aux travaux du canal, où Ferris, Curbar et Hugonin étaient en train de faire un discours aux coolies frappés de terreur, sur l'énormité qu'il y aurait à abandonner le bon travail et le gros salaire simplement parce qu'une demi-douzaine de leurs camarades avaient passé de vie à trépas. L'aspect d'une troupe de Beshaklis raffermit une confiance hésitante, et ceux des Khusru Kheyl que poursuivait la police, eurent la joie quelque peu amère de voir la berge du canal bourdonner de vie comme d'habitude, tandis que tels des leurs, qui s'étaient réfugiés dans les cours d'eau desséchés et les ravins, s'en faisaient chasser par les cavaliers. Au coucher du soleil commença la patrouille impitoyable de la frontière par la police et la cavalerie, un peu comme l'éternelle course à cheval des cowboys autour du bétail turbulent.

—Maintenant, dit Khoda Dad Khan, en désignant une ligne de feux qui scintillaient dans la vallée, vous pouvez voir à quel point change l'ancien ordre de choses. Après leur cavalerie vont venir ces diables de petits canons qu'ils arrivent à remorquer jusqu'au sommet des montagnes, et, autant que je sais, jusqu'aux nuages, quand nous couronnons les montagnes. Si le conseil de tribu le juge bon, j'irai trouver Tallantire Sahib — qui m'aime — afin de voir si je peux empêcher tout au moins le blocus. Parlerai-je pour la tribu?

— Oui-da ; parle pour la tribu au nom de Dieu. Comme ces maudits feux clignent de l'œil! Les

Anglais envoient-ils leur cavalerie par le télégraphe
— ou est-ce là l'œuvre du Bengali?

Comme Khoda Dad Khan descendait de la mon-
tage, il se trouva retardé par la rencontre d'un
homme de la tribu serré de près, et dut, après
une entrevue avec lui, retourner en hâte sur ses
pas chercher soi-disant quelque chose qu'il avait
oublié. Puis, se livrant aux deux cavaliers qui
avaient poursuivi son ami, il leur demanda de
l'escorter jusqu'auprès de Tallantire Sahib, alors
avec Bullows à Jumala. La frontière était sauve,
et le moment d'en fournir les explications écrites
était venu.

—Dieu merci! dit Bullows, que les ennuis sont
arrivés tout de suite. Nous ne pouvons pas naturellement coucher tout du long sur le papier les
véritables motifs, mais toute l'Inde comprendra. Et
une bonne et courte insurrection vaut mieux que
cinq années d'administration impuissante en deçà
de la frontière. Cela coûte moins cher. Grish Chunder Dé a fait un rapport disant qu'il est malade, et
on l'a réintégré dans sa province sans la moindre
réprimande. Il a insisté fortement sur ce fait qu'il
n'avait pas encore assumé la charge du district.

— Naturellement, repartit Tallantire avec amer-
tume. Et maintenant, qu'est-ce que je suis censé
avoir fait de travers?

— Oh, on vous dira que vous avez excédé tous

vos pouvoirs, et que vous eussiez dû rendre compte
par des rapports, écrivasser, donner votre avis
durant trois semaines, jusqu'à ce que les Khusru
Kheyl pussent vraiment descendre en force. Mais
je ne pense pas que les autorités osent faire des
embarras à cet égard. Elles ont reçu leur leçon.
Avez-vous vu la version de Curbar sur l'affaire?
Il ne sait pas écrire un rapport, mais il sait dire la
vérité.

— A quoi sert la vérité? Il ferait mieux de déchi-
rer le rapport. Tout cela me fait mal au cœur.
C'était si parfaitement inutile, sauf que cela nous
a débarrassés de ce Babou.

Sur ces entrefaites entra, le front haut, Khoda
Dad Khan, un filet à fourrage rebondi à la main,
et les deux cavaliers derrière lui.

— Puissiez-vous ne jamais ressentir de fatigue,
dit-il tout guilleret. Eh bien, sahibs, pour un bon
combat, c'en fut un, et la mère de Naïm Shah
reste votre débitrice, Tallantire Sahib. Un joli
coup de sabre, me dit-on, à travers la mâchoire,
l'habit ouaté, et jusqu'à la clavicule. Bravo! Mais
je parle pour la tribu. Il y a eu une faute de com-
mise — une grande faute. Tu sais que moi et les
miens, Tallantire Sahib, nous tenons le serment
que nous avons fait à Orde Sahib sur les berges
de l'Indus.

— Comme un Afghan tient son couteau — affilé

d'un côté, émoussé de l'autre, repartit Tallantire.

— Le coup n'en porte alors que mieux. Mais je
parle la vérité de Dieu. Donc, le Mullah Aveugle
menait les jeunes gens du bout de sa langue, et
déclarait qu'il n'y avait plus de loi de frontière,
puisqu'on avait envoyé un Bengali ; et que nous
n'avions nul besoin de craindre les Anglais. Sur
quoi ils descendirent venger cette insulte et se
livrer au pillage. Vous savez ce qui arriva, et le
rôle que j'assumai. Or, une centaine d'entre nous
sont tués ou blessés, et nous sommes tous honteux
et fâchés, et ne désirons plus de guerre. D'ailleurs,
pour que vous puissiez mieux nous écouter,
nous avons coupé la tête au Mullah Aveugle,
dont les mauvais conseils nous avaient menés à
faire des bêtises. Je l'apporte pour preuve. (Et
il jeta la tête sur le plancher.) Il ne vous causera
plus d'ennui, car c'est moi qui suis le chef, maintenant, et de la sorte je m'assois à une place plus
haute aux audiences. Cependant, toute médaille a
son revers. Ce fut une autre faute. Un des hommes
trouva cette noire brute de Bengali, à cause de qui
vint tout cet ennui, errant à califourchon sur un
cheval, et pleurant. A la pensée qu'il avait coûté la
vie à beaucoup de braves, Alla Dad Khan, que, si
vous y tenez, j'abattrai demain d'un coup de feu,
lui fit sauter la tête, et je vous l'apporte afin que

vous puissiez l'enterrer. Voyez, personne n'a pris les lunettes, quoiqu'elles fussent en or !

Lentement roula aux pieds de Tallantire la tête tondue d'un gentleman bengali à lunettes, yeux ouverts, bouche ouverte — la Terreur incarnée. Bullows se baissa.

— Encore une amende du sang, et une grosse, Khoda Dad Khan, car c'est la tête, celle-ci, de Debendra Nath, le frère de l'homme en question. Le Babou est depuis longtemps à l'abri ; il n'y a que les imbéciles du Khusru Kheyl pour être encore à l'apprendre.

— Eh bien, peu m'importe la charogne. C'est de viande fraîche, moi, que je me nourris. Le sire était sous nos montagnes, à demander la route de Jumala ; et Alla Dad Khan lui a montré la route de la Géhenne, lui qui n'est, comme tu dis, qu'un imbécile. Reste maintenant ce que le gouvernement va nous faire. Pour ce qui est du blocus...

— Qui es-tu, marchand de carne, tonna Tallantire, pour parler de termes et de traités ? Hors d'ici, et retourne à tes montagnes — va, et attends-y, le ventre vide, qu'il plaise au gouvernement d'appeler les tiens au châtiment — enfants et imbéciles tout à la fois que vous êtes ! Comptez vos morts, et tenez-vous tranquilles. Restez assurés que le gouvernement vous enverra un *homme !*

— Oui, repartit Khoda Dad Khan, car nous aussi sommes des hommes.

Et, tout en regardant Tallantire entre les deux yeux, il ajouta :

—Et par Dieu, sahib, puisses-tu être cet homme-là !

LE NAVIRE QUI S'Y RETROUVE

q
t
r
t
c
a
l
(
(
l

LE NAVIRE QUI S'Y RETROUVE

C'était son premier voyage, et quoique ce ne fût qu'un vapeur marchand de deux mille cinq cents tonnes, c'était bien le plus parfait de son type, le résultat de quarante années d'essais et de perfectionnements en fait de coque et de machine. Ses constructeurs comme son armateur en faisaient autant de cas que si c'eût été la *Lucania* (1). N'importe qui peut construire un hôtel flottant capable de couvrir les frais, à condition de consacrer assez d'argent au salon, et de faire payer les salles de bain particulières, les appartements complets, et autres choses semblables. Mais, en ce temps de fret à bas prix et de concurrence, il n'est pas un centimètre carré d'un cargo-boat, qui ne doive être construit en vue de l'économie, de la grande capacité de cale et d'une certaine moyenne de vitesse. Ce bateau avait peut-être deux cent quarante pieds de long sur trente-deux de large, et était agencé de telle sorte qu'il pouvait au besoin transporter du

(1) *Lucania*, un des plus grands transatlantiques anglais.

gros bétail sur le pont et des moutons dans le spardeck ; mais son triomphe, c'était le montant du
chargement qu'il pouvait emmagasiner dans ses
cales. Son armateur — le chef d'une maison écos-
saise des plus connues — s'en vint avec lui du
nord où on l'avait lancé, baptisé et armé, à Liverpool où il devait recevoir un chargement à destination de New-York ; et la fille de cet armateur, Miss
Frazier, allait et venait sur les ponts immaculés,
admirant la peinture et les cuivres, et les treuils
brevetés, et surtout la proue puissante et droite,
au-dessus de laquelle elle avait brisé une bouteille
de champagne lorsqu'elle le nomma la *Dimbula*.
C'était par un bel après-midi de septembre, et le
navire dans tout le luisant du neuf — il était peint
couleur de plomb avec une cheminée rouge — avait
en vérité fort belle apparence. Son pavillon d'ar-
mement flottait au vent, et de temps à autre son
sifflet répondait aux bateaux amis, lesquels bateaux
s'apercevant qu'il était nouveau venu aux Mers
Grandes et Petites, tenaient à lui faire bon accueil.

— Et maintenant, dit d'un ton ravi Miss Frazier
au capitaine, c'est un vrai navire, n'est-ce pas ?
Il semble que ce soit l'autre jour que papa en faisait la commande, et maintenant... maintenant...
n'est-ce pas une merveille !

La jeune fille était fière de la maison, et parlait
comme si elle en eût été l'associé commanditaire.

— Oh, il n'est pas si mal, répliqua sur un ton de réserve le capitaine, mais je dis que ce n'est pas le baptême qui fait le navire. Tel qu'il est là, Miss Frazier, si vous me suivez, il est tout en cornières, rivets et tôles mis sous la forme de navire. Ce qu'il lui faut encore, c'est s'y retrouver.

— Je croyais avoir entendu dire à papa qu'il était exceptionnellement bien conditionné.

— Oui, il l'est, repartit le capitaine. Mais voici ce qui arrive avec les navires, Miss Frazier. Pour celui-ci, par exemple, il n'y manque rien, mais ses différentes parties n'ont pas encore appris à travailler ensemble. Elles n'en ont pas eu l'occasion.

— Les machines marchent merveilleusement. Je les entends d'ici.

— Oui, c'est vrai. Mais il n'y a pas que les machines dans un navire. Il n'est pas, vous saurez, un pouce de celui-ci, qui ne doive recevoir l'encouragement du voisin, pour donner du liant au navire, comme nous disons en termes du métier.

— Et que ferez-vous pour cela ? demanda la jeune fille.

— Nous ne pouvons rien faire de plus que de le mettre en marche, de le gouverner, et ainsi de suite ; mais si nous avons du gros temps pour notre premier voyage — ce qui est probable — il apprendra le reste tout seul ! Car un navire, remarquez-le bien, Miss Frazier, n'est nullement un corps

13.

rigide fermé aux deux bouts. C'est un ensemble extraordinairement complexe d'efforts variés et en conflit; ce sont toutes sortes de tissus, si l'on peut dire, qui doivent se faire des concessions mutuelles suivant le degré d'élasticité du navire.

M. Buchanan, le chef mécanicien, venait vers eux.

— J'étais, comme vous voyez, en train de dire à Miss Frazier, que notre petite *Dimbula* a encore à prendre du liant, et qu'il faut pour cela un coup de vent. Comment ça va-t-il dans vos machines, Buck?

— Pas trop mal — exact sous le rapport de la règle et du compas ; mais cela manque encore de spontanéité.

Il se tourna vers la jeune fille.

— Croyez-moi, Miss Frazier, et peut-être que vous comprendrez cela plus tard ; ce n'est pas parce qu'une jolie demoiselle a baptisé un bateau, qu'on peut dire que les hommes qui le font naviguer se sentent avoir un bateau sous eux.

— C'est justement ce que j'étais en train de dire, Mr. Buchanan, interrompit le capitaine.

— Tout cela, c'est trop de métaphysique pour moi, repartit Miss Frazier en riant.

— Et pourquoi donc? Vous êtes une bonne Ecossaise, et — j'ai connu le père de madame votre mère, il était de Dumfries — vous avez des droits

acquis à la métaphysique, Miss Frazier, absolument
comme pour la *Dimbula*, dit le mécanicien.

— En tout cas, métaphysique ou non, il nous
faut tenir la haute mer pour gagner à Miss Frazier ses dividendes. Vous plairait-il de venir dans
ma cabine prendre le thé? demanda le capitaine.
Nous serons dans le bassin ce soir, et lorsque vous
retournerez à Glasgow, vous pourrez nous voir
par la pensée en train de charger la *Dimbula* et de
la mettre en marche — tout cela pour vous.

Le peu de jours qui suivirent furent employés
à arrimer quelque quatre mille tonnes en lourd
dans les flancs de la *Dimbula*. Puis on fit sortir le
navire de Liverpool. A peine eut-il senti se soulever sous lui la pleine mer, que, naturellement, il se
mit à bavarder. Si, la prochaine fois que vous vous
trouverez sur un steamer, vous appuyez l'oreille
contre la cloison de votre cabine, vous entendrez
de tous côtés des centaines de petites voix per-
çantes, bourdonnantes, murmurantes, soudaines,
gazouillantes, entrecoupées, criardes, exactement
comme fait le téléphone en temps d'orage. Les
navires en bois piaulent, grognent et gémissent;
mais les vaisseaux en fer palpitent et frissonnent
en leurs centaines de membres et leurs milliers de
rivets. La *Dimbula* était très fortement construite.
Il n'était pas une de ses pièces qui, pour être
reconnue, ne portât une lettre ou un chiffre, sinon

les deux ; et il n'en était pas une non plus qui n'eût été martelée, forgée, laminée, ou découpée à la main et n'eût passé des mois dans le fracas et les résonnances du chantier de construction. C'est pourquoi il n'était pas une pièce qui n'eût sa voix distincte en proportion exacte avec la somme de peine qu'elle avait coûtée. La fonte, en général, parle fort peu ; mais les plaques d'acier doux, et le fer doux lui-même, les membres et les barrots qui ont été fléchis, corroyés et rivetés longuement, ne cessent de bavarder. Leur langage, cela va sans dire, est bien loin d'atteindre à la sagesse de nos entretiens humains, attendu qu'ils sont tous, bien qu'à leur insu, prisonniers l'un de l'autre au sein d'une obscurité profonde, où ils ne sauraient dirent ce qui se passe auprès d'eux ni ce qui leur arrivera l'instant d'après.

Dès que la *Dimbula* eut doublé la côte irlandaise, une vieille et maussade houle de l'Atlantique, à tête grisonnante, grimpa sans se presser le long de sa proue escarpée, et vint s'asseoir sur le cabestan à vapeur destiné à remonter l'ancre. Or, le cabestan ainsi que le treuil qui l'actionnait, se trouvaient peints de frais en rouge et vert ; de plus, on n'aime guère, en général, à se voir saucé.

— Ne recommencez pas, crachota le cabestan entre les dents de ses roues. Hi ! Où est allée la commère ?

La houle s'était accouvée de l'autre côté avec un « plop » et un rire étouffé; mais:

— Lorsqu'il n'y en a plus, il y en a encore, dit une houle sœur.

Et elle passa à travers et par-dessus le cabestan, dont le dessous était solidement boulonné à une plaque de fer sur les barrots de pont, également en fer.

— Est-ce que vous ne pouvez pas vous tenir tranquille, là-haut? demandèrent les barrots de pont. Qu'est-ce que vous avez? Un moment vous pesez deux fois plus que vous ne devez, et tout de suite après vous rentrez dans l'ordre!

— Ce n'est pas ma faute, répondit le cabestan. Il y a dehors une grande brute verte qui vient me flanquer des « gnons » sur la tête.

— Allez dire cela aux constructeurs. Voilà des mois que vous êtes en place, et vous n'avez jamais encore gigoté comme cela. Si vous ne faites pas attention, vous allez nous forcer, nous autres.

— En parlant de « forcer », dit une voix basse, râpeuse, déplaisante, est-ce qu'aucun de vous, mes gaillards — vous, les barrots de pont, voulons-nous dire — ne s'aperçoit que ces horribles cornières dont vous êtes pourvus, se trouvent rivetées dans notre structure — oui, la nôtre, et pas celle du voisin?

— Qui pourriez-vous bien être ? s'enquirent les barrots de pont.

— Oh ! personne d'extraordinaire. Nous sommes tout simplement les serres de bâbord et de tribord du pont supérieur ; et si vous persistez à jouer des pieds et des mains de semblable façon, nous serons forcées, bien qu'à contre-cœur, d'entrer en danse à notre tour.

Or, les serres du navire sont, pour ainsi parler, de longues poutres de fer qui courent en droite ligne de la poupe à la proue. Elles gardent en place les membrures de fer, et aident en outre à maintenir les extrémités des barrots de pont qui vont d'un bord à l'autre du navire. Les serres se considèrent toujours comme on ne peut plus importantes, à cause qu'elles sont si longues.

— Vous entrerez en danse, vraiment ?

C'était un long grondement sonore. Il venait des membres — de douzaines et douzaines de membres, chacun distant de dix-huit pouces environ du voisin, et chacun riveté aux serres en quatre endroits.

— Nous pensons que vous éprouverez quelque difficulté à ce faire.

Et les milliers et milliers de petits rivets qui tenaient le tout ensemble murmurèrent :

— Oui, oui, oh ! pour cela, oui ! Cessez de trembler et restez tranquilles. Tenez bon, frères ! Tenez bon! Poinçons rougis à blanc! Qu'est-ce que cela?

Les rivets n'ont pas de dents, de sorte que la frayeur ne peut les leur faire claquer ; mais ceux-ci s'en tirèrent de leur mieux comme un choc faisait courir sa vibration de la poupe à la proue du navire, et que la *Dimbula* tremblait toute comme un rat dans la gueule d'un terrier.

Un coup de tangage quelque peu sévère, car la mer grossissait, avait soulevé presque jusqu'à la surface la grande hélice toute palpitante, et elle tournait dans une sorte d'eau de seltz — mélange d'eau de mer et d'air — à une allure beaucoup plus rapide qu'il ne convenait, à cause du manque d'eau pour travailler de façon correcte. Au moment où elle s'enfonçait de nouveau, les machines — et elles étaient à triple expansion, trois cylindres de rang — ronflèrent par leurs trois pistons à la fois :

— Est-ce une plaisanterie, vous, la camarade, là-dehors. En tout cas, c'en est une pas fameuse. Comment voulez-vous que nous accomplissions notre besogne si vous lâchez tout comme cela?

— Je n'ai rien lâché du tout, repartit l'hélice, en tourbillonnant au bout de l'arbre avec un bruit rauque. Si je l'avais fait, vous n'auriez, du coup, plus été bonnes qu'à jeter à la ferraille. La mer s'est retirée d'au-dessous de moi, et je n'avais rien pour me rattraper. Voilà tout.

— Voilà tout, dites-vous? s'exclama le palier de

buttée, dont le métier est de recevoir la poussée de l'hélice ; attendu que l'hélice, qui n'aurait rien pour la retenir en arrière, irait tout droit se glisser dans la chambre des machines. (C'est le maintien de l'hélice en arrière qui donne au navire son élan.) Je sais que ma besogne s'accomplit tout à fait dans le fond et hors de vue, mais j'entends qu'on soit juste, je vous en préviens. Oui, tout ce que je réclame, c'est la simple justice. Qu'est-ce qui vous empêche de pousser d'une façon continue et égale, au lieu de siffler comme une girouette et de me faire chaud autour de mes collets ?

Le palier de buttée avait six collets, chacun revêtu de cuivre, et il ne tenait pas à les voir échauffer.

Toutes les portées qui soutenaient les cinquante pieds d'arbre en son parcours jusqu'à l'arrière murmurèrent :

— Justice... rendez-nous justice.

— Je ne peux rendre que ce qu'on me donne, répondit l'hélice. Attention ! Cela recommence !

Elle se souleva en rugissant, comme la *Dimbula* plongeait, et les machines, qui n'avaient presque rien pour les tenir en respect, y allèrent d'un furieux « ouac — flac — ouac — ouac ».

— Je suis le résultat le plus noble de l'ingéniosité humaine — c'est Mr. Buchanan qui le dit, piaula le cylindre à haute pression. Voici qui est

tout simplement ridicule. (Le piston remonta d'un
élan furieux, et suffoqua, attendu que la moitié
de la vapeur qui le suivait se trouvait mélangée
d'eau salée). Au secours! Graisseur! Ajusteur!
Chauffeur! Au secours! J'étrangle, râla-t-il. Jamais
dans l'histoire des inventions maritimes ne survint
tel malheur à quelqu'un de si jeune et de si vigoureux. Et si je m'en vais, qui donc fera marcher
le navire?

— Du calme! oh, du calme! chuchota la vapeur,
laquelle, cela va sans dire, était allée déjà maintes
fois en mer.

Elle avait l'habitude de passer ses loisirs à terre
dans un nuage, une gouttière, un pot de fleur,
un orage, en tous lieux où l'eau se trouvait re-
quise.

—Ce n'est qu'un peu de poudrin, un petit grain
intermittent. Cela sera comme cela toute la nuit,
par intervalles. Je ne dis pas que ce soit agréable, mais, étant données les circonstances, c'est le
mieux que nous puissions faire que de conserver
notre calme.

— Quelle différence peuvent bien faire les circonstances? Je suis ici pour accomplir ma besogne
— avec de la vapeur propre et nette. Au vent les
circonstances! rugit le cylindre.

—Les circonstances se chargent de nous l'arranger, le vent. J'ai travaillé sur le parcours de l'Atlan-

14

tique nord un bon nombre de fois — il y aura du gros temps d'ici au matin.

— Nous n'avons déjà pas à déplorer le calme maintenant, dirent les membres extra-forts — on les appelait porques — dans la chambre des machines. Il se produit une poussée de bas en haut, à laquelle nous ne comprenons rien, ainsi qu'une sorte de tortillement fort mauvais pour nos consoles et nos tôles-carreau; ce tortillement est en outre suivi d'un effort vers l'ouest-nord-ouest, lequel nous ennuie sérieusement. Si nous en parlons, c'est que nous avons coûté pas mal d'argent, et que cela ne plairait guère à l'armateur, nous en sommes à peu près sûrs, de nous voir traités avec cette légèreté.

— Je crains que pour le présent l'affaire ne soit guère de son ressort, dit la vapeur, en s'introduisant dans le condenseur. Jusqu'à ce que le temps s'améliore, vous êtes livrés à vos propres moyens.

— Je me fiche pas mal du temps, dit, au-dessous, une voix basse en bémol; c'est cette maudite cargaison qui me dégoûte. Je suis la virure de gabord, je suis deux fois plus épaisse que la plupart des autres, et je devrais savoir quelque chose.

La virure de gabord est, au fond d'un navire, la tôle située le plus bas, et la virure de gabord de la *Dimbula* avait presque trois quarts de pouce de son épaisseur en acier doux.

— La mer me soulève d'une façon à laquelle je ne me serais jamais attendue, grogna-t-elle, alors que la cargaison me pousse de haut en bas; et, entre les deux, je me demande ce qu'on veut que je fasse.

— Dans le doute, tenez bon, gronda la vapeur, tout en prenant de l'expansion dans les chaudières.

— Oui; mais il n'est ici en bas que ténèbres, froid et confusion; et comment puis-je savoir si les autres tôles sont en train de faire leur devoir. Ces tôles de pavois, là au-dessus, ai-je entendu dire, n'ont pas plus de cinq seizièmes de pouce d'épaisseur — j'appelle cela scandaleux.

— Je suis d'accord avec vous, dit une énorme porque placée auprès de l'écoutille de charge.

Elle était plus profonde et plus épaisse que toutes les autres, et se recourbait en demi-arche à moitié de la largeur du navire, pour supporter le pont là où des barrots se fussent trouvés sur le chemin de la cargaison montante et descendante.

— Je travaille sans le moindre soutien, et je remarque que je suis à moi seule toute la force de ce vaisseau, autant que je peux voir. La responsabilité, je vous assure, est énorme. Je crois que la valeur en argent de la cargaison dépasse cent cinquante mille livres. Pensez donc!

— Et il n'en est pas une livre qui ne soit à la merci de mes continuels efforts.

Celle qui parlait ici était une soupape commu-
niquant avec l'eau extérieure, et située non loin
de la virure de gabord :

— Je me réjouis de penser que je suis une soupape Prince Hyde, pourvue des meilleurs garni-
tures de caoutchouc Para. Je suis protégée par
cinq brevets d'invention — je ne dis pas cela pour
me vanter — de cinq brevets distincts et différents,
tous plus beaux l'un que l'autre. Pour le moment
je suis vissée à bloc. M'ouvrirais-je qu'immédiatement vous seriez submergés. C'est incontrover-
sable !

Les articles brevetés emploient toujours les plus
longs mots qu'ils peuvent. C'est une manie qu'ils
prennent à leurs inventeurs.

— Voici du nouveau, dit une grosse pompe de
cale centrifuge. J'avais idée que vous serviez à nettoyer les ponts et le reste. En tous cas, je vous ai
employée plus d'une fois pour cela. J'oublie le
nombre précis, dans les mille, de gallons que je
suis garantie jeter par heure ; mais je vous assure,
mes larmoyants amis, qu'il n'y a pas le moindre
danger. Je suis à moi seule capable de faire évacuer
tout ce qui pourrait s'introduire d'eau ici... Par
mes Plus Fiers Clapets de Refoulement..., eh bien..
en voilà, un coup de tangage !

La mer grossissait pour de bon. Il s'agissait d'un
coup de vent de plein ouest, qui soufflait de dessous

une trouée déchiquetée de ciel vert, pressée de tous
côtés par de gros nuages gris; et le vent mordait à
l'instar de tenailles dans le temps qu'il fouettait en
dentelle l'embrun aux flancs des vagues.

— Je vais vous dire ce que c'est, téléphona le
mât de misaine par ses étais. Je suis ici en haut,
d'où je peux considérer les choses sans passion. Il
y a une conspiration organisée contre nous. J'en
suis sûr, attendu qu'il n'y a pas une de ces vagues
qui ne cingle en droite ligne sur notre proue. La
mer tout entière s'en mêle — et de même fait le
vent. C'est terrible !

— Qu'est-ce qui est terrible ? demanda une vague, en noyant le cabestan pour la centième fois.

— Cette conspiration organisée par vous, gar-
gouilla le cabestan, en empruntant le ton du mât.

— Des bulles et de l'écume organisées! Il y a eu
une dépression dans le golfe du Mexique. Faites
excuse !

Elle sauta de l'autre côté ; mais ses amies reprirent le récit chacune à leur tour.

— Qui s'est avancée...

Cette vague lança de l'eau verte par-dessus la
cheminée.

— Jusqu'au cap Hatteras...

Celle-ci inonda le pont.

— Et qui maintenant prend la mer... la mer...
la mer !

La troisième passa en trois houles, balayant net une des embarcations, laquelle s'en alla chavirer et sombrer le long du bord dans les gouffres envahis par l'ombre, tandis que les garants brisés fouettaient les daviers.

— Et voilà toute l'histoire, fusa l'eau, blanche d'écume, qui sortait en rugissant des dalots. Nous n'avons nulle mauvaise intention. Nous ne sommes que des corollaires météorologiques.

— Est-ce que cela menace de devenir pire ? demanda l'ancre d'avant enchaînée au pont, où c'est à peine si elle pouvait respirer une fois toutes les cinq minutes.

— Ne saurais vous dire. Il se peut que le vent souffle un brin vers minuit. Mille mercis. Bonjour et adieu.

La vague qui parlait si poliment avait voyagé à quelque distance vers l'arrière, et se trouva toute en confusion dans le spardeck, que protégeaient de hauts pavois. L'une des tôles de pavois, suspendue à des charnières qui lui permettaient de s'ouvrir extérieurement, s'était penchée au dehors et repassa le gros de l'eau à la mer avec une bonne claque.

— Evidemment, c'est ce pour quoi j'ai été faite, dit la tôle, en se refermant avec un orgueilleux vacarme. Oh, non, pas cela, ma belle !

La crête d'une vague essayait de rentrer de l'extérieur; mais, comme la tôle ne s'ouvrait pas dans cette direction, l'eau déjouée rejaillit à reculons.

— Ce n'est pas mal pour cinq seizièmes de pouce, reprit la tôle de pavois. Voilà, je m'en aperçois, ma besogne réglée pour la nuit.

Et elle se mit à s'ouvrir et se fermer, comme c'était son métier, suivant le mouvement du navire.

— Nous ne sommes pas ce qu'on pourrait appeler paresseux, grognèrent ensemble tous les membres, comme la *Dimbula* gravissait une grosse vague, se couchait sur le côté, une fois à la crête, et fonçait dans le prochain creux, en se contournant dans la descente.

Une énorme houle se souleva juste sous son milieu, et sa proue ainsi que sa poupe se trouvèrent suspendues dans le vide sans rien pour les supporter. Alors, en manière de jeu, une vague l'empoigna à la proue, une autre à la poupe, tandis que le reste de l'eau se dérobait sous elle, tout simplement pour voir ce qu'elle dirait ; de sorte qu'elle ne se trouva soutenue qu'à ses deux extrémités, et que le poids de la cargaison et des machines retomba tout entier sur les quilles de fer et les serres de bouchains gémissantes.

— Soulagez! Soulagez ! mugit la virure de gabord. Je demande un huitième de pouce de jeu. M'entendez-vous, vous, les rivets?

— Soulagez ! Soulagez ! crièrent les serres de

bouchains. Ne vous tenez pas si serrées aux membres !

— Soulagez ! grognèrent les barrots de pont,
comme la *Dimbula* roulait d'une façon effrayante.
Vous avez vissé nos courbes dans les serres, et
nous ne pouvons plus bouger. Soulagez, petites
pestes à tête plate.

Sur quoi deux lames convergentes frappèrent la
proue chacune de son côté, et s'en allèrent retom-
ber au loin en torrents de tonnerre ruisselant.

— Soulagez ! cria la cloison d'abordage de l'a-
vant. Je sens le besoin de tout lâcher, mais je suis
serrée de partout. Soulagez, sale petite limaille de
forge. Laissez-moi respirer !

Les centaines de tôles qui sont rivées aux membres, et forment l'enveloppe extérieure de tout
steamer, répétèrent le cri, attendu que chacune
d'elles voulait changer de position et s'étirer un
peu, et que chacune, suivant la place qu'elle occupait, s'en prenait aux rivets.

— Nous n'y pouvons rien ! Non, nous n'y pouvons rien ! murmurèrent-ils en réponse. Nous
sommes ici pour vous maintenir, et nous vous main-
tiendrons ; jamais vous ne tirez deux fois de suite
dans la même direction. Si vous disiez d'avance ce
que vous allez faire, nous essaierions d'aller au
devant de vos desseins.

— Autant que j'ai pu le sentir, dit le bordage

du spardeck, et il était épais de quatre pouces, il
n'est pas un seul morceau de fer près de moi, qui
n'ait poussé ou tiré dans une direction différente.
Tenez, qu'est-ce que cela veut dire? Voyons, mes
amis, un peu d'ensemble.

— Tirez de la façon que vous voulez, mugit la
cheminée, du moment que ce n'est pas sur moi
que vous tenterez vos expériences. Moi, il me faut
quatorze cordages en fil de fer, tous tirant dans
des directions opposées, pour me tenir droite. N'est-
il pas vrai?

— Nous te croyons, ma petite ! sifflèrent les
haubans de cheminée à travers leurs dents serrées,
comme ils vibraient sous le vent depuis le sommet
de la cheminée jusqu'au pont.

— Bah ! Il n'y a que cela de vrai, l'ensemble,
répétèrent les ponts. L'ensemble où l'on tire tous
en long.

— Parfait, dirent les serres; alors, ne poussez
donc pas de côté lorsque vous êtes mouillés. Contentez-vous de courir gracieusement de l'avant à
l'arrière, et de décrire une courbe aux extrémités,
comme nous faisons.

— Non, pas de courbes à l'extrémité ! Un arc
léger et savant de bord à bord, avec un bon cram-
pon à chaque cornière et de petites pièces soudées
dessus, dirent les barrots de pont.

— La bonne blague ! crièrent les épontilles de

14.

fer de la cale profonde et sombre. Qui a jamais entendu parler de courbes? Tenez-vous droits. La colonne parfaitement ronde, il n'y a que cela. Et tâchez de supporter des tonnes de solide et honnête poids... comme ceci! Là!

Une grosse lame vint se briser là-haut sur le pont, et les épontilles se raidirent sous la charge.

— Tout droit du haut en bas, ce n'est pas mal; dirent les membres qui couraient dans ce sens sur les flancs du navire; mais il faut aussi de l'expansion latérale. L'expansion est la loi de la vie, mes enfants. De la place! De la place!

— Revenez! dirent les barrots de pont, d'un ton farouche, comme le soulèvement vertical de la mer donnait aux membres la tentation de s'ouvrir. Revenez à vos portées, fers à la dent molle!

— De la rigidité! De la rigidité! tambourinèrent les machines. Une absolue, constante rigidité — rigidité!

— Vous voyez! pleurnichèrent les rivets en chœur. Il n'y en a pas deux d'entre vous qui tireront jamais de la même façon, et — et vous nous mettez tout sur le dos. Nous ne savons, nous autres, que traverser une tôle et mordre des deux côtés, de telle sorte qu'elle ne puisse, ne doive bouger, qu'elle ne bouge pas.

— J'ai obtenu, en tout cas, une fraction de

pouce de jeu, dit d'un air triomphant la virure de
gabord.

Elle y était parvenue, en effet, et toute la carène
du navire semblait en éprouver le bien-être.

— C'est donc que nous ne sommes pas bons,
sanglotèrent les rivets de carène. Nous avions reçu
l'ordre — reçu l'ordre — de ne jamais céder; et
nous avons cédé, et la mer va entrer, et nous irons
tous ensemble au fond! On commence par nous
accuser de tout ce qui est désagréable, et ensuite
nous n'avons même pas la consolation d'avoir
accompli notre besogne.

— Ne répétez pas que c'est moi qui vous l'ai
dit, murmura la Vapeur d'un ton consolant; mais,
entre vous et moi, il était sûr que cela devait arriver
tôt ou tard. Il *fallait* que vous cédiez un tantinet,
et vous avez cédé sans le savoir. Maintenant, con-
tinuez de tenir bon, comme par le passé.

— Pour quoi faire? jacassèrent quelques centaines
de rivets. Nous avons cédé — nous avons cédé; et
le plus tôt nous confesserons que nous ne sommes
pas capables de maintenir le navire ensemble et
que nous perdons nos petites têtes, mieux cela
vaudra. Il n'y a pas de rivet forgé capable de
supporter cet effort.

— On ne l'a jamais non plus attendu d'un rivet.
Partagez-le-vous, répondit la Vapeur.

— Que les autres prennent ma part. Moi, j'y

renonce, dit un rivet dans l'une des tôles d'avant.

— Si vous le faites, d'autres vous imiteront, siffla la Vapeur. Il n'y a rien de plus contagieux dans un bateau que ce mal-là pour les rivets. Tenez, j'ai connu un petit bonhomme comme vous — il était, pourtant, d'un huitième de pouce plus gros — sur un steamer — et ce steamer, maintenant que j'y pense, n'était assurément de pas plus de douze cents tonnes — exactement à la même place que vous. Il sauta dans un petit rien de mer, pas la moitié aussi mauvais que celui-ci, et donna l'exemple à tous ses amis du même couvre-joint ; les tôles s'ouvrirent comme la porte d'un foyer, et il ne me resta que la ressource de grimper dans le banc de brouillard le plus proche, tandis que le bateau allait au fond.

— Voilà qui passe toute honte, repartit le rivet. Et pas plus gros que moi, vous dites, et sur un steamer de pas la moitié de notre tonnage? Petite cheville de roseau! J'en rougis pour la famille, Madame!

Il s'assujettit à sa place plus solidement que jamais, et la Vapeur étouffa de rire.

— Vous voyez, poursuivit-elle on ne peut plus gravement, qu'un rivet, et surtout un rivet dans votre position, est la partie vraiment indispensable du navire.

La Vapeur se garda de dire qu'elle avait chuchoté exactement la même chose à chaque pièce de fer du bord, l'une après l'autre. Il n'est pas nécessaire d'en dire plus qu'il ne faut.

Et durant tout ce temps la petite *Dimbula* tanguait et oscillait, se balançait et pivotait, se couchait comme si elle allait mourir, se relevait comme si on l'eût piquée, et dardait le nez à la ronde et encore à la ronde en une demi-douzaine de cercles avant de plonger ; car la tempête était à son plus fort. Il faisait noir comme l'encre, en dépit de l'écume blanche en lambeaux sur les vagues, et, pour couronner le tout, la pluie se mit à tomber en nappes, au point que vous n'eussiez pu voir votre main devant votre visage. Cela ne faisait guère de différence pour les œuvres de fer là-bas au-dessous, mais le mât de misaine ne laissait pas de s'en tourmenter gravement.

— Maintenant, c'est la fin, dit-il d'un air sombre. La conspiration contre nous est par trop puissante. Il n'y a plus rien à faire qu'à...

— *Hurraar! Brrrraah! Brrrrrrp!* rugit la Vapeur par la sirène, à faire trembler les ponts. N'ayez pas peur, là en bas. Ce n'est que moi qui lance deux ou trois mots pour le cas où quelqu'un se trouverait en train de gambader ce soir dans le voisinage.

— Vous ne voulez pas dire qu'il y en a d'autres

que *nous* en mer par ce temps? demanda la cheminée avec un nasillement rauque.

— Il y en a des douzaines, repartit la Vapeur,
en tâchant de s'éclaircir la voix. *Brrrrraaa !*
Brraaaaa! Prrrrp! Il vente un brin ici en haut ;
et, Grandes Chaudières! comme il pleut !

— Nous nous noyons, dirent les dalots.

Ils n'avaient rien fait d'autre toute la nuit, mais
cette fouettée de pluie sans arrêt au-dessus d'eux
semblait être la fin du monde.

— Ce n'est rien. D'ici une heure ou deux, nous
serons plus tranquilles. D'abord le vent, ensuite la
pluie, après quoi la brise et je fuis ! *Grrraaaa-*
aah! Drrrraaaa! Drrrp! On dirait que la mer
calme déjà. Si oui, vous apprendrez ce que c'est
que le roulis. Jusqu'ici nous n'avons fait que
tanguer. Pendant que j'y pense, vous autres, mes
gaillards, là bas dans la cale, ne vous sentez-vous
pas un peu plus à l'aise que tantôt?

On grognait au milieu des efforts tout autant
qu'auparavant, mais ce n'était pas sur un ton aussi
élevé ni aussi aigre ; et, lorsque le navire tremblait,
ce n'était pas avec un soubresaut pénible, comme
fait un tisonnier qu'on choque sur le parquet ; non,
il cédait avec un petit tressaillement souple, comme
un club de golfe bien équilibré.

— Nous avons fait une découverte des plus éton-
nantes, dirent les serres l'une après l'autre. Décou-

verte qui change du tout au tout la situation. Nous nous sommes aperçu, et pour la première fois dans l'histoire de la construction de navires, que l'effort en dedans des barrots de pont et la poussée extérieure des membres nous cadenassent, si l'on peut dire, plus étroitement à nos places, et nous mettent à même de supporter un effort sans aucun précédent dans les annales de l'architecture maritime.

La Vapeur n'eut que le temps de transformer un commencement de rire en un rugissement par la sirène.

— De quelle puissance de cerveau vous témoignez, vous autres, grandes serres, repartit-elle doucement, dès qu'elle eut fini.

— Nous aussi, entamèrent les barrots de pont, découvrons des choses et sommes des génies. Notre opinion est que le soutien des épontilles de barre-sèche nous offre un appui matériel. Nous trouvons que nous nous « fermons » sur elles lorsque nous sommes soumis à quelque poids d'eau de mer particulièrement lourd au-dessus de nous.

Ici la *Dimbula* s'élança dans un creux, en se couchant presque sur le flanc — pour, une fois arrivée au fond, reprendre son aplomb d'un coup de reins et d'un spasme.

— Dans des cas comme celui-ci — vous en apercevez-vous, Vapeur? — le bordé en tôle de l'avant, et principalement celui de l'arrière — nous devrions aussi mentionner les varangues situées au-dessous de nous — nous font nous raidir contre toute tendance à nous fausser.

Les membres, pour s'exprimer, employaient le ton solennel et frappé de crainte qu'emploient les gens qui viennent de se trouver pour la première fois en présence de quelque chose de nouveau.

— Je ne suis qu'une pauvre bouffée de fumée, dit la Vapeur, mais j'ai, dans mon métier, à supporter une bonne dose de pression. Tout cela est diantrement intéressant. Dites-nous encore quelque chose, vous autres, mes gaillards, qui paraissez si calés.

— Regardez-nous, et vous verrez, dirent avec orgueil les tôles de l'avant. Attention, là-derrière ! Voici venir la Mère Gigogne des Vagues ! Serrez ferme, tous les rivets !

Une grande lame torrentueuse s'en vint en fulminant, mais à travers la lutte et la confusion, la Vapeur put percevoir les cris étouffés et brefs de la charpente au fur et à mesure que les différents efforts se faisaient sentir — des cris comme ceux-ci : « Doucement, par là — doucement ! Ah, maintenant, poussez de toute votre force ! Tenez bon ! Cédez un rien ! Debout ! Tirez ! Ecartez dans les deux sens ! Veillez à l'effort aux extrémités ! Serrez,

maintenant! Mordez dur! Laissez l'eau s'écouler
— et voilà qui va bien!

La vague s'éloigna dans les ténèbres, en jetant
ces mots :

— Pas mal, cela, si c'est là votre premier
voyage!

Et le navire, trempé, mouillé, palpita au rythme
des machines intérieures. Sous le sel des embruns
descendus par l'écoutille de la chambre des machines, les trois cylindres étaient devenus blancs;
les conduits à vapeur enveloppés de toile à voile
étaient fourrés de blanc, et il n'était pas jusqu'aux
cuivres, là-bas tout au fond, qui ne fussent mou-
chetés de souillures; mais les cylindres avaient
appris à tirer ce qu'ils pouvaient de vapeur de ce
qui n'était qu'à moitié de l'eau, et continuaient de
piler de gaîté de cœur.

— Comment s'en tire le résultat le plus noble de
l'ingéniosité humaine ? demanda la Vapeur, tout
en tourbillonnant à travers la chambre des machines.

— Rien pour rien en ce monde de malheur,
répondirent les cylindres, comme s'il y eût eu des
siècles qu'ils fussent en marche; et joliment peu
pour un balancier d'une pression de cinq atmos-
phères! Nous avons filé deux nœuds durant cette
dernière heure et quart! C'est plutôt humiliant

pour huit cents chevaux-vapeur, qu'est-ce que vous en dites?

— Mais cela vaut mieux que de dériver de l'arrière, en tout cas. Vous semblez plutôt moins — comment dirai-je ? — moins raide du dos que vous n'étiez.

— Si vous aviez été menée comme nous l'avons été cette nuit, vous ne seriez guère rai-ai-aide non plus. Théori-ori-ori-quement, cela va sans dire, la rigidité, c'est ce qu'on demande. Prrr-prrr-pratiquement, il faut faire quelques concessions de part et d'autre. Nous avons découvert cela, nous autres, en travaillant couchés sur nos flancs des cinq minutes d'affilée-éééé-ééé. Quel temps fait-il ?

— La mer calme vite, répondit la Vapeur.

— A la bonne heure, dit le cylindre à haute pression. Stimulez le navire, mes enfants. On nous a donné cinq livres de plus de vapeur.

Et il se mit à fredonner les premières mesures de *Said the young Obadiah to the old Obadiah*, air chéri, on a pu le remarquer, des machines non construites pour les grandes vitesses. Les longs courriers à deux hélices, eux, chantent *la Marche Turque*, l'ouverture du *Cheval de Bronze*, et *Madame Angot*, jusqu'à ce que quelque chose aille de travers ; alors, ils jouent *la Marche Funèbre d'une Marionnette* de Gounod, avec variations.

— Un de ces beaux jours, vous apprendrez quelque chanson à vous, dit la Vapeur en s'élevant par la sirène pour un dernier beuglement.

Le jour suivant, le ciel s'éclaircit et la mer se calma un peu ; sur quoi la *Dimbula* se mit à rouler de bord à bord au point de n'avoir pas un pouce de fer qui ne fût malade et n'eût le vertige. Mais par bonheur tout le monde ne se sentit pas malade en même temps, sans quoi elle se fût ouverte comme une boîte de papier mouillé.

La Vapeur, tout en vaquant à ses affaires, siffla en manière d'avertissement. C'est, en effet, dans le court et rapide tohu-bohu qui suit un gros temps qu'arrivent la plupart des accidents, attendu qu'alors chacun croit le mal passé et ne se tient plus sur ses gardes. C'est ainsi qu'elle prêcha et babilla jusqu'à ce que les barrots, les membres, les varangues, les serres et le reste eussent appris à s'adapter les uns aux autres, et à supporter ce nouveau mode de tension.

Ils eurent d'ailleurs tout le temps de s'exercer, car ils restèrent seize jours à la mer, et le temps ne cessa d'être affreux jusqu'à moins de cent milles de New-York. La *Dimbula* cueillit au passage son pilote, et entra couverte de sel et de rouille écarlate. Sa cheminée était gris sale du haut en bas ; elle avait perdu deux de ses embarcations ; trois de ses manches à vent avaient pris l'aspect de chapeaux après une lutte avec la police ; le pont se voyait pourvu d'une fossette au milieu ; le rouf-fle qui recouvrait la barre était fendillé comme à coups de hache ; la note de réparations à effectuer dans la chambre des machines était presque aussi longue que l'arbre porte-hélice ; le panneau d'écou-tille d'avant tomba en douves de baquet lorsqu'on souleva les barres de fer qui le retenaient ; et le cabestan à vapeur s'était trouvé fortement tordu sur son assise. Dans l'ensemble, comme dit le capitaine, c'était « une assez bonne moyenne ».

— Mais elle est assouplie, dit-il à Mr. Buchanan. Malgré tout son poids mort elle a vogué comme un yacht. Vous vous rappelez ce dernier coup de mer passé les Bancs ? Je suis fier d'elle, Buck.

— Cela s'est très bien passé, repartit le chef méca-nicien, en laissant courir son regard le long des ponts en désordre. Toutefois, celui qui jugerait superficiellement dirait que nous ne sommes qu'une épave ; mais nous savons, nous autres — par expé-rience — qu'il en est autrement.

Il va sans dire que tout ce qu'il y avait dans la *Dimbula* se redressa de bel orgueil, et que le mât de misaine ainsi que la cloison d'abordage d'avant, personnes entreprenantes, prièrent la Vapeur d'a-vertir le port de New-York de leur arrivée.

— Faites savoir à ces gros bateaux qui nous sommes, dirent-ils. Ils ont l'air de nous prendre tout à fait pour une chose qui va sans dire.

C'était par une de ces claires et glorieuses matinées de calme plat, et en longue file s'alignaient, chacun à la moitié d'un mille à peine de l'autre, tandis que jouaient leurs musiques et que leurs remorqueurs retentissaient de cris et papillotaient de mouchoirs agités, le *Majestic*, le *Paris*, la *Touraine*, la *Servia*, le *Kaiser Wilhelm II*, et le *Werkendam*, tous en train de gagner pompeusement la mer. Comme la *Dimbula* renversait sa barre pour laisser la route libre aux grands bateaux, la Vapeur (qui en sait beaucoup trop pour qu'il ne lui soit égal de se donner de temps à autre en spectacle), cria :

— Oyez ! Oyez ! Oyez ! Princes, Ducs et Barons de la Pleine Mer ! Sachez-le par ces présentes, nous sommes la *Dimbula*, qui avons mis quinze jours et neuf heures à venir de Liverpool, après avoir, pour la première fois dans notre carrière, traversé l'Atlantique avec trois mille tonnes de chargement ! Nous n'avons pas sombré. Nous voici. Hourra ! Hourra ! Nous ne sommes pas désemparée. Malgré que nous ayons eu un temps tout à fait sans exemple dans les annales de la construction de navires ! Nos ponts furent balayés ! Nous avons tangué ! Nous avons roulé ! Nous avons pensé mourir ! *Hi !* *Hi !* Mais nous ne sommes pas morte. Nous tenons à faire connaître que nous sommes venue à New

York à travers tout le grand Atlantique par le plus mauvais temps du monde, et que nous sommes la *Dimbula* ! Oui-da — a — aa — aaaa !

La belle ligne de bateaux passa aussi imperturbablement que le cortège des Saisons. La *Dimbula* entendit le *Majestic* faire « Hmph ! », le *Paris* grommela « How ! », la *Touraine* dit « Oui ! » avec un coquet petit volute de vapeur ; la *Servia* fit « Haw » ! et le *Kaiser* ainsi que le *Werkendam* crièrent « Hoch ! » à la façon teutonne — et ce fut absolument tout.

— J'ai fait de mon mieux, dit gravement la vapeur, mais je ne crois pas toutefois que nous ayons produit sur eux une bien grande impression. Et vous ?

— C'est tout simplement dégoûtant, répliquèrent les tôles de l'avant. Ils auraient bien pu voir par où nous avons passé. Il n'est pas sur la mer un navire qui ait souffert autant que nous — est-ce vrai, voyons ?

— Ma foi, je n'irai pas jusqu'à dire cela, reprit la Vapeur, attendu que j'ai travaillé sur quelques-uns de ces bateaux-là, et les ai amenés en six jours par un temps tout aussi mauvais que celui que nous avons eu quinze jours durant ; et quelques-uns d'entre eux sont d'un peu plus de dix mille tonnes, je crois. En outre, j'ai vu le *Majestic*, par exemple, plongé de la proue à la cheminée dans l'eau; j'ai aidé l'*Arizona*, je crois que c'était lui, à se déhaler d'un iceberg avec lequel il s'était rencontré par une nuit noire; il m'a fallu, certain jour, m'échapper de la chambre des machines du *Paris*, parce qu'il y avait dedans trente pieds d'eau. Certes, je ne nie pas...

La Vapeur se tut soudain. Un remorqueur, chargé d'un club politique et d'une musique de cuivres, qui étaient allés assister au départ d'un sénateur de New-York pour l'Europe, croisait leur avant, en route pour Hoboken. Il y eut un long silence, lequel s'étendit, sans interruption, du taille-mer aux ailes d'hélice de la *Dimbula*.

Puis une nouvelle et grosse voix dit lentement et d'un ton empâté, comme si celui qui en était possesseur vînt de se réveiller:

— J'ai la conviction de m'être conduit d'une façon ridicule.

La Vapeur sut tout de suite ce dont il s'agissait; attendu que lorsqu'un navire s'y retrouve, le babil des différentes pièces prend fin et se résout en une voix unique, qui est l'âme du navire.

— Qui êtes-vous? demanda-t-elle en riant.

— Je suis la *Dimbula*, cela va sans dire. Je n'ai jamais été rien d'autre que cela — et aussi quelqu'un de fort ridicule!

Le remorqueur, qui faisait de son mieux pour se faire couler, s'esquiva juste à propos, tandis

que sa musique brassait dans le fracas des cuivres
un air aussi populaire que de mauvais goût.

— Eh bien, je suis contente que vous ayez fini
par vous y retrouver, reprit la Vapeur. A dire
vrai, j'étais un peu fatiguée de parler à tous ces
membres et à toutes ces serres. Et maintenant,
c'est la quarantaine. Après cela nous irons à notre
débarcadère nous nettoyer un peu, pour — le mois
prochain — recommencer.

NABOTH

NABOTH

Voici comment cela se passa; et la vérité qui s'en dégage est aussi une allégorie de l'empire.

Je le rencontrai au coin de mon jardin, un panier vide sur la tête, et un lambeau malpropre autour des reins. C'était tout le bien sur quoi Naboth pût élever l'ombre d'une prétention la première fois que je le vis. Il me mendia, et ce fut le début de nos relations. Il était très maigre, et montrait presque autant de côtes que son panier; il me raconta une longue histoire à propos de fièvre et d'un procès, et aussi d'un chaudron de fer qui avait été saisi par le tribunal en exécution d'un arrêt. Je mis la main à la poche afin d'assister Naboth, tel il advint à des rois de l'Orient, pour la perte de leurs royaumes, d'assister des aventuriers étrangers. Une roupie s'était cachée dans la doublure de mon gilet. J'ignorais totalement qu'elle fût là, et j'offris ma trouvaille à Naboth comme un présent tombé du ciel. Il répondit que j'étais le seul et légitime Protecteur du Pauvre qu'il eût jamais connu.

Le lendemain matin, il réapparut le ventre un peu plus rond, et se roula sur le sol à mes pieds dans la verandah d'entrée. Il déclara que j'étais et son père et sa mère, et le descendant direct de tous les dieux de son panthéon, sans parler de mon contrôle sur les destinées de l'univers. Quant à lui, ce n'était qu'un marchand de bonbons, et de moindre importance encore que la poussière sous mes pieds. J'avais déjà entendu ce genre de boniment, aussi lui demandai-je ce dont il retournait. Ma roupie, dit Naboth, l'avait élevé aux nues, et il désirait présenter une requête. Il souhaitait d'installer un petit éventaire de bonbons près de la maison de son bienfaiteur, afin de suivre du regard ma révérée personne tandis que j'allais et venais, illuminant le monde. Je daignai gracieusement accorder la permission, et il s'éloigna la tête entre les genoux.

Or, tout au fond de mon jardin, le sol s'en va en pente jusqu'à la route, et la pente se trouve dominée par une épaisse plantation d'arbustes. Un court chemin carrossable va de la maison au Mall, lequel Mall passe tout près de la plantation. Dans l'après-midi du lendemain je m'aperçus que Naboth s'était assis au bas de la pente, par terre dans la poussière de la route et sous le soleil ardent, un panier devant lui, où erraient quelques bonbons poisseux. Il s'était, par l'effet de ma munificence, remis dans le commerce, et le sol se trouvait le paradis grâce à mon honorée faveur. Rappelez-le-vous, il n'était question que de Naboth, son panier, le soleil et la poussière, lorsque mon Empire commença d'être sapé.

Le jour suivant, il s'était transporté en haut de la pente plus près de mes arbustes, et agitait un éventail en feuilles de palmier pour tenir les mouches à l'écart de sa marchandise. De ce fait je jugeai que le commerce devait avoir marché.

Quatre jours plus tard, je remarquai qu'il s'était reculé, lui et son panier, à l'abri des arbustes, et avait attaché entre deux branches une guenille couleur isabelle afin de faire plus d'ombre. Il y avait abondance de bonbons dans son panier. Je pensai que le commerce devait certainement être encore en voie de hausse.

Sept semaines plus tard, le gouvernement fit l'acquisition d'une petite pièce de terre destinée à la construction d'un tribunal, tout près de l'extrémité de mon compound, et employa près de quatre cents coolies aux fondations. Naboth acheta une couverture rayée bleu et blanc, un pied de lampe en cuivre, et un boy, pour répondre à l'essor du commerce, qui était effrayant.

Cinq jours plus tard, il acheta un livre de comptes, vaste, épais, à dos rouge, et un encrier de verre. Je m'aperçus, de la sorte, que les coolies s'é-

15.

taient endettés vis-à-vis de lui, et que le commerce prenait une extension conforme aux règles légitimes du crédit. Je m'aperçus aussi que le panier était devenu trois paniers, et que Naboth avait reculé et élagué dans la plantation d'arbustes, et s'était fait une jolie petite clairière pour l'étalage convenable du panier, de la couverture, des livres et du boy.

Une semaine et cinq jours plus tard, il avait construit une cheminée d'argile dans la clairière, et l'épais livre de comptes débordait. Il déclara que Dieu avait créé peu d'Anglais de ma sorte, et que j'étais l'incarnation de toutes les vertus humaines. Il m'offrit en tribut quelques échantillons de sa marchandise, et, en les acceptant, je le reconnus comme mon feudataire sous le manteau de ma protection.

Trois semaines plus tard, je remarquai que le boy avait maintenant l'habitude de préparer pour Naboth son repas de midi, et que Naboth commençait à prendre du ventre. Il avait élagué plus avant dans ma plantation d'arbustes, et possédait un second livre de comptes, plus épais que le premier.

Onze semaines plus tard, Naboth s'était rongé sa route presque de part en part de la plantation, et une hutte de roseau, à l'extérieur de laquelle se trouvait une couchette, se dressait dans la petite percée dont il était l'auteur. Deux chiens et un bébé dormaient dans la couchette. D'où j'inférai que Naboth avait pris femme. Il déclara que, grâce à ma faveur, il avait ainsi fait, et que j'étais plusieurs fois plus beau que Krishna.

Six semaines et deux jours plus tard, un mur de terre avait poussé au fond de la hutte. Derrière celle-ci picoraient des poules, et cela sentait un peu. Le secrétaire municipal prétendit qu'il se formait un cloaque sur la route, à cause des infiltrations de mon compound, et qu'il fallait que je m'arrangeasse pour les faire disparaître. Je parlai à Naboth. Il déclara que j'étais le souverain maître de ses intérêts ici-bas, et que le jardin était tout entier ma propriété; et il m'envoya de nouveaux échantillons de sa marchandise dans un torchon douteux.

Deux mois plus tard, un coolie fut tué dans une rixe qui eut lieu en face de la Vigne de Naboth. L'inspecteur de police déclara que le cas était sérieux, se rendit dans les quartiers de mes domestiques, insulta la femme de mon majordome et éprouva le besoin d'arrêter mon majordome lui-même. Le plus curieux du meurtre, c'est que la plupart des coolies se trouvaient ivres au moment où il se produisit. Naboth fit remarquer que mon nom était un rempart solide entre lui et ses ennemis, et qu'il attendait la prochaine venue d'un autre bébé.

Quatre mois plus tard, la hutte était tout murs

de terre, très solidement construits, et Naboth
avait employé la plupart de mes arbustes à nourrir
ses cinq chèvres. Une montre d'argent et une
chaîne en aluminium brillaient sur son ventre fort
arrondi. Mes serviteurs, à diverses reprises, se
trouvèrent ivres d'une assez alarmante façon, et
ne manquaient pas une occasion de perdre leur
temps avec Naboth. Je parlai à Naboth. Il déclara
que, grâce à la faveur et à la gloire de ma personne,
il ferait de toute sa gent féminine de véritables
ladies, et que s'il était quelqu'un pour laisser entendre qu'il tenait à l'ombre de mes tamaris une
distillerie clandestine, c'était alors, à moi, son suze-
rain, à les poursuivre.

Une semaine plus tard, il loua un homme pour
fabriquer plusieurs douzaines de mètres carrés de
treillage destiné à entourer le derrière de sa hutte,
afin que ses femmes pussent se trouver à l'abri des
regards étrangers. L'homme s'en alla le soir, laissant son travail paver le raccourci qui reliait la
route à ma maison. Je rentrais en voiture à la tombée du jour, et tournai le coin, près de la Vigne de
Naboth, à une assez vive allure. La première chose
dont je me souvienne ensuite, c'est que les chevaux
du phaéton bronchaient et se débattaient dans une
sorte de réseau de bambou d'une solidité sans
exemple. Les deux bêtes s'abattirent. L'une d'elles
se releva sans plus de mal que les deux genoux

couronnés. L'autre se trouvait si maltraitée que je fus forcé de l'abattre.

Naboth n'est plus là, et sa hutte est retournée à sa boue primitive, avec des bonbons en guise de sel pour démontrer que le lieu est maudit. Pour moi, j'ai construit un pavillon qui domine le bout du jardin, et c'est sur mes frontières le fort d'où je garde mon Empire.

J'apprécie maintenant ce que ressentit A ab. En voilà un, que les Ecritures ont calomnié!

LES BORNES MENTALES DE PAMBÉ SERANG

LES BORNES MENTALES DE PAMBÉ
SERANG

Si l'on réfléchit aux circonstances dans lesquelles cela se passa, c'était la seule chose qu'il pût faire. Mais Pambé Serang a été pendu par le cou jusqu'à ce que mort s'ensuive, et Nurkeed est mort, lui aussi.

Il y a trois ans, alors que le steamer *Saarbruck*, de la ligne Elsass-Lothringen, faisait du charbon à Aden, et que le temps était à vrai dire fort chaud, Nurkeed, le grand et gros chauffeur de Zanzibar, qui entretenait le second foyer de droite, à trente pieds de profondeur dans la cale, obtint la permission d'aller à terre. Il partit « Seedee-boy », comme on appelle les chauffeurs; il revint Sultan de Zanzibar dans toute sa gloire — Sa Hautesse Sayyid Burgash, une bouteille en chaque main. Puis il s'assit sur le caillebotis du panneau d'écoutille d'avant, mangeant du poisson salé et des oignons, et chantant les chansons d'un pays lointain. Les aliments appartenaient à Pambé, le

16

serang ou chef des marins lascars. Ce dernier venait de les faire cuire à sa propre intention, s'était éloigné un instant pour emprunter du sel, et, lorsqu'il revint, les doigts noirs et sales de Nurkeed bêchaient à même le riz.

C'est un personnage d'importance qu'un serang, bien au-dessus d'un chauffeur, quoique le chauffeur touche un plus haut salaire. C'est lui qui le premier donne le signal du chœur « Hya! Hulla! Hee-ah! Heh! » lorsqu'on hisse la baleinière du capitaine aux daviers; c'est également lui qui lance la sonde; et quelquefois, lorsqu'il n'y a pas grand' chose à faire à bord, il lui arrive de mettre sa mousseline la plus blanche ainsi qu'une ceinture rouge, et de jouer avec les enfants des passagers sur le gaillard d'arrière. Alors, les passagers lui donnent de l'argent, qu'il économise jusqu'au dernier penny en vue de quelque orgie à Bombay ou Calcutta, sinon Poulou Penang.

— Oh! espèce de grand baril de cirage, tu manges mon déjeuner! dit Pambé, dans cette autre langue franque qui commence où s'arrête la langue levantine, se parle de Port Saïd en allant vers l'est, jusqu'au point où l'est devient l'ouest, et sert aux commérages des bricks de chasse au phoque des îles Kouriles avec les jonques égarées de Hakodaté.

— Fils d'Eblis, gueule de singe, foie de requin

sec, cochon, je suis le Sultan Sayyid Burgash, et je commande à tout ce bateau. Enlève ta tripaille.

Et Nurkeed poussa dans la main de Pambé le plat d'étain, vide de son riz.

Pambé, le saisissant à deux mains, le moula en forme de cuvette sur la tête laineue de Nurkeed. Ce dernier tira son couteau de matelot, et en frappa Pambé à la jambe. Pambé tira son couteau de matelot, à lui ; mais Nurkeed se laissa glisser dans les ténèbres de la cale et cracha par le caillebotis sur Pambé, lequel était en train de tacher de son sang le passavant immaculé.

Seule, la blanche lune assista au spectacle ; car les officiers étaient en train de veiller à l'approvisionnement de charbon, et les passagers, de se retourner dans leurs cabines sans air.

— Fort bien, dit Pambé. (Et il s'en alla vers l'avant se bander la jambe.) Nous réglerons ce compte-là plus tard.

C'était un Malais né dans l'Inde, marié une première fois à Burma, où sa femme tenait un débit de cigares sur la route Shwe-Dagon ; une autre fois à Singapour, à une Chinoise ; et une autre fois encore à Madras, à une Mahométane, marchande de volailles. Le marin anglais ne peut guère, à cause des facilités postales et télégraphiques, se marier prodigalement ainsi qu'il faisait jadis ; mais les marins indigènes, que n'inquiètent pas ces

inventions barbares du sauvage occidental, le
peuvent aisément. Pambé se montrait un bon mari
lorsqu'il lui arrivait de se rappeler l'existence d'une
de ses épouses; mais il se montrait aussi un fort
bon Malais; et il n'est guère prudent d'offenser un
Malais, attendu qu'il n'oublie quoi que ce soit. En
outre, dans le cas de Pambé, il y avait eu sang
versé et nourriture gâchée.

Le lendemain matin, Nurkeed se leva sans le
moindre souvenir de ce qui avait eu lieu. Ce n'était
plus le Sultan de Zanzibar, mais un chauffeur
ayant très chaud. C'est pourquoi il alla sur le pont
ouvrir sa veste à la brise matinale, jusqu'au moment où un couteau de matelot s'en vint, tel un
poisson volant, s'endiguer dans la boiserie de la
cuisine, à deux centimètres de son aisselle droite.
Il se précipita en bas avant l'heure, tâchant de se
rappeler ce qu'il avait bien pu dire au propriétaire
de l'arme. A midi, lorsque tous les lascars du navire
étaient à manger, Nurkeed s'avança au milieu d'eux,
et, en sa qualité d'homme placide tenant à sa peau,
ouvrit des négociations en ces termes:

— Hommes de ce navire, hier au soir, j'étais ivre,
et, ce matin, je sais que je me suis conduit d'une
façon inconvenante vis-à-vis de quelqu'un d'entre
vous. Qui était-ce, que je puisse lui dire en face
que j'étais ivre?

Pambé mesura la distance qui le séparait de la

poitrine nue de Nurkeed. Se fût-il élancé sur lui,
qu'il eût pu se trouver renversé d'un croc en
jambe ; il n'est, en outre, point rare que le coup
qu'on porte à la poitrine sans regarder se traduit
par une simple entaille au bréchet. Les côtes sont
difficiles à atteindre, à moins que le sujet ne dorme.
Aussi Pambé ne dit-il mot ; en quoi les autres lascars l'imitèrent. Leurs physionomies, en une seconde, perdirent toute expression, comme il arrive
à l'Oriental lorsqu'il y a du meurtre dans l'air ou
quelque perspective d'ennui. Nurkeed regarda longuement ces prunelles blanches. Ce n'était qu'un
Africain, et il ne savait pas lire les caractères. Un
gros soupir — presque un gémissement — et il
retourna aux fourneaux. Les lascars reprirent la
conversation où ils l'avaient interrompue. Ils s'entretenaient de la meilleure façon de cuire le riz.

Nurkeed souffrit quelque peu du manque d'air
frais durant la traversée de Bombay. Il ne vint
respirer sur le pont que lorsque tout le monde s'y
promenait ; et même alors, il arriva qu'une grosse
poulie tomba d'un mât de charge à un pied de sa
tête, et qu'un caillebotis, qu'on eût dit fortement
attaché et sur lequel il posa le pied, fit mine de
basculer avec l'intention de le précipiter sur le
chargement arrimé à quinze pieds au-dessous ; et,
par une nuit insupportable, il advint que le couteau
de matelot tomba du gaillard d'avant, et, cette

fois-ci, fit couler le sang. Sur quoi Nurkeed porta
plainte ; et, lorsque le *Saarbruck* atteignit Bombay,
il s'enfuit pour s'ensevelir au milieu d'une population de huit cent mille âmes, et ne signa plus
d'articles que le navire ne fût à un mois du port.
Pambé attendit, lui aussi ; mais sa femme de Bombay se fit criarde, et il fut obligé de s'enrôler sur
le *Spicheren* à destination de Hong-kong, se rendant compte que les alouettes ne vous tombent pas
toutes rôties dans le bec. Dans les mers embrumées
de la Chine il ne laissa pas de penser beaucoup
à Nurkeed ; et, lorsque des steamers de la ligne
Elsass-Lothringen se trouvèrent amarrés au port
avec le *Spicheren*, il s'enquit de lui et apprit qu'il
était allé en Angleterre *via* Le Cap, sur le *Grave-
lotte*. Pambé s'en vint en Angleterre sur le *Worth*.
Le *Spicheren* rencontra ce dernier près du phare
de la Nore. Nurkeed s'en allait avec le *Spicheren*
sur la côte de Calicut.

— Vous voulez retrouver un ami, eh, mon brave
à la gueule d'écoutille à charbon ? demanda un
monsieur de la marine marchande. Rien de plus
facile. Vous n'avez qu'à attendre aux docks du
Nyanza qu'il arrive ? Tout le monde arrive, aux
docks du Nyanza. Attendez, pauvre païen.

Le monsieur disait vrai. Il est de par le monde
trois grandes portes où, si vous avez la patience
d'attendre, vous rencontrerez qui vous voulez.

L'entrée du Canal de Suez en est une, mais y arrive
aussi la Mort ; la gare de Charing Cross est la
seconde — lorsqu'il s'agit de l'intérieur ; et les
docks du Nyanza sont la troisième. En chacun de
ces endroits vous verrez des hommes et des femmes
le regard éternellement en quête de ceux qui sûrement arriveront. De sorte que Pambé attendit aux
docks. Le temps n'était rien à ses yeux ; et ses
femmes pouvaient, elles aussi, attendre, comme il
fit de jour en jour, de semaine en semaine, de
mois en mois, près des cheminées à Carreau Bleu,
de celles à Point Rouge, de celles à Barre Jaune,
et de la bohême de la mer, sans nom et sans entretien, que l'on chargeait et déchargeait, qui se cou-
doyait, sifflait et mugissait dans l'éternelle brume.
Quant l'argent vint à manquer, un touchant philanthrope conseilla à Pambé de se faire chrétien ; et
Pambé se fit chrétien en toute hâte, attrapant son
instruction religieuse entre deux arrivées de navire,
et six ou sept shillings la semaine pour distribuer
de petits traités aux marins. En quoi consistait cette
religion, Pambé n'en avait cure ; mais il savait
qu'en disant « ki-li-ti, en indigène, moussu » à des
gens en longues redingotes noires, il pouvait se
faire quelques sous ; et les traités étaient de vente
facile dans un petit débit où l'on pouvait se procurer du « gros cul » « à la pipée », qui est d'un poids
encore moindre qu'au « demi-cornet », qui lui-même

pèse moins d'une demi-once, et constitue un fort profitable commerce de détail.

Mais, au bout de huit mois, Pambé tomba malade d'une pneumonie, contractée à force de rester là sans bouger, les pieds dans la boue; et, furieux contre le sort, il dut, bien malgré lui, rester couché dans sa chambre à deux shillings six pence.

Le touchant philanthrope s'assit à son chevet, et fut fort marri de découvrir que Pambé bavardait en jargons étrangers, au lieu d'écouter les bons livres, et semblait presque retombé dans les ténèbres du paganisme — jusqu'au jour où le malade fut réveillé de sa quasi-stupeur par une voix dans la rue, près de l'entrée des docks.

— Lui.., mon ami..., murmura Pambé. Appelez-le, appelez Nurkeed. Vite! C'est Dieu qui l'envoie!

— Il lui fallait quelqu'un de sa race, dit le touchant philanthrope. Et, sortant de la maison, il appela « Nurkeed! » à tue-tête. Un homme de couleur je ne vous dis que cela, en chemise blanche craquante et en complet tout battant neuf, chapeau luisant et rutilante épingle de cravate, fit demi-tour. Maints voyages avaient appris à Nurkeed le secret de savoir dépenser son argent, et fait de lui un parfait cosmopolite.

— Hi! Yes! fit-il, lorsque la situation lui fut exposée. Commandé lui — sacré nègre — quand moi être sur le *Saarbruck*. Vieux Pambé, bon vieux Pambé ! Sacré lascar ! Vous montrer moi le chemin, moussu.

Et il suivit son guide dans la chambre. D'un coup d'œil le chauffeur se rendit compte de ce qui avait échappé au touchant philanthrope. Pambé manquait de tout. Nurkeed fourra ses mains tout au fond de ses poches bourrées, puis s'avança, les paumes fermées, vers le malade, en criant :

— Hya, Pambé ! Hya ! Hee-ah ! Hulla ! Heh ! Takilo ! Takilo ! Serre le câble arrière, Pambé. Tu sais, Pambé. Tu me reconnais. Dekho, jee ! Regarde ! Sacré gros feignant de lascar !

Pambé fit signe de la main gauche. La droite était restée sous l'oreiller. Nurkeed enleva son magnifique chapeau et se pencha sur Pambé jusqu'à ce qu'il pût percevoir un faible murmure.

— Admirable ! fit le touchant philanthrope. Ces Orientaux savent aimer comme des enfants !

— Dégoise-moi cela, dit Nurkeed, en se baissant encore plus près au-dessus de Pambé.

— Le poisson et les oignons..., fit Pambé.

Et il lui enfonça droit et de bas en haut le couteau en plein dans les côtes.

On entendit une grosse toux épaisse, et le corps de l'Africain glissa lentement du lit, tandis que ses mains, desserrées pour se rattraper, laissaient tomber une pluie de pièces de monnaie qui roulèrent à travers la chambre.

16.

— Maintenant, je peux mourir ! dit Pambé.

Mais il ne mourut pas. Il fut rendu à la vie grâce à tout le talent que peut acheter l'argent, attendu que la loi le réclamait ; et il finit par redevenir suffisamment bien portant pour se voir pendu en bonne et due forme.

Pambé n'y attacha nulle particulière importance ; mais ce fut un sale coup pour le touchant philanthrope.

EUX

EUX

Un point de vue m'appela à un autre; un sommet
à son voisin, à travers la moitié du comté. Et
comme pour toute réponse je n'avais qu'à brusquer
de l'avant un levier, je laissai le comté fluer sous
mes roues. Les plateaux de l'Est semés d'orchidées
firent place au thym, au houx et à l'herbe grise
des dunes; ceux-ci, au riche pays de blé et aux
figuiers de la côte plus basse, où vous promenez le
battement du flot à votre main gauche durant
quinze milles de surface unie; et lorsque enfin je
tournai dans l'intérieur, au travers d'un enchevêtrement de collines arrondies et de bois, il arriva
que je m'étais jeté complètement hors de mes
bornes connues. Au delà de ce hameau particulier
qui a servi de parrain à la capitale des Etats-Unis,
je trouvai des villages cachés où les abeilles, les
seules choses éveillées, bourdonnaient dans des
tilleuls de quatre-vingts pieds, lesquels surplom-
baient de grises églises normandes; de miraculeux
ruisseaux qui s'enfonçaient sous des ponts de pierre

bâtis pour un trafic plus lourd qu'ils en rever-
raient jamais les accabler encore; des granges à
dîmes, plus vastes que leurs églises, et une vieille
forge qui clamait sa qualité passée de salle des Che-
valiers du Temple. Je trouvai des bohémiens sur
un terrain communal où l'ajonc, la fougère et la
lande soutenaient ensemble la lutte durant un mille
de voie romaine; et un peu plus loin je dérangeai
un renard au poil ardent, qui se roulait, à la façon
d'un chien, au grand soleil.

Comme les collines boisées se refermaient autour
de moi, je me mis debout dans l'automobile pour
me rendre compte de l'orientation de cette grande
dune dont la tête annelée sert de ligne de démar-
cation sur une étendue de cinquante milles à travers les basses campagnes. Je jugeai que la disposition du pays m'amènerait sur quelque route se
dirigeant vers l'ouest et qui conduisît à son pied ;
mais j'avais compté sans le voile des bois qui rendait
tout confus. Un tournant rapide me plongea pour
commencer dans une clairière verte, pleine jusqu'aux
bords de soleil liquide, ensuite dans un sombre en-
tonnoir où les feuilles mortes de l'an passé se mirent
à chuchoter et batailler autour de mes pneumati-
ques. Le vigoureux feutrage de noisetiers qui se
rejoignait là-haut n'avait pas vu la serpe au cours
de deux générations au moins, et la hache n'était
jamais venue empêcher le chêne ni le hêtre rongés

de mousse de s'élever au-dessus d'eux. Ici la route se changea franchement en une percée recouverte d'un tapis de velours brun, sur lequel les bouquets de primevère en profusion prenaient une apparence de jade et quelques jacinthes maladives à tige blanchâtre saluaient d'une même inclination de tête. Profitant des avantages de la pente, je débrayai et glissai sur un tourbillonnement de feuilles, tandis qu'à tout moment je m'attendais à rencontrer un garde; mais je ne fis qu'entendre un geai, au loin, qui s'en prenait au silence sous le demi-jour des arbres.

Le chemin continuait de descendre. J'étais sur le point de reculer et de me mettre à revenir sur mes pas à la seconde vitesse avant d'aller finir dans quelque marais, lorsque j'aperçus du soleil à travers l'enchevêtrement, devant moi, et levai le frein.

Il fallait encore descendre. Au moment où la lumière me frappait en plein visage, mes roues de devant s'engagèrent sur le gazon d'une grande pelouse paisible d'où s'élançaient des cavaliers hauts de dix pieds, lances baissées, des paons monstrueux et des filles d'honneur à tête ronde tirées à quatre épingles — bleus, noirs et luisants — tout en if taillé. Au delà de cette pelouse — que les bois rangés assiégeaient de trois côtés — se dressait une antique maison de pierre lépreuse et rongée par les saisons, pourvue de fenêtres à meneaux et de toits

de tuile rouge-rose. Elle était flanquée de murs
semi-circulaires, rouge-rose, eux aussi, qui fer-
maient la pelouse sur le quatrième côté et au pied
desquels croissait à hauteur d'homme une haie de
buis. Il y avait des pigeons sur le toit à l'entour des
sveltes cheminées de brique, et j'entrevis la lueur
d'un pigeonnier octogone derrière le mur qui
aussitôt me le déroba.

Ici, je m'arrêtai donc — la lance verte d'un cavalier reposait sur ma poitrine, — retenu par l'extrême
beauté de ce joyau en cet enchâssement.

« Si l'on ne me fait pas décamper à titre de vio-
lateur du droit de propriété, ou si ce chevalier ne
me donne pas la chasse, pensai-je, il faut tout au
moins que Shakespeare et la reine Elisabeth sortent
par cette porte de jardin entrebâillée pour m'in-
viter à prendre le thé. »

Un enfant apparut à une fenêtre en l'air, et je
crus voir le petit être agiter une main amie. Mais
c'était pour appeler un camarade, car bientôt se
montra une autre joyeuse tête. Alors, j'entendis
rire parmi les paons en if, et m'étant retourné pour
être sûr (jusqu'alors je n'avais fait que regarder la
maison), je vis derrière une haie l'argent d'une fontaine s'élever sur un fond de soleil. Les pigeons du
toit roucoulèrent au roucoulement de l'eau ; mais
entre les deux notes je perçus le rire étouffé autant que parfaitement heureux d'un enfant absorbé

dans l'accomplissement de quelque léger méfait.

La porte du jardin — de lourd chêne profondément enfoncé dans l'épaisseur du mur — s'ouvrit davantage ; une femme en grand chapeau de jardin posa lentement le pied sur la marche de pierre creusée par le temps, et tout aussi lentement traversa* le gazon. Je préparais quelque excuse, quand elle leva la tête et je m'aperçus qu'elle était aveugle.

— Je vous ai entendu, dit-elle. N'est-ce pas là une automobile ?

— J'ai peur de m'être mépris sur ma route. J'aurais dû tourner un peu au-dessus. Je n'ai jamais rêvé..., commençai-je.

— Mais je suis fort contente. Imaginer la venue d'une automobile dans le jardin ! Ce sera un tel régal !... (Elle se retourna et fit comme si elle regardait autour d'elle.) Vous... vous n'avez vu personne, dites... par hasard ?

— Personne à qui parler, mais les enfants semblaient intéressés de loin.

— Lesquels ?

— Je viens d'en voir deux là-haut à la fenêtre, et je crois avoir entendu un petit bonhomme dans les environs.

— Oh ! que vous êtes heureux ! s'écria-t-elle. (Et son vigage s'éclaira.) Je les entends, cela va sans dire, mais c'est tout. Vous les avez vus et entendus ?

— Oui, répondis-je. Et si je connais quelque chose aux enfants, l'un d'eux est en train do se payer du bon temps près de la fontaine là-bas. Échappé, j'imagine...

— Vous aimez les enfants ?

Je lui donnai une ou deux raisons pour lesquelles je n'avais pas lieu de tout à fait les haïr.

— Naturellement, naturellement, dit-elle. Alors, vous comprenez ? Alors, vous ne trouverez pas ridicule que je vous demande de promener votre automobile à travers les jardins, une ou deux fois... tout doucement ? Je suis sûr qu'ils aimeraient la voir. Ils voient si peu de choses, les pauvres petits ! On essaye de leur rendre la vie agréable, mais... (elle fit un geste des mains dans la direction des bois)... nous sommes tellement hors du monde, ici !

— Ce sera superbe, répliquai-je ; mais je ne peux pas abîmer votre gazon.

Elle tourna le visage à droite.

— Attendez une minute, reprit-elle. Nous sommes à l'entrée sud, n'est-ce pas ? Derrière les paons se trouve un chemin dallé. Nous l'appelons la Cour des Paons. On ne peut le voir d'ici, me dit-on, mais en serrant de près la lisière du bois il n'y a qu'à tourner au premier paon pour atteindre les dalles.

C'était un sacrilège que d'éveiller avec le tapage d'un mécanisme ce devant de maison plongé dans le rêve, mais je fis aller et venir la voiture pour ne pas toucher au gazon, rasai de près la lisière du bois, puis, faisant demi-tour, m'engageai sur le large chemin dallé où reposait le bassin de la fontaine comme un énorme saphir étoilé.

— Puis-je venir aussi? cria-t-elle... Non, merci, ne m'aidez pas. Cela ne fera qu'ajouter à leur plaisir, s'ils me voient.

Elle chercha légèrement sa route jusque devant l'automobile, et un pied sur le marchepied, cria :

— Enfants, oh, enfants ! Regardez ce qui va se passer !

La voix eût tiré de l'enfer des âmes en peine, pour l'élan de tendresse qu'on sentait au fond de sa douceur, et je ne fus pas surpris d'entendre derrière les ifs répondre un cri d'allégresse. Ce devait être l'enfant près de la fontaine, mais à notre approche il prit la fuite en laissant un petit bateau dans l'eau. J'aperçus la lueur de sa blouse bleue parmi les muets cavaliers.

Pleins de bonnes intentions, nous nous prélassâmes d'un bout à l'autre de l'allée, et sur la prière de l'aveugle recommençâmes. Cette fois-ci, l'enfant avait maîtrisé sa panique, mais se tenait éloigné et dans le doute.

— Le petit gaillard nous surveille, dis-je. Je me demande si une promenade ne serait pas de son goût.

— Ils sont encore très sauvages. Très sauvages. Mais, mon Dieu, que vous êtes heureux, de les voir ! Écoutons.

J'arrêtai sur-le-champ la machine, et le silence humide, lourd de la senteur du buis, nous enveloppa comme d'un épais manteau. J'entendais un bruit de ciseaux — sans doute quelque jardinier occupé à tondre, — un bourdonnement d'abeilles, et des voix entrecoupées qui pouvaient être le fait des pigeons.

— Oh, les méchants ! fit-elle d'un air las.

— Peut-être est-ce l'automobile qui les rend sauvages. La petite fille à la fenêtre paraît prodigieusement intéressée.

— Oui ? (Elle leva la tête.) J'avais tort de dire cela. Ils professent une véritable adoration pour moi. C'est la seule chose qui donne encore à la vie quelque prix… lorsqu'ils vous adorent, n'est-ce pas ? Je n'ose penser à ce que serait le lieu sans eux… En passant, dites-moi, est-ce beau ?

— Je crois que c'est le lieu le plus beau que j'aie jamais vu.

— C'est ce que tout le monde me dit. Je le sens, naturellement ; mais ce n'est pas tout à fait la même chose.

— Est-ce donc que vous n'avez jamais… ? commençai-je.

Mais je m'arrêtai, confus.

— Non, pas à mon souvenir. C'est arrivé alors
que je n'étais âgée que de quelques mois, me dit-
on. Et cependant je dois me rappeler quelque chose;
autrement, pourrais-je rêver de couleurs? Je vois
de la lumière dans mes rêves, et des couleurs; mais
eux, jamais je ne les vois. Je les entends seulement,
tout juste comme je fais lorsque je suis éveillée.

— C'est difficile, de voir les visages dans les rêves.
Certaines gens le peuvent, mais, en général, nous
n'avons pas ce don, poursuivis-je en regardant
là-haut la fenêtre, où l'enfant se tenait pour ainsi
dire cachée.

— Moi aussi j'ai entendu dire cela, repartit-elle.
Et on me raconte que jamais on ne voit en rêve le
visage d'une personne morte. Est-ce vrai?

— Je crois que oui... maintenant que j'y pense.

— Mais comment est-ce avec vous... vous en
personne?

Les yeux aveugles se tournèrent vers moi.

— Je n'ai jamais vu le visage de mes morts en
aucun de mes rêves, répondis-je.

— Alors, ce doit être aussi triste que d'être
aveugle.

Le soleil s'était enfoncé derrière les bois, et les
longues ombres prenaient possession des insolents
cavaliers, un à un. Je vis la lumière mourir à la
pointe d'une lance aux feuilles luisantes et tous les
vaillants et rudes verts tourner au noir velouté.

La maison, acceptant la fin d'un jour encore, comme elle en avait accepté cent mille autres passés, semblait se tasser un peu plus dans son repos parmi les noirs fantômes.

— Est-ce que cela vous a quelquefois manqué? demanda-t-elle après l'instant de silence.

— Quelquefois beaucoup, répliquai-je.

L'enfant avait quitté la fenêtre comme dessus se refermaient les ombres.

— Ah! Moi, de même; mais je ne suppose pas que ce soit permis... Où demeurez-vous?

— A l'autre bout du comté, — à soixante milles et plus, et je devrais être déjà parti. Je suis venu sans mon phare.

— Mais il ne fait pas encore noir; je le sens.

— J'ai peur qu'il ne le fasse d'ici à ce que je sois rentré. Pourriez-vous me prêter quelqu'un pour me mettre un peu sur mon chemin? Je suis complètement perdu.

— Je vais envoyer Madden avec vous jusqu'au carrefour. Nous sommes si loin de tout, je ne m'étonne pas que vous vous soyez perdu! Je vais vous guider pour faire le tour jusque sur le devant de la maison. Mais vous irez doucement, n'est-ce pas, jusqu'à ce que vous soyez hors de la propriété? Ce n'est pas enfantin de ma part, dites-moi?

— Je vous promets d'aller comme ceci, répliquai-je.

Et je laissai la voiture partir d'elle-même pour descendre le chemin dallé.

Nous longeâmes l'aile gauche de la maison, dont les gouttières de plomb artistement fondu valaient à elles seules tout un jour de voyage; nous passâmes sous une grande entrée recouverte de roses, percée dans le mur rouge, et fîmes ainsi le tour jusqu'à la haute façade de la maison, laquelle, en beauté et majesté, l'emportait autant sur le derrière que celui-ci sur tous ceux que j'avais vus.

— Est-ce beau à ce point? demanda-t-elle d'un air pensif lorsqu'elle entendit mes transports. Et vous aimez aussi les figures de plomb ? Il y a, par derrière, le vieux jardin d'azalées. On prétend que ce lieu doit avoir été créé pour des enfants... Voulez-vous m'aider à descendre, s'il vous plaît? J'aurais aimé venir avec vous jusqu'au carrefour, mais il ne faut pas que je les quitte... Est-ce vous, Madden ? Je désire que vous montriez à ce monsieur le chemin jusqu'au carrefour. Il s'est perdu, mais... il les a vus.

Un majordome apparut sans bruit au miracle de vieux chêne qu'il faut appeler la porte principale, et s'esquiva pour aller mettre son chapeau. Elle resta là, à me regarder de ses yeux bleus tout grands ouverts qui ne voyaient pas, et je m'aperçus pour la première fois qu'elle était belle.

— Rappelez-vous, dit-elle tranquillement, que si vous avez de l'amitié pour eux, vous reviendrez.

Et elle disparut dans la maison.

Le majordome, une fois dans la voiture, ne dit rien jusqu'à ce que nous fussions presque à la loge du concierge, où, saisissant la lueur d'une blouse bleue dans une plantation d'arbustes, je fis un large écart, de peur que le démon qui dirige les petits garçons en leurs jeux ne me fît commettre un infanticide.

— Faites excuse, demanda-t-il soudain, mais pourquoi Monsieur a-t-il fait cela ?

— L'enfant, là-bas.

— Notre jeune monsieur en bleu !

— Sans doute.

— Il court un peu de tous côtés. Monsieur l'a-t-il vu auprès de la fontaine ?

— Oh, oui, plusieurs fois... Tournons-nous ici ?

— Oui, Monsieur. Et Monsieur ne les aurait-il pas vus aussi en haut ?

— A la fenêtre ? Oui.

— Était-ce avant que la maîtresse sorte pour parler à Monsieur ?

— Un peu avant. Pourquoi voulez-vous savoir ?

Il fit une courte pause.

— Seulement pour être sûr que... qu'ils ont vu l'automobile, Monsieur, parce qu'avec des enfants qui courent de droite et de gauche, bien que je sois

sûr que Monsieur conduise avec un soin tout particulier, un accident est bien vite arrivé. C'était
tout, Monsieur. Voici le carrefour. Monsieur ne
peut pas se tromper de chemin à partir de maintenant... Merci, Monsieur, mais ce n'est pas notre
coutume, à nous autres, pas avec...

— Je vous demande pardon, fis-je.

Et je rentrai l'argent britannique.

— Oh, avec les autres, cela se fait, en règle générale... Au revoir, Monsieur.

Il se retira dans la tour blindée de sa caste et
s'éloigna. Sans doute quelque majordome jaloux
de l'honneur de sa maison, et qui s'intéressait,
probablement, grâce à quelque servante, au quartier des enfants.

Après avoir passé les poteaux indicateurs du
carrefour, je regardai en arrière, mais les collines
en leurs replis s'entremêlaient avec un soin tel que
je ne pus voir où s'était trouvée située la maison.
Lorsque j'en demandai le nom dans un cottage au
bord de la route, la grosse femme qui vendait là
des bonbons me donna à entendre que les gens à
automobile n'avaient que peu de droit à exister,
— beaucoup moins à « s'en aller de côté et d'autre
causer comme les gens à équipage ». Ils ne formaient point une communauté dont l'abord fût
agréable.

En recherchant ma route sur la carte, ce soir-là,

je ne fus guère plus avancé. La Vieille Ferme de
Hawkin semblait être le nom cadastral de l'endroit,
et l'ancien dictionnaire géographique du comté,
généralement si prolixe, n'y faisait point allusion.
La grande maison du pays, c'était Hodnington
Hall, de style du temps des Georges avec embellis-
sements du commencement de Victoria, ainsi que
l'attestait une atroce gravure sur acier. J'allai sou-
mettre ma difficulté à un voisin — un arbre à ra-
cines profondes de ce terroir — lequel me donna
un nom de famille, qui ne disait rien.

Un mois environ plus tard, — j'y retournai, si ce
ne fut mon automobile qui en prit la route de son
propre vouloir. Elle parcourut les plateaux stéri-
les; une fois dans le labyrinthe de sentiers au pied
des collines, en enfila chaque tournant; continua
entre les hautes murailles des bois, impénétrables
en leur pleine feuillaison; émergea au carrefour où
le majordome m'avait quitté, et, un peu plus loin,
dévoila un trouble interne qui me força à la faire
tourner sur un chemin perdu de gazon, lequel
pénétrait dans le silence d'été d'un bois de noisetiers. Autant que me le permirent d'en juger le
soleil et une carte d'état-major de six pouces, ce
devait être la lisière, côté route, de ce bois que, des
hauteurs qui le dominaient, j'avais tout d'abord
exploré. Je fis toute une sérieuse affaire de mes
réparations et une boutique étincelante de mon

attirail *ad hoc*, clefs, pompe, et le reste, que
j'étalai bien en ordre sur une couverture. C'était
un piège à prendre toute la gent enfantine, car,
par une telle journée, raisonnai-je, les enfants devaient ne pas être loin. En reprenant haleine dans
mon travail, j'écoutai ; mais le bois était à ce point
rempli des bruits de l'été (quoique les oiseaux fussent accouplés) que je ne pus tout d'abord les dis-
tinguer du pas de petits pieds circonspects, en train
de se glisser furtivement à travers les feuilles sèches.
Je fis, de manière engageante, sonner ma trompe ;
mais les pieds s'enfuirent, et je me repentis, attendu
que, pour un enfant, tout bruit soudain n'est que
cause de terreur. Je devais être au travail depuis
une demi-heure lorsque j'entendis dans le bois la
voix de la jeune femme aveugle crier : « Enfants,
oh, enfants, où êtes-vous ? » et le silence fut lent
à se refermer sur la perfection de ce cri. Elle s'en
vint vers moi en cherchant un peu à tâtons sa route
entre les troncs d'arbres, et, bien qu'un enfant, eût-
on dit, se cramponnât à sa jupe, le petit être se
rejeta comme un lapin dans l'épaisseur du feuillage
au moment où elle approchait.

— Est-ce vous?... demanda-t-elle. Vous, de l'autre bout du comté ?

— Oui, c'est moi, de l'autre bout du comté.

— Alors, pourquoi n'êtes-vous pas venu à travers les bois d'en haut ? Ils y étaient à l'instant.

— Ils étaient ici, il y a quelques minutes. Je suppose qu'ils savaient mon automobile en panne et qu'ils sont venus constater le dégât.

— Rien de sérieux, j'espère? Comment arrivent les pannes?

— De cinquante façons, mais ma voiture a choisi la cinquante-et-unième.

Elle se mit à rire de tout son cœur à la toute petite plaisanterie, roucoula de façon délicieuse, et repoussa son chapeau en arrière.

— Racontez-moi cela, dit-elle.

— Attendez un moment, m'écriai-je, et je vais vous apporter un coussin.

Elle mit le pied sur la couverture tout encombrée de mes pièces de rechange, et se pencha vivement dessus.

— Quelles charmantes choses! (Les mains, par lesquelles elle voyait, étincelaient dans le soleil éparpillé.) Une boîte ici... une autre boîte! Mais, vous les avez rangées comme une boutique de jouets!

— Je confesse maintenant que j'ai étalé le tout pour les attirer. En réalité, je n'ai pas besoin de la moitié de ces choses.

— Comme c'est gentil à vous! J'ai entendu votre trompe dans le bois là-haut. Vous dites qu'ils étaient ici avant cela?

— J'en suis sûr. Pourquoi se montrent-ils si sauvages? Ce petit bonhomme en bleu qui était avec vous à l'instant devrait avoir dominé sa frayeur. Il m'a guetté comme un Peau-Rouge.

— Ce doit être votre trompe, dit-elle. J'ai entendu l'un d'eux me croiser tout en émoi lorsque je descendais. Ils sont sauvages... si sauvages même avec moi.

Elle tourna la tête par-dessus son épaule et cria de nouveau :

— Enfants ! oh, enfants ! Venez voir !

— Ils doivent s'en être allés tous ensemble à leurs petites affaires.

C'était de ma part une insinuation, car derrière nous on entendait un murmure de voix basses qu'entrecoupaient les éclats de rire soudains et vite étouffés de l'enfance. Je revins à mes tripotages, et elle se pencha en avant, le menton sur la main, écoutant d'un air intéressé.

— Combien sont-ils ? demandai-je enfin.

Le travail était terminé, mais je ne voyais aucun motif pour m'en aller.

Son front se rida légèrement sous l'effort de la pensée.

— Je ne sais pas bien, répondit-elle simplement. Quelquefois plus... quelquefois moins. Ils s'en viennent et restent avec moi parce que je les aime, vous comprenez.

— Ce doit être très amusant, fis-je en replaçant un tiroir.

17.

Et tout en parlant je me rendis compte de l'imbécillité de ma réplique.

— Vous... vous ne vous moquez pas de moi? s'écria-t-elle. Je... je n'en possède aucun. Je n'ai jamais été mariée. Les gens se moquent quelquefois de moi à propos d'eux, parce que...parce que...

— Parce que ces gens-là sont des brutes! répliquai-je. Il n'y a pas de quoi s'en faire de chagrin. Ce monde-là se moque de tout ce qui ne fait pas partie de son épaisse existence.

— Je ne sais pas.Comment saurais-je? Seulement, je n'aime pas qu'on se moque de moi à cause d'*eux*. Cela fait mal, et quand on ne peut pas voir... Je ne veux pas paraître sotte (son menton, tandis qu'elle parlait, trembla comme celui d'un enfant), mais nous autres, aveugles, sommes tout en épiderme, je crois. Toute chose extérieure nous va droit à l'âme. Avec vous, c'est différent : vous avez en vos yeux de si bonnes défenses — de véritables sentinelles — avant que personne puisse réellement vous attrister dans l'âme! Le monde oublie cela avec nous.

Je restai silencieux, à repasser ces inépuisables matières, — m'insurgeant contre la brutalité d'une époque encore de barbarie. Et je descendis ainsi fort loin au fond de moi-même.

— Ne faites pas cela! dit-elle soudain en se mettant les mains devant les yeux.

— Quoi?

Elle fit un geste de la main :

— Cela! C'est... c'est tout pourpre et noir. Non, je vous en prie! C'est une couleur qui fait mal.

— Mais que pouvez-vous bien au monde savoir des couleurs? m'écriai-je, car c'était là vraiment une révélation.

— Les couleurs en tant que couleurs? demanda-t-elle.

— Non, *ces* couleurs que vous venez de voir.

— Vous le savez aussi bien que moi, dit-elle en riant; autrement vous ne m'eussiez pas posé cette question. Elles ne sont nullement dans le monde ; elles sont en *vous*... quand vous êtes devenu si fâché.

— Voulez-vous, dis-je, parler d'une sombre plaque violacée, comme de vin mêlé d'encre ?

— Je n'ai jamais vu d'encre ni de vin, mais les couleurs ne sont nullement mêlées ; elles sont séparées, bien séparées.

— Voulez-vous parler de bigarrures et de déchiquetures noires à travers la couleur pourpre ?

Elle hocha la tête.

— Oui, si elles sont comme ceci (et elle fit encore du doigt un geste en zigzag); mais c'est plutôt rouge que pourpre... cette méchante couleur.

— Et quelles sont les couleurs au sommet de l'... de ce que vous voyez?

Lentement elle se pencha en avant et traça sur la couverture les contours de l'Œuf (1) même.

— Voici comme je les vois, dit-elle, en s'aidant d'une tige d'herbe: blanc, vert, jaune, rouge, pourpre, et, quand les gens sont fâchés ou méchants, du noir à travers le rouge, — comme vous venez d'être.

— Qui vous a parlé de cela... au début? demandai-je.

— Des couleurs? Personne. J'avais l'habitude, quand j'étais petite, de demander ce que c'était que les couleurs — dans les tapis de table, les rideaux, les carpettes, vous comprenez, — parce qu'il y a des couleurs qui me font mal et d'autres qui me rendent heureuse. On me le dit, et lorsque je fus plus grande, ce fut comme cela que je voyais les gens.

De nouveau elle traça les contours de l'Œuf qu'il est à fort peu d'entre nous donné de voir.

— Tout cela de vous-même? répétai-je.

— Tout cela de moi-même. Il n'y avait personne autre. Je découvris seulement plus tard que les autres ne voyaient pas les Couleurs.

Elle s'appuya contre le tronc d'arbre, tressant et détressant des tiges d'herbe cueillies au hasard.

(1) L'auteur parle ici du halo qui entoure l'âme de tout être humain, et n'est visible qu'au regard spirituel de ceux qui suivent une certaine école de psychologie.

Dans le bois, les enfants s'étaient rapprochés. Je pouvais les voir, du coin de l'œil, folâtrer comme des écureuils.

— Maintenant je suis sûre que vous ne vous moquerez jamais de moi, continua-t-elle, après un long silence. Ni d'*eux*.

— Bonté divine! Non! m'écriai-je, rejeté en dehors de mon train de pensée. L'homme qui se moque d'un enfant — à moins que l'enfant ne soit en train de se moquer de lui — n'est qu'un païen!

— Ce n'est pas ce que je voulais dire, bien entendu. Vous n'iriez jamais vous moquer d'un enfant, mais j'ai pensé... j'ai toujours pensé... que peut-être vous pourriez vous moquer d'*eux*. Aussi maintenant vous demandé-je pardon... Qu'est-ce qui vous fait rire?

Je n'avais émis le moindre son, mais elle devinait.

— L'idée que vous me demandez pardon. Si vous eussiez fait votre devoir comme soutien de l'État et propriétaire foncier, vous eussiez dû me citer en justice pour violation de propriété lorsque, l'autre jour, je traversai si lourdement vos bois. Ce fut honteux de ma part..., inexcusable.

Elle me regarda, la tête contre le tronc d'arbre — longuement et attentivement, — cette femme qui voyait l'âme nue.

— Comme c'est curieux! murmura-t-elle à demi. Oui, curieux, oh, combien!

— Pourquoi ? Qu'ai-je fait?

— Vous ne comprenez pas... et cependant vous avez compris à propos des Couleurs. Ne comprerez-vous pas?

Elle parlait avec une passion que rien n'avait justifiée, et je la dévisageai avec effarement, tandis qu'elle se levait. Les enfants s'étaient rassemblés en cercle derrière un buisson de ronces. Une tête luisante s'inclinait sur quelque chose de plus petit, et la position des petites épaules me dit que les doigts étaient sur les lèvres. Eux aussi détenaient quelque redoutable secret d'enfant. Moi seul me trouvais là égaré sans ressource au grand soleil.

— Non, dis-je, et je secouai la tête comme si les yeux morts pouvaient voir. Quoi que ce puisse être, je ne comprends toutefois pas. Peut-être plus tard — si vous me laissez revenir.

— Vous reviendrez, répondit-elle. Vous reviendrez sûrement *vous promener dans le bois.*

— Peut-être les enfants me connaîtront-ils suffisamment alors pour me laisser jouer avec eux... à titre de faveur. Vous savez comment sont les enfants.

— Ce n'est pas une affaire de faveur, c'est un droit, repartit-elle.

Et pendant que je me demandais ce qu'elle voulait dire, une femme en désordre fit irruption au tournant de la route, les cheveux défaits, le visage rouge, et qui, tout en courant, mugissait presque de douleur. C'était ma rude et grosse amie de la boutique de bonbons. L'aveugle entendit et fit quelques pas en avant.

— Qu'est-ce que c'est, Mistress Madehurst? demanda-t-elle.

La femme jeta son tablier par-dessus sa tête et se traîna littéralement dans la poussière en criant que son petit-fils était malade à mourir, que le médecin de l'endroit était parti à la pêche, que Jenny, la mère, ne savait plus à quel saint se vouer, etc., etc., avec répétition de mots et de mugissements.

— Où habite l'autre médecin le plus proche? demandai-je entre deux accès.

— Madden vous le dira. Allez à la maison et prenez-le avec vous. Je vais m'occuper de celle-ci. Faites vite!

Elle porta presque la grosse femme à l'ombre. En deux minutes je faisais retentir toutes les trompettes de Jéricho sur le devant de la Maison de Beauté, et Madden, qui se trouvait dans l'office, se mettait à la hauteur des événements comme un majordome... et un homme.

Un quart d'heure de vitesses illégales nous valut un médecin à cinq milles de là. La demi-heure n'était pas écoulée que nous l'avions déposé, plein d'intérêt pour les automobiles, à la porte de la boutique de bonbons, et que nous reculions sur la route afin d'attendre le verdict.

— C'est utile, les automobiles! dit Madden, tout entier homme et non plus majordome. Si j'en avais eu une lorsque ma petite tomba malade, elle ne serait pas morte.

— Qu'est-ce que c'était? demandai-je.

— Le croup. Mrs. Madden était absente. On ne savait que devenir. Je fis huit milles en charrette pour aller chercher le médecin. Elle était étouffée quand nous revînmes. Cette automobile l'eût sauvée... Elle aurait près de dix ans, maintenant...

— J'en suis peiné, dis-je. Il me semblait que vous aimiez assez les enfants, d'après ce que vous m'avez dit en allant au carrefour, l'autre jour.

— Monsieur les a-t-il revus... ce matin?

— Oui, mais les voilà blasés sur les automobiles. Je n'ai pas pu en attirer un seul à vingt mètres de la voiture.

Il me regarda attentivement, comme un éclaireur regarde un étranger, — non point comme un valet doit lever les yeux sur son supérieur de droit divin.

Je me demande pourquoi..., dit-il d'une voix à peine supérieure au souffle qu'il exhala.

Nous continuâmes d'attendre. Un vent de mer léger errait du haut en bas des longues lignes des bois, et les herbes du bord de la route, que l'été avait déjà blanchies de poussière, se dressaient et saluaient en vagues blafardes.

Une femme, tout en s'essuyant l'eau de savon sur les bras, sortit de la chaumière voisine de la boutique de bonbons.

— J'ai écouté dans la cour par derrière, dit-elle allègrement. Il dit qu'Arthur est inconcevablement mal. Est-ce que vous l'avez entendu crier à l'instant? Inconcevablement mal! Je conclus que ce sera au tour de Jenny de *se promener dans le bois* la semaine qui vient, Mister Madden.

— Faites excuse, Monsieur; mais la couverture de Monsieur glisse, dit Madden avec déférence.

La femme fit un mouvement, esquissa une révérence et se hâta de disparaître.

— Que veut-elle dire par « se promener dans le bois »? demandai-je.

— Ce doit être quelque expression de par ici. Quant à moi, je suis de Norfolk, répondit Madden. Dans ce comté-ci, c'est toute une collection d'indépendants. Elle avait pris Monsieur pour un chauffeur.

Je vis le médecin sortir du cottage, suivi d'une fille sordide qui se cramponnait à son bras comme si l'homme de science pouvait traiter pour elle avec la Mort.

— Ces petiots-là..., gémit-elle, ils sont tout autant pour nous qui les possédons, que s'ils étaient nés

18

légitimes. Tout autant… tout autant ! Et Dieu serait
tout aussi content que vous en sauviez un, Monsieur le docteur. Ne me l'enlevez pas. Miss Florence vous le dira bien aussi. Ne l'abandonnez
pas, Monsieur le docteur.

— Je sais, je sais, dit le personnage, mais il va
être tranquille maintenant. Nous allons nous procurer la garde et les médicaments aussi promptement que possible.

Il me fit signe d'avancer avec la voiture, et je
m'efforçai de rester étranger à ce qui suivit ; mais
j'aperçus le visage de la fille, marbré et congelé
de douleur, et je sentis la main sans anneau m'empoigner aux genoux lorsque nous nous éloignâ-
mes.

Le médecin était un homme de quelque humour,
car je me rappelle qu'il éleva au nom d'Esculape
des prétentions sur ma voiture, et en usa ainsi
que de moi sans merci. Nous commençâmes par
transporter Mrs. Madehurst et l'aveugle au chevet
du malade pour le veiller jusqu'à l'arrivée de la
garde. Puis nous fîmes invasion dans une petite
ville proprette du comté au sujet des prescrip-
tions (le médecin déclara que le mal consistait en
une méningite cérébro-spinale), et lorsque l'hôpital
du comté, que bordait et flanquait tout un bétail de
marché frappé d'épouvante, se fut déclaré dépourvu

d'infirmières pour le moment, nous nous élançâmes
littéralement sans frein sur le comté lui-même. Nous
entrâmes en conférences avec les propriétaires de
grandes demeures, — magnats installés au fond
d'avenues voûtées, dont la gent féminine solidement charpentée quittait à grands pas les tables de
thé pour venir écouter l'impérieux docteur. Enfin,
une dame aux cheveux blancs assise sous un cèdre
du Liban et entourée d'une cour de magnifiques
borzoïs — tous hostiles aux automobiles — donna
au médecin, qui les reçut comme des mains d'une
princesse, des ordres écrits que nous portâmes à
travers un parc, durant nombre de milles au sum-
mum de la vitesse, à un couvent français où nous
prîmes en échange une sœur au visage pâle et toute
tremblante. Elle s'agenouilla au fond du tonneau,
où elle se mit à dire son chapelet sans arrêt jusqu'à ce que, par des raccourcis de l'invention du
docteur, nous l'eussions déposée à la fameuse boutique de bonbons. Ce fut un long après-midi, sur-
chargé de fous épisodes, qui prenaient corps et se
dissolvaient aussi aisément que la poussière de nos
roues; des profils d'existences lointaines et incom-
préhensibles, à travers lesquels nous courions à
angles droits, — et je rentrai chez moi au crépuscule, harassé, pour rêver de cornes de bétail en
conflit, de religieuses aux yeux ronds en train de
se promener dans un jardin de tombes, d'aimables

goûters à l'ombre des arbres; des corridors sentant
l'acide phénique et peints en gris de l'hôpital du
comté; de pas d'enfants farouches dans le bois, et
des mains qui m'empoignèrent aux genoux comme
l'automobile se remettait en marche...

.   .   .   .

J'avais conçu le projet de revenir au bout d'un
jour ou deux; mais il plut au destin de me tenir
éloigné de cette partie du comté, sous maints pré-
textes, jusqu'à ce que le sureau et l'églantine eussent poussé des fruits. Il vint un jour, enfin, un
jour éclatant, bien balayé du sud-ouest, qui mit
les collines à portée de la main, — un jour d'ins-
tables zéphirs et de hauts nuages membraneux.
Grâce à je ne sais quel hasard étranger à mes mé-
rites, j'étais libre, et je mis pour la troisième fois
l'automobile sur la route bien connue. Comme
j'atteignais la crête des plateaux, je sentis l'air paisible changer, le vis s'embrumer sous le soleil, et,
abaissant le regard sur la mer, assistai, en cet instant, à la métamorphose du bleu de la Manche en
argent poli, et de l'acier bruni en sombre étain. Un
charbonnier chargé, qui rasait la côte, gouverna
au large, en quête d'eau plus profonde, et, à travers une brume cuivrée, je vis des voiles se hisser
une à une sur la flottille de pêche à l'ancre. Dans
une profonde dépression de la falaise, derrière moi,
un tourbillon de vent soudain battit le tambour à

travers les chênes abrités, et fit tournoyer en l'air le premier échantillon sec de feuilles d'automne. Lorsque j'atteignis la route de la plage, la brume de mer fumait au-dessus des briqueteries, et la marée racontait à tous les môles l'ouragan qui se déchaînait au delà d'Ushant. En moins d'une heure, l'été anglais s'évanouit pour faire place au gris de frisson. Nous étions redevenus l'île fermée du Nord, tous les navires du monde beuglaient à nos périlleuses barrières, et entre leurs clameurs passait le pipement des mouettes effarées. Ma casquette dégouttait d'humidité, les plis de la couverture la retenaient en mares ou l'envoyaient au loin couler en ruisselets, et le givre du sel me collait aux lèvres.

A l'intérieur des terres, la senteur de l'automne chargeait le brouillard plus épais parmi les arbres, et le goutte à goutte devint une pluie continue. Toutefois, les fleurs tardives — mauve du talus, scabieuse du champ et dahlia du jardin — tenaient tête à la bruine, et à l'abri du souffle de la mer la feuille présentait peu de signes de dépérissement. Toutefois, dans les villages, les portes des maisons étaient grandes ouvertes, et des enfants, jambes nues, tête nue, s'asseyaient à l'aise sur les seuils humides pour crier « hou — hou » à l'étranger.

Je pris la liberté de m'arrêter à la boutique de bonbons, où Mrs. Madehurst me reçut avec les pleurs hospitaliers d'une grosse femme. L'enfant de Jenny, dit-elle, était mort deux jours après l'arrivée de la Sœur. C'était, lui semblait-il, le mieux qui pût arriver, même étant donné que l'assurance, pour des raisons qu'elle n'avait pas la prétention de discuter, n'assurât pas volontiers ces petites épaves-là (1). « Non pas que Jenny n'eût pris autant de soin d'Arthur que s'il fût venu fort convenablement au bout de la première année... comme Jenny elle-même. » Grâce à Miss Florence, l'enfant avait été enterré avec une pompe qui, au jugement de Mrs. Madehurst, faisait plus que couvrir la petite irrégularité de sa naissance. Elle décrivit le cercueil, en dedans et en dehors, le corbillard tout en glaces et le feuillage garnissant intérieurement la tombe.

— Mais comment va la mère? demandai-je.

— Jenny? Oh! elle en prendra le dessus. J'ai passé par là avec un ou deux des miens. Elle prendra le dessus. Pour le moment, *elle se promène dans le bois.*

— Par ce temps?

Mrs. Madehurst rapprocha les paupières pour me regarder par-dessus le comptoir.

— Je ne sais si cela ne vous ouvre pas pour ainsi dire le cœur. Oui, cela vous ouvre le cœur. C'est là

---

(1) En Angleterre, on a fini par ne plus autoriser l'assurance sur la vie des enfants à cause des infanticides auxquels elle donnait lieu.

où perdre et porter reviennent au même en fin de
compte, comme nous disons.

Or, la sagesse des vieilles femmes est plus grande
que celle de tous les Pères de l'Eglise, et ce dernier oracle me plongea dans un tel monde de pen-
sées tandis que je montais la route, que j'en écrasa
presque une mère et son enfant au coin boisé près
de la loge de concierge de la Maison de Beauté.

— Un affreux temps ! m'écriai-je en ralentissant
pour prendre le tournant, au point de presque
m'arrêter.

— Pas si mauvais, répondit-elle tranquillement
du fond du brouillard. Le mien y est habitué. Vous
trouverez les vôtres à la maison, j'imagine.

Dès que je fus entré, Madden me reçut avec une
politesse toute professionnelle et d'aimables questions sur la santé de l'automobile, laquelle il allait
mettre à couvert.

J'attendis dans un hall silencieux, de couleur
brun doré, charmant de fleurs tardives et chauffé
par un délicieux feu de bois, — lieu de bonne influence et de paix grande. (Hommes et femmes peuvent parfois, après un grand effort, venir à bout
d'un mensonge honorable ; mais la maison, qui est
leur temple, ne peut dire que la vérité sur ceux
qui ont vécu dedans.) Une voiture d'enfant et une
poupée gisaient sur le plancher noir et blanc, d'où
un tapis avait été repoussé d'un coup de pied. Je

sentis que les enfants venaient à l'instant de s'enfuir
pour se cacher — fort vraisemblablement — dans
les nombreux tournants du grand escalier dallé qui
s'élevait majestueusement au fond du hall, ou pour
se blottir à l'affût derrière les lions et les roses de
la galerie sculptée là-haut. Alors, j'entendis au-
dessus de moi sa voix, à elle, chanter comme chantent les aveugles, — du fond de l'âme :

> *In the pleasant orchard-closes...*

Et tout mon été d'hier revint à l'appel.

> *In the pleasant orchard-closes*
> *« God bless all our gains », say we;*
> *But « May God bless all our losses »,*
> *Better suits with our degree* (1).

Elle négligea la cinquième malheureuse ligne (2), pour répéter :

> *Better suits with our degree!*

Je la vis se pencher par-dessus la galerie, ses mains jointes blanches comme perle sur le chêne.

— Est-ce vous... de l'autre bout du comté? cria-t-le.

(1) Elizabeth Barrett Browning (*The Lost Bower*). En français :
Dans les plaisants vergers,
« Dieu bénisse tous nos gains », disons-nous...
Mais « Puisse Dieu bénir toutes nos pertes »,
Convient mieux à notre condition.

(2) La cinquième ligne est :
Listen, gentle, — ay, and simple! Listen, children on the knee
En français :
Ecoutez, seigneurs, — oui, et manants! Ecoutez, enfants sur les
genoux !

— Oui, c'est moi... de l'autre bout du comté,
répondis-je en riant.

— Il s'en est écoulé, du temps, avant que vous
ayez eu besoin de revenir ! (Elle descendit en courant l'escalier, d'une main effleurant sa large
rampe.) Il y a deux mois et quatre jours. L'été est
passé !

— Je voulais venir plus tôt, mais le Destin m'en
a empêché.

— Je le savais. Voulez-vous avoir la bonté de
faire quelque chose à ce feu. On ne me laisse pas
jouer avec, et je sens qu'il se comporte mal. Donnez-lui donc une tape !

Je regardai de chaque côté de la profonde cheminée, et ne trouvai qu'un jalon à demi carbonisé, à
l'aide duquel je frappai sur une bûche noircie jusqu'à ce qu'elle flambât.

— Il ne s'éteint jamais, ni jour ni nuit, dit-elle
en manière d'explication. Pour le cas où l'on rentre avec le froid aux pieds, vous comprenez.

— C'est encore plus joli à l'intérieur que ce
n'était dehors, murmurai-je.

La lumière rouge se répandait le long des panneaux sombres, polis par le temps, au point que
les roses et les lions Tudor de la galerie prenaient
couleur et mouvement. Un vieux miroir convexe,
surmonté d'un aigle, recueillait le tableau dans le

18.

mystère de son cœur, déformant à nouveau les ombres déformées et donnant à la galerie la courbe d'un navire. Le jour se clôturait en une sorte de tempête au fur et à mesure que le brouillard se changeait en averse fouettante. Entre les meneaux sans rideaux de la large fenêtre, je pouvais voir les vaillants cavaliers du gazon se cabrer et se remettre d'aplomb à l'encontre du vent qui les brocardait de feuilles mortes par légions.

— Oui, ce doit être beau, dit-elle. Voulez-vous en faire la visite ? Il y a encore assez de jour en haut.

Je gravis sur ses pas l'imperturbable escalier, large à laisser passer un chariot, jusqu'à la galerie où s'ouvraient les portes aux minces cannelures du temps d'Elisabeth.

— Tâtez comme ils mettent le loquet bas, à cause des enfants.

Elle poussa une légère porte.

— En passant, où sont-ils ? demandai-je. Je ne les ai même pas entendus aujourd'hui.

Elle ne répondit pas sur-le-champ. Puis elle finit par dire doucement :

— Je ne peux, moi, que les entendre. C'est une de leurs pièces... tout y est prêt, vous voyez.

Elle désigna l'intérieur d'une pièce aux lourdes boiseries. On y voyait de petites tables à dînette et des chaises d'enfant. Une maison de poupée, le

devant à charnières entr'ouvert, faisait face à un
grand cheval à bascule gris pommelé, de la selle
rembourrée duquel il n'y avait qu'une dégringo-
lade d'enfant jusqu'à la large banquette de fenêtre qui donnait sur la pelouse. Un petit fusil gisait
dans un coin, à côté d'un canon en bois doré.

— Sûrement, ils étaient ici il n'y a qu'un instant,
murmurai-je.

Dans le jour tombant une porte craqua prudem-
ment. J'entendis le froufrou d'une petite robe et
un bruit de pas légers — de pas rapides — traverser une chambre au loin.

— Cela, je l'ai entendu ! s'écria-t-elle triom-
phante. Et vous ?... Enfants, oh ! enfants, où êtes-
vous ?

La voix remplit les murs, qui la retinrent amoureusement jusqu'à la note dernière et parfaite ;
mais nul cri, comme j'en avais entendu dans le
jardin, ne vint en réponse. Nous courûmes de
pièce en pièce, de parquet de chêne en parquet de
chêne, montant ici une marche, là en descendant
trois, dans un dédale de passages, — la constante
risée de notre proie... On eût tout aussi bien pu
essayer de travailler avec un seul furet une garenne -
non bouchée. Innombrables étaient les terriers,
retraites dans les murs, embrasures de profondes
et étroites fenêtres, presque des fentes, maintenant
plongées dans l'ombre d'où ils pouvaient jaillir

derrière nous, et cheminées abandonnées, enfoncées
de six pieds dans la maçonnerie, sans compter
l'embrouillement des portes de communication.
Par-dessus tout, ils avaient, en cette partie de cache-
cache, pour eux le crépuscule. J'avais saisi un ou
deux rires étouffés et joyeux d'évasion, et, une
ou deux fois aperçu la silhouette d'une blouse
d'enfant contre quelque fenêtre en train de s'as-
sombrir à l'extrémité d'un corridor ; mais nous
revînmes à la galerie les mains vides, juste au
moment où une femme entre deux âges plaçait
une lampe en sa niche.

— Non, je ne l'ai pas vue non plus ce soir, Miss
Florence, entendis-je qu'elle disait, mais il y a ce
Turpin qui dit qu'il veut vous voir au sujet de son
étable.

— Oh ! il faut vraiment que Mr. Turpin ait joliment besoin de me voir ! Dites-lui de venir au hall,
Mistress Madden.

Je regardai de haut en bas dans le hall, qui n'a-
vait pour toute lumière que le feu appesanti, et
tout au fond de l'ombre je les aperçus enfin. Ils devaient s'être glissés en bas tandis que nous étions
dans les corridors, et se croyaient maintenant parfaitement à l'abri des regards, derrière un vieil
écran de cuir doré. Suivant la loi de l'enfant, ma
poursuite infructueuse équivalait à une présenta-
tion ; mais, en raison de la peine que j'avais prise,

je résolus de les forcer à se présenter d'eux-mêmes un peu plus tard, et cela, grâce à cette simple ruse que les enfants détestent et qui consiste à faire semblant de ne pas s'inquiéter d'eux. Ils se tenaient cois, en petit tas confus, guère plus que des ombres, sauf lorsqu'une prompte flamme trahissait un contour.

— Et maintenant nous allons prendre le thé, dit-elle. Je crois que j'eusse dû commencer par vous l'offrir, mais on n'est pas toujours au fait des bonnes manières lorsqu'on vit seule et que l'on est regardée... hum!... comme singulière.

Puis, avec un fort joli mépris :

— Voulez-vous une lampe pour voir à manger?

— La lueur du feu est beaucoup plus plaisante, je crois.

Nous descendîmes dans cette délicieuse demi-obscurité, et Madden apporta le thé.

Je plaçai ma chaise dans la direction de l'écran, tout prêt à surprendre ou à être surpris, suivant les hasards du jeu, et, avec sa permission, attendu qu'un foyer toujours est sacré (1), me penchai en avant pour jouer avec le feu.

— Où vous procurez-vous ces beaux et courts petits fagots? demandai-je en l'air. Mais, ce sont des tailles!

(1) En Angleterre, il faut sept ans de fréquentation avant de se permettre de toucher au feu de la cheminée.

— Naturellement, dit-elle. Comme je ne peux ni lire ni écrire, je me trouve ramenée, pour faire mes comptes, aux primitives tailles anglaises. Donnez-m'en une, et je vais vous dire ce qu'elle signifiait.

Je lui passai une taille en bois de coudrier, non brûlée, longue d'un pied environ, et elle glissa son pouce du haut en bas des coches.

— C'est le compte du lait provenant de la ferme du château pour le mois d'avril de l'année dernière, en gallons, dit-elle. Je me demande ce que je serais devenue sans les tailles. C'est un vieux garde fores-tier à moi, qui m'enseigna le système. Il est un peu passé de mode pour tout autre, mais mes tenan-ciers le respectent. L'un d'eux arrive justement pour me voir. Oh! ne vous en préoccupez pas. Il n'a rien à faire ici en dehors des heures assignées. C'est un homme rapace et ignorant... très rapace, sans quoi... il ne viendrait pas ici une fois la nuit tombée.

— Alors, vous avez beaucoup de terre?

— Pas plus de deux cents acres en mains pro-pres, Dieu merci. Les autres six cents acres sont presque toutes louées à des gens qui connaissaient ma famille avant moi; mais ce Turpin est quelqu'un de nouveau... et un voleur de grand chemin.

— Mais êtes-vous sûre que je ne serai pas...?

— Certainement non. Vous en avez le droit. Quant à lui, il n'a pas d'enfants.

— Ah! les enfants! fis-je. (Et je penchai ma chaise bien en arrière, jusqu'à la faire presque toucher le paravent qui les cachait.) Je me demande s'ils vont se montrer pour moi.

On entendit un murmure de voix — celle de Madden et une autre plus profonde — à la porte de côté, sombre et basse; et un géant aux cheveux couleur de gingembre, guêtré de toile de chanvre, du type incontestable des tenanciers, entra gauchement ou fut poussé de l'extérieur.

— Venez auprès du feu, Mister Turpin, dit-elle.

— S'il... s'il vous plaît, miss, je... je serai tout aussi bien auprès de la porte.

Tout en parlant, il se cramponnait au loquet, comme un enfant qui a peur. Soudain je me rendis compte qu'il était aux prises avec quelque frayeur presque insurmontable.

— Eh bien?

— C'était au sujet de cette nouvelle étable pour le jeune bétail, — c'était tout. Ces premiers gros temps d'automne qui commencent... mais je reviendrai, Miss.

Ses dents ne claquaient pas beaucoup plus que le loquet de la porte.

— Ah! non, repartit-elle d'un ton égal. La nouvelle étable... hum. Qu'est-ce que mon homme d'affaires vous a écrit le quinze?

— Je... croyais peut-être qu'en venant vous

voir... d'hom... d'homme à homme, Miss. Mais...

Ses yeux, agrandis par la terreur, roulèrent dans tous les coins de la pièce. Il ouvrit à demi la porte par laquelle il était entré, mais j'observai qu'elle se referma — de l'extérieur, et avec fermeté.

— Il a écrit ce que je lui ai dit, continua-t-elle. Vous êtes déjà encombré. La ferme de Dunnett n'a jamais comporté plus de cinquante bœufs, — même au temps de Mr. Wright. Et il employait le tourteau. Vous en avez soixante-sept et vous n'employez pas le tourteau. Sous ce rapport, vous avez violé le bail. Vous êtes en train de ruiner le fonds de la ferme.

— Je... je dois me procurer quelques engrais — des superphosphates — la semaine prochaine. J'en ai pour ainsi parler déjà commandé tout un wagon. Je descendrai demain à la gare à leur sujet. Alors je peux bien venir vous voir d'homme à homme, Miss, en plein jour... Ce monsieur ne s'en va pas, n'est-ce pas?

Il poussa presque un cri.

Je n'avais fait que glisser la chaise un peu plus en arrière, en m'efforçant de frapper légèrement sur le cuir du paravent; mais il sauta comme un rat.

— Non. S'il vous plaît, écoutez-moi bien, Mister Turpin.

Elle se retourna sur sa chaise et lui fit face, tandis qu'il se tenait adossé à la porte.

Ce fut une vieille et sordide petite tentative de
tricherie qu'elle lui arracha, — une demande de
nouvelle étable à bœufs aux frais de sa propriétaire, afin de pouvoir, avec l'engrais couvert, payer
son fermage de l'année suivante sur l'évaluation
après — elle arriva à s'en convaincre — qu'il
aurait saigné à blanc les herbages enrichis. Je
ne pus qu'admirer la robustesse de son appétit
quand je le vis braver pour lui la terreur, quel
qu'en fût le sujet, qui lui coulait en sueur sur le
front.

J'avais cessé de frapper le cuir derrière moi —
et, à vrai dire, étais en train de calculer le prix
de l'étable, — quand je sentis que ma main déten-
due se trouvait prise et retournée doucement entre
les douces mains d'un enfant. J'avais donc enfin
triomphé. Encore un instant, et je me retournerais
moi-même pour faire la connaissance de ces petits
vagabonds au pied leste...

Le menu baiser de fleur me tomba en plein sur
la paume de la main, — comme le présent sur
lequel, jadis, on s'attendait à voir les doigts se
refermer ; comme le tout fidèle avertissement mêlé
de reproche d'un enfant qui attend et n'est point
habitué à se voir négligé, même quand les grandes
personnes sont le plus occupées, — article du code
muet inventé il y a bien longtemps.

Alors, je compris. Et ce fut comme si j'avais su

dès le premier jour, quand je regardai par-dessus la pelouse, à la fenêtre d'en haut.

J'entendis la porte se fermer. La femme se retourna de mon côté en silence, et je sentis qu'elle comprenait.

Combien de temps s'écoula? je ne saurais le dire. Je fus réveillé par la chute d'une bûche, et machinalement me levai pour la remettre d'aplomb. Puis je regagnai ma place, la chaise si près du paravent.

— Maintenant, vous comprenez, chuchota-t-elle à travers les ombres entassées.

— Oui, je comprends... maintenant. Merci.

— Je... je les entends seulement. (Elle mit la tête dans ses mains.) Je n'ai aucun droit, vous savez... aucun droit. Je n'en ai ni porté ni perdu... ni porté ni perdu!

— Soyez contente, alors, dis-je.

Car j'avais au fond de moi l'âme déchirée.

— Pardonnez-moi!

Elle était calme, et je revins à mon chagrin et ma joie.

—Ce fut parce que je les aimais tant, dit-elle enfin d'une voix entrecoupée. Ce fut pour cela, même dès le commencement...même avant de savoir qu'ils... qu'ils étaient tout ce que j'aurais jamais. Et je les aimais tant !

Elle tendit les bras vers les ombres et les ombres dedans l'ombre.

— Ils sont venus parce que je les aimais... parce qu'il me les fallait. Je... je dois les avoir fait venir. Fut-ce mal, dites-moi ?

— Non ... non.

— Je... je vous accorde que les jouets et... et toutes ces choses-là furent absurdes, mais... mais je détestais moi-même tellement les pièces vides quand j'étais petite ! (Elle désigna du doigt la galerie.) Et les corridors tout vides... Et comment pouvoir jamais supporter la porte du jardin fermée ? Supposez...

—Assez ! Par pitié, assez ! m'écriai-je.

Le crépuscule avait amené une pluie froide accompagnée de rafales qui s'acharnaient aux fenêtres plombées.

—Et la même chose pour ce qui est d'entretenir le feu toute la nuit. Je ne crois pas, *moi*, que ce soit si ridicule, —et vous ?

Je regardai le vaste foyer de brique, vis, à travers des larmes, je crois, qu'il n'y avait de barrière protectrice ni devant ni auprès, et baissai la tête.

—J'ai fait tout cela et un tas d'autres choses... rien que pour faire croire. Puis ils sont arrivés et je les ai entendus ; mais j'ignorai qu'ils ne fussent pas à moi de droit jusqu'au jour où Mrs. Madden me dit...

— La femme du majordome ? Quoi ?

— J'entendis... elle vit... l'un deux. Et comprit. Le sien! *Pas* pour moi. Je ne compris pas tout d'abord. Peut-être étais-je jalouse. Plus tard je commençai à me rendre compte que c'était seulement parce que je les aimais, non parce que... Oh! il *faut* en porter ou en perdre, dit-elle d'un ton pitoyable. Il n'y a pas d'autre moyen... et cependant ils m'aiment. Ils doivent m'aimer! Dites!

On n'entendait aucun bruit dans la chambre que les voix lapantes du feu, mais nous écoutâmes tous deux attentivement, et elle se consola au moins à l'aide de ce qu'elle entendait. Elle se reconquit et à demi se leva. Je restai immobile sur ma chaise contre le paravent.

— N'allez pas me prendre pour une malheureuse parce que je pleurniche ainsi sur moi-même, mais... mais je suis toute dans les ténèbres, vous savez, tandis que vous, vous y voyez.

Effectivement j'y voyais, et ma vision me confirmait dans ma résolution, quoique ce fût comme s'il s'agissait de séparer l'esprit d'avec la chair. Toutefois, je resterais un peu plus longtemps, puisque c'était la dernière fois.

—Vous pensez que c'est mal, alors? s'écria-t-elle rudement, quoique je n'eusse rien dit.

—Pas pour vous. Mille fois non. Pour vous, c'est bien... Je vous suis reconnaissant au delà de toute expression. Pour moi, ce serait mal. Pour moi seulement...

— Pourquoi? demanda-t-elle. (Mais elle se passa la main sur le visage comme elle avait fait à notre seconde rencontre dans le bois.) Oh ! je vois, poursuivit-elle simplement comme un enfant. Pour vous, ce serait mal.

Puis, avec un petit rire à demi réprimé, elle ajouta:

— Et, vous en souvenez-vous ? Je vous ai appelé heureux... jadis... au commencement. Vous qui ne devez plus jamais revenir ici !

Elle me laissa rester assis quelque temps encore contre le paravent, et j'entendis le bruit de ses pas s'éteindre le long de la galerie au-dessus.

A METTRE AU DOSSIER

T
C

I
qui
gn
Cer
qu
ne
sar
déc
Be
se
qu

plo
et,
der

(

A METTRE AU DOSSIER

— Say is it dawn, is it dusk in thy Bower,
Thou whom I long for, who longest for me?
Oh! be it night — be it — — (1).

Ici, il tomba sur un petit poulain de chameau,
qui dormait dans le sérail où habitent les maqui-
gnons et les pires voyous en provenance de l'Asie
Centrale, et, comme il était fort ivre, en vérité, et
que la nuit était noire, il ne put se relever que je
ne l'y aidasse. Ce fut le début de notre connaissance, à Mac Intosh Jellaludin et à moi. Lorsqu'un
déclassé, et un déclassé ivre, chante *la Chanson du
Berceau*, il doit valoir la peine qu'on le cultive. Il
se tira du dos du chameau, et dit sur un ton quelque peu empâté :

— Je... je... je... suis un brin éméché, mais un
plongeon dans le Loggerhead me remettra d'aplomb;
et, dites-moi, avez-vous parlé à Symonds au sujet
des genoux de la jument?

(1) *La Chanson du Berceau* (Rossini).

19

Or, Loggerhead (1) se trouvait à six mille longs milles de nous, du côté de la Mésopotamie (2), où l'on n'a pas le droit de pêcher à la ligne et où le braconnage est impossible ; et l'écurie de Charley Symonds (3), à un demi-mille plus loin, en passant par les enclos. C'était étrange, d'entendre tous les vieux noms, dans une nuit de mai, parmi les chevaux et les chameaux du Caravansérail du Sultan. Puis l'homme parut avoir ressouvenance de lui-même, et, ce faisant, retrouver son aplomb. Il s'accota au chameau en indiquant un coin du sérail où brûlait une lampe :

— C'est là que j'habite, dit-il, et je vous serais infiniment obligé si vous étiez assez bon pour aider mes pieds rebelles à s'y diriger, car je suis plus que jamais ivre... on ne peut... on ne peut plus... phénoménalement gris. Mais non pas pour ce qui est de ma tête « My brain cries out against »... qu'est-ce qui vient après ? Mais ma tête plane... roule sur le fumier, aurais-je dû dire, et maîtrise le haut de cœur.

Je lui fis traverser les troupes de chevaux à l'attache, et il s'affaissa sur le bord de la verandah,

---

(1) Endroit bien connu des étudiants d'Oxford, où l'on se baigne, et qui se trouve situé dans les environs des collèges.

(2) Nom que les étudiants d'Oxford donnent à une promenade des Parcs, située entre deux bras de la rivière Cherwel.

(3) Charley Symonds, loueur de chevaux, familier aux mêmes étudiants.

vis-à-vis de la ligne de limite des quartiers indigènes.

— Merci... mille fois merci! O lune et petites, petites Etoiles! Penser qu'un homme puisse si impudemment... Infâme liqueur, aussi. Ovide en exil n'en but pas de pire. Meilleure. Elle était gelée. Hélas! je n'avais pas de glace. Bonne nuit. Je vous présenterais à ma femme si j'étais à jeun — ou elle civilisée.

Une femme indigène sortit de l'ombre de la chambre, et se répandit en injures à l'adresse de l'homme; aussi m'en allai-je. C'était le déclassé le plus intéressant dont j'eusse eu, depuis longtemps, le plaisir de faire la connaissance, et il devint plus tard de mes amis. Grand, bien bâti, blond, mais la santé sérieusement ébranlée par la boisson, il paraissait plus près de cinquante ans que les trente-cinq qui, disait-il, étaient son âge réel. Lorsqu'un homme, dans l'Inde, commence à perdre pied, si ses amis ne l'envoient au pays aussitôt que possible, à un respectable point de vue il tombe très bas. Une fois qu'il a changé de profession de foi, comme fit Mac Intosh, le voilà passé rachat.

Dans la plupart des grandes villes, les indigènes vous parleront de deux ou trois *sahibs*, généralement de basse caste, devenus hindous ou musulmans, et qui vivent plus ou moins comme tels. Mais ce n'est pas souvent qu'on arrive à mettre la main dessus. Comme Mac Intosh lui-même avait coutume de le dire :

— Si je change de religion pour le bien de mon ventre, je ne cherche pas à devenir un martyr à missionnaires, pas plus que je ne suis avide de notoriété.

Au début de nos relations, Mac Intosh m'avertit.

— Rappelez-vous ceci. Je ne suis pas fait pour servir d'objet à la charité. Je ne réclame ni votre argent, ni votre nourriture, ni votre vieille défroque. Je suis ce rare animal, un ivrogne qui se suffit à ses besoins. Si vous voulez, je fumerai votre tabac, car celui des bazars ne convient guère, je l'accorde, à mon palais, et je vous emprunterai tous les livres auxquels vous pouvez ne pas tenir spécialement. Il est plus que probable que je les vendrai pour des bouteilles de liqueurs du pays extrêmement dégoûtantes. En retour, vous partagerez telle hospitalité que peut fournir ma maison. Voici un charpoy (1) sur lequel on peut s'asseoir à deux, et il est possible qu'il se trouve, de temps à autre, à manger dans ce plat. A boire, malheureusement, trouverez-vous sur les lieux à toute heure. Et c'est ainsi que je vous souhaite la bienvenue en tout mon pauvre établissement.

(1) Sorte de couchette en usage dans l'Inde.

Je fus admis au foyer de Mac Intosh — moi et
mon bon tabac. Mais ce fut tout. Par malheur, on
ne peut guère, pendant le jour, faire visite à un
déclassé dans le sérail. Les amis en train d'acheter
des chevaux ne le comprendraient pas. En conséquence, je fus obligé d'attendre la nuit pour voir
Mac Intosh. Il en rit, et dit simplement :

— Vous avez parfaitement raison. Quand je
jouissais d'une situation dans la société, et je dirai
plus élevée que la vôtre, j'eusse fait exactement de
même. Bonté divine! Je fus jadis — il parla comme
si, après avoir commandé un régiment, il fût tombé
de son grade — je fus d'Oxford !

Cela expliquait l'allusion à l'écurie de Charley
Symonds.

— Vous, ajouta Mac Intosh lentement, vous n'a-
vez pas eu cet avantage, mais, selon toute apparence extérieure, vous ne semblez pas possédé d'une
soif ardente pour les boissons fortes. En résumé,
j'imagine que vous êtes le plus heureux des deux.
Cependant, je n'en suis pas certain. Vous êtes, pardonnez-moi de vous le dire, surtout au moment où
je fume votre excellent tabac, vous êtes pénible-
ment ignorant de maintes choses.

Nous étions assis ensemble sur le bord de sa
couchette, car il ne possédait pas de chaises, et re-
gardions donner à boire aux chevaux pour la nuit,
pendant que la femme indigène préparait le dîner.

19.

Il ne me plaisait guère de me voir en butte aux airs protecteurs d'un déclassé, mais j'étais son hôte pour le présent, bien qu'il ne possédât qu'un vêtement d'alpaga fort déchiré, et une paire de culottes taillée dans de la toile de balle à café. Il retira sa pipe de sa bouche, et poursuivit judicieusement:

— Tout bien considéré, je doute que vous soyez le plus heureux. Je ne parle pas au point de vue de vos connaissances classiques extrêmement limitées, ou de votre horrible accentuation, mais de votre grossière ignorance en ce qui concerne des matières plus immédiatement soumises à votre attention. Ceci, par exemple.

Il désigna une femme en train de nettoyer un samovar près du puits, au centre du sérail.

Elle faisait sauter l'eau du bec par secousses cadencées d'une façon régulière.

— Il y a manière et manière de nettoyer les samovars. Si vous saviez pourquoi elle accomplit sa besogne de cette façon spéciale, vous sauriez ce que le moine espagnol voulait dire lorsqu'il s'exprimait ainsi:

> I the Trinity illustrate
>   Drinking watered orange-pulp —
> In three sips the Aryan frustrate,
>   While he drains his at one gulp' — (1)

(1)   Moi, j'illustre la Trinité
           En buvant de l'orangeade —

et maintes autres choses qui maintenant sont cachées à vos regards. Cependant, Mrs. Mac Intosh a préparé le dîner. Mettons-nous à manger à la mode des gens du pays — dont, en passant, vous ne savez rien.

La femme indigène plongea la main dans le plat avec nous. C'était irrégulier. L'épouse devrait toujours attendre que le mari eût mangé. Mac Intosh Jellaludin s'en excusa, disant :

— C'est un préjugé anglais dont je n'ai pu triompher ; et elle m'aime. Ce que je n'ai jamais été en état de comprendre. Je me suis collé avec elle à Jullundur, il y a trois ans, et elle est toujours restée avec moi depuis ce temps. Je la crois honnête, et sais qu'elle a du talent en matière de cuisine.

Il caressa la tête de la femme tout en parlant, et elle roucoula doucement. Elle n'était pas jolie à regarder.

Mac Intosh jamais ne me dit quelle situation il avait occupée avant sa chute. C'était, à jeun, un savant et un gentleman. Ivre, il tenait quelque peu plus du premier que du second. Il avait coutume de s'enivrer une fois par semaine environ deux jours durant. En ces occasions, la femme indigène

> En trois gorgées j'enfonce l'Aryen,
> Tandis qu'il avale la sienne d'un seul coup. —
> *Soliloquy of the Spanish Cloister* (Robert BROWNING)

veillait sur lui pendant qu'il délirait en toutes langues sauf la sienne. Un jour, à vrai dire, il se mit à réciter *Atalante in Calydon* (1), et alla jusqu'à la fin, en rythmant la cadence du vers avec un pied de lit. Mais il accomplissait la plupart de ses extravagances en grec ou en allemand. L'esprit de l'individu était un parfait « chiffonnier » de choses inutiles. Une fois, comme il commençait à se dégriser, il me déclara que j'étais le seul être raisonnable de l'Inferno dans lequel il était descendu — un Virgile chez les Ombres . dit-il — et qu'en retour de mon tabac il me fou nirait, avant de mourir, les matériaux d'un no   i Inferno qui me ferait plus grand que Dante. P   il tomba endormi sur une couverture de ch   ., et se réveilla tout à fait calme.

— Mon garçon, dit-il, quand vous avez atteint les derniers abîmes de la dégradation, les petits incidents qui vexeraient une existence plus haute sont pour vous sans conséquence. Hier soir, mon âme était au sein des dieux; mais je ne fais aucun doute que mon corps bestial ne se débattît là par terre dans la tripaille.

— Vous étiez abominablement ivre, si c'est là ce que vous voulez dire, répliquai-je.

— Oui, j'étais ivre — salement ivre. Moi, qui suis le fils d'un homme qui ne vous concerne pas

(1) A. C. Swinburne.

— moi qui fus jadis membre d'un Collège dont vous n'avez jamais vu seulement la cantine, j'étais dégoûtamment ivre. Mais remarquez combien peu cela me touche. Cela ne me fait rien. Moins que rien ; attendu que je ne ressens même pas le mal de tête qui devrait être mon lot. Or, au sein d'une existence plus relevée, combien ma punition eût été affreuse, combien amer mon repentir ! Croyez-moi, mon ami à l'éducation négligée, le plus haut correspond au plus bas — en supposant toujours le degré à l'extrême.

Il se retourna sur la couverture, mit sa tête entre ses poings, et continua :

— Sur l'âme que j'ai perdue et sur la conscience que j'ai tuée, je vous déclare que *je suis incapable de sentir* ! Je suis comme les dieux, connaissant le bien et le mal, mais à l'abri de l'un et de l'autre. Est-ce enviable ou ne l'est-ce pas ?

Lorsqu'un homme a perdu l'avertissement du « mal au cheveux », il faut qu'il soit en mauvaise posture. Je répondis, en regardant Mac Intosh sur sa couverture, les cheveux sur les yeux et la lèvre d'un blanc bleuté, que je ne pensais pas que ladite insensibilité en valût le coup.

— Par pitié, ne dites pas cela ! Je vous le répète, *c'est* bon et on ne peut plus enviable. Pensez à mes consolations !

— En avez-vous donc autant que cela, Mac Intosh ?

— Certainement ; vos essais de sarcasme, de ce sarcasme qui est essentiellement l'arme d'un homme cultivé, sont un peu jeunes. Premièrement, mes connaissances, ma science classique et littéraire, effacées peut-être par des libations immodérées — ce qui me rappelle que, avant la visite de mon âme chez les dieux, hier au soir, j'ai vendu les œuvres choisies d'Horace que vous m'aviez prêtées avec tant de bienveillance. C'est Ditta Mull, le marchand d'habits, qui les a. Elles m'ont rapporté dix annas, et on pourrait les racheter pour une roupie — mais tout de même infiniment supérieures aux vôtres. Secondement, l'affection fidèle de Mrs. Mac Intosh, la meilleure des épouses. Troisièmement, le monument, plus durable que l'airain, que j'ai élevé dans les sept années de ma dégradation.

Il s'arrêta ici, et se traîna à travers la chambre, en quête d'une gorgée d'eau. — Il était fort peu solide et avait mal au cœur.

Il fit allusion plusieurs fois à son « trésor » — quelque grand bien qu'il possédait — mais je pris cela pour le délire de la boisson. Il était aussi pauvre et aussi orgueilleux que possible. Ses façons n'avaient rien de plaisant, mais il en savait assez sur les indigènes, parmi lesquels sept années de sa vie s'étaient écoulées, pour que sa connaissance en valût la peine. Il avait l'habitude de se moquer de

Strickland (1) comme d'un homme ignorant —
« ignorant l'est et l'ouest » — disait-il. Son orgueil
consistait tout d'abord à être quelqu'un d'Oxford,
pourvu de moyens rares et brillants, ce qui peut
être ou n'être pas vrai — je n'en savais assez pour
contrôler ses assertions — et, en second lieu, à
« tenir le doigt sur le pouls de la vie indigène » —
ce qui était un fait. En tant que quelqu'un d'Oxford,
il me donna l'impression d'un pédant : il était toujours à vous jeter au nez son érudition. En tant
que *faquir* mahométan — en tant que Mac Intosh
Jellaludin — il avait tout ce qu'il fallait pour ce
que j'en voulais tirer. Il fuma plusieurs livres de
mon tabac, et m'apprit plusieurs onces de choses
qui en valaient la peine; mais il ne voulut jamais
accepter de cadeaux, pas même lorsqu'arriva la
froide saison, qui s'en prit à la pauvre et mince
poitrine sous le pauvre et mince habit d'alpaga. Il
se mit très en colère, déclarant que je l'avais in-
sulté, et qu'il n'allait pas aller à l'hôpital. Il avait
vécu comme une bête, et il mourrait rationnelle-
ment, comme un homme.

En fait, il mourut d'une pneumonie, et, la nuit
de sa mort, m'envoya un chiffon de papier pour me
demander de venir l'aider à mourir.

La femme indigène pleurait à côté du lit. Mac

(1) Strickland, agent de police indien, familier aux lecteurs de
Mr. Rudyard Kipling. Voir *Kim*.

Intosh, drapé dans une étoffe de coton, était trop
faible pour se venger d'un vêtement de fourrure
qu'on jetait sur lui. En ce qui concernait son
esprit, l'homme avait conservé toute sa lucidité, et
ses yeux flambaient. Lorsqu'il eut injurié le médecin qui m'accompagnait, si honteusement que le
vieux compère indigné s'en alla, il jura après moi
quelques minutes, puis se calma.

Il dit alors à sa femme d'aller chercher «le Livre»
dans un trou du mur. Elle apporta une grosse
liasse, enveloppée dans la queue d'un jupon, de
vieilles feuilles de papier à lettre de toute prove-
nances, numérotées et couvertes d'une fine écriture
serrée. Mac Intosh plongea la main dans la masse,
qu'il remua amoureusement.

— Ceci, dit-il, est mon œuvre — le Livre de
Mac Intosh Jellaludin, montrant ce qu'il vit
et comment il vécut, et ce qui arriva aussi bien
à lui qu'à d'autres; qui est en outre un récit de la
vie, des péchés et de la mort de Mère Mathurin.
Ce que le livre de Mirza Murad Ali Beg est au
regard des autres livres sur la vie indigène, mon
livre le sera au regard de celui de Mirza Murad
Ali Beg!

C'était, comme en conviendra tout homme qui
connaît le livre de Mirza Murad Ali Beg, une affir-
mation audacieuse. Les papiers ne paraissaient pas
empreints d'une valeur spéciale; mais Mac Intosh

me les tendit comme s'il se fût agi d'une monnaie courante.

Puis il dit avec lenteur :

— En dépit des nombreuses lacunes de votre éducation, vous avez été bon pour moi. Je parlerai de votre tabac quand je joindrai les dieux. Je vous dois beaucoup de remerciements pour maintes bontés. Mais j'ai les dettes en abomination. En conséquence, je vous lègue à cette heure le monument plus durable que le cuivre — mon livre unique — grossier et imparfait en certaines de ses parties, mais, oh, combien rare dans d'autres ! Je me demande si vous le comprendrez. C'est un présent plus honorable que... Bah ? où ma cervelle va-t-elle vagabonder ? Vous allez horriblement le mutiler. Vous en ferez sauter les pierres précieuses que vous appelez « citations latines », espèce de Philistin, et vous massacrerez le style pour tailler dans votre jargon saccadé ; mais vous ne pouvez pas le détruire en entier. Je vous le lègue. Ethel... Encore mon cerveau !... Mrs. Mac Intosh, soyez témoin que je donne au *sahib* tous ces papiers. Ils ne vous seraient d'aucune utilité, Cœur de mon Cœur, et je *vous impose* (ici, il se tourna de mon côté) de ne pas laisser mon livre mourir sous sa présente forme. Il est vôtre sans réserve — l'histoire de Mac Intosh Jellaludin, qui n'est *pas* l'histoire de Mac Intosh Jellaludin, mais celle

20

d'un plus grand homme que lui, et d'une femme autrement grande encore. Ecoutez maintenant! Je ne suis ni fou ni ivre! Cet ouvrage vous rendra fameux.

Je dis « merci bien », pendant que la femme indigène me mettait la liasse dans les mains.

— Mon seul enfant! fit Mac Intosh avec un sourire.

Il déclinait vite, mais il continua de causer tant qu'un souffle lui resta. J'attendis la fin, sachant que, dans six cas sur dix, un homme qui meurt demande sa mère. Il se tourna sur le côté, et dit :

— Racontez comment il vint en votre possession. Personne ne vous croira, mais mon nom, au moins, vivra. Vous le traiterez brutalement, je le sais. Il en est une partie qui doit disparaître; le public est composé d'imbéciles et d'imbéciles empreints de pruderie. Je fus jadis leur serviteur. Mais opérez doucement votre mutilation — tout doucement. C'est un grand travail, et je l'ai payé sept années de damnation.

Sa voix s'arrêta l'espace de dix ou douze aspirations, puis il se mit à marmotter une prière d'un genre quelconque en grec. La femme indigène pleura fort amèrement. Enfin, il se souleva dans son lit, et dit, de sa voix haute et lente:

— Innocent!

Puis il retomba en arrière, et la stupeur s'empara de lui jusqu'à ce qu'il mourût. La femme indigène courut dans le sérail, parmi les chevaux, et poussa des cris et se frappa les seins ; car elle l'avait aimé.

Peut-être le dernier mot de sa vie racontait-il par quoi Mac Intosh avait passé jadis ; mais, sauf la grosse liasse de vieux cahiers dans le morceau d'étoffe, il n'y avait rien dans sa chambre pour dire qui il fut ou ce qu'il fut.

Les papiers étaient dans un désordre désespérant.

Strickland m'aida à les classer, et déclara que l'auteur était le plus fieffé menteur ou le plus étonnant personnage qui fût. Il penchait pour le premier. Un de ces jours, il se peut que vous soyez à même d'en juger. La liasse demandait à se voir considérablement expurgée, et se trouvait pleine, en tête des chapitres, d'absurdités grecques, qui toutes ont été retranchées.

Si la chose se trouve jamais publiée, il y aura peut-être quelqu'un pour se rappeler cette histoire imprimée aujourd'hui comme sauvegarde, afin de prouver que c'est Mac Intosh Jellaludin, et non pas moi-même, qui écrivit le Livre de *Mère Mathurin*.

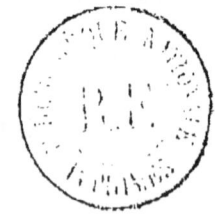

TABLE

ACHEVÉ D'IMPRIMER

le quinze octobre mil neuf cent sept

PAR

BLAIS ET ROY

A POITIERS

pour le

MERCVRE

DE

FRANCE

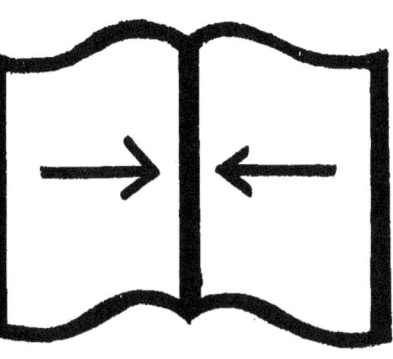

RELIURE SERREE
Absence de marges
intérieures

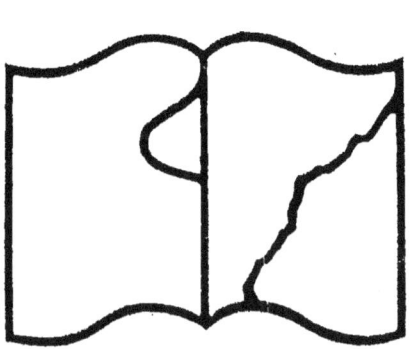

Texte détérioré
Marge(s) coupée(s)

DE LA PAGE 1
A LA PAGE 8

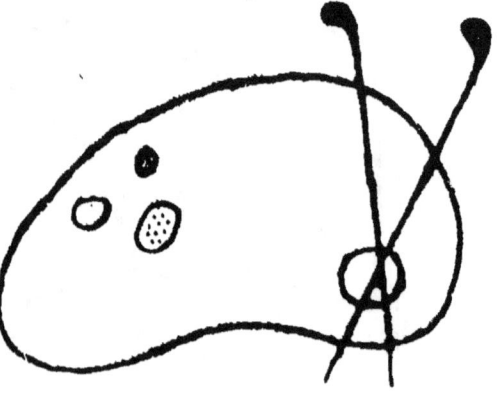

Début d'une série de documents
en couleur

EXTRAIT DU CATALOGUE

DES ÉDITIONS DV MERCVRE DE FRANCE

Collection de Romans

GINKO ET BILOBA

Le Voluptueux Voyage ou les Pèlerines de Venise.......... 3.50

MAXIME GORKI

L'Angoisse.......... 3.50
L'Annonciateur de la Tempête.. 3.50
Les Déchus.......... 3.50
Les Vagabonds.......... 3.50
Varenka Olessova.......... 3.50

REMY DE GOURMONT

Les Chevaux de Diomède..... 3.50
Un Cœur virginal.......... 3.50
Une Nuit au Luxembourg. 3.50
D'un Pays lointain.......... 3.50
Le Pèlerin du Silence.......... 3.50
Le Songe d'une femme.......... 3.50

THOMAS HARDY

Barbara.......... 3.50

FRANK HARRIS

Montès le Matador.......... 3.50

A.-FERDINAND HEROLD

L'Abbaye de Sainte-Aphrodise.. 2 »
Les Contes du Vampire.......... 3.50

CHARLES-HENRY HIRSCH

La Possession.......... 3.50
La Vierge aux tulipes.......... 3.50

EDMOND JALOUX

L'Agonie de l'Amour.......... 3.50
L'Ecole des Mariages.......... 3.50
Le Jeune Homme au Masque... 3.50
Les Sangsues.......... 3.50

FRANCIS JAMMES

Almaïde d'Etremont.......... 2 »
Pensée des Jardins.......... 2 »
Pomme d'Anis. .... 2 »
Le Roman du Lièvre.......... 3.50

ALFRED JARRY

Les Jours et les Nuits.......... 3.50

ALBERT JUHELLÉ

La Grise virile.......... 3.50

GUSTAVE KAHN

Le Conte de l'Or et du Silence.. 3.50

RUDYARD KIPLING

Les Bâtisseurs de Ponts.......... 3.50
L'Histoire des Gadsby.......... 3.50
L'Homme qui voulut être roi... 3.50
Kim.......... 3.50
Le Livre de la Jungle.......... 3.50
Le Second Livre de la Jungle... 3.50

La plus belle Histoire du monde. 3
Stalky et Cie.......... 3
Sur le Mur de la Ville.......... 3

HUBERT KRAINS

Amours rustiques.......... 3
Le Pain noir.......... 3

MARIE KRYSINSKA

La Force du Désir.......... 3

LACLOS

Les Liaisons dangereuses (édition collationnée sur le manuscrit).......... 3

A. LACOIN DE VILLEMORIN ET Dr KHALIL-KHAN

Le Jardin des Délices.......... 3

JULES LAFORGUE

Moralités légendaires, suivies des Deux Pigeons. 3

CAMILLE LEMONNIER

La Petite Femme de la Mer.... 3.50

PAUL LÉAUTAUD

Le Petit Ami.......... 3.50

JEAN LORRAIN

Contes pour lire à la chandelle.. 2 »

HENRI MALO

Ces Messieurs du Cabinet.......... 3.50
Les Dauphins du jour.......... 3.50

RAYMOND MARIVAL

Chair d'Ambre.......... 3.50
Le Gof, Mœurs kabyles.......... 3.50

CHARLES MERKI

Margot d'Eté.......... 3.50

EUGÈNE MOREL

Les Boers.......... 2 »

JEAN MOREAS

Contes de la Vieille France. 3.50

ALAIN MORSANG ET JEAN BESLIÈRE

La Mouette.......... 3.50

MARIE ET JACQUES NERVAT

Célina Landrot.......... 3.50

WALTER PATER

Portraits Imaginaires.......... 3.50

JOSEPHIN PÉLADAN

La Licorne.......... 3.5
Modestie et Vanité.......... 3.5
Le Nimbe noir.......... 3.5
Pérégrine et Pérégrin.......... 3.5

Poésie

Théâtre

Histoire — Critique — Littérature

Poitiers. — Imp. Blais et Roy, 7, rue Victor-Hugo.

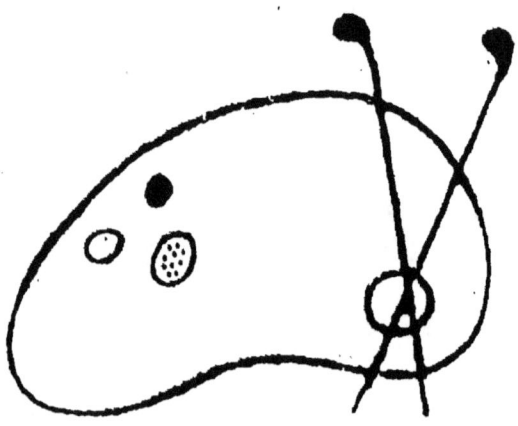

Fin d'une série de documents
en couleur

www.ingramcontent.com/pod-product-compliance
Lightning Source LLC
Chambersburg PA
CBHW070330030726
47505CB00004B/1146